SHODENSHA
SHINSHO

源氏物語の楽しみかた

林 望

祥伝社新書

本書は、小社より二〇一四年に刊行された単行本『謹訳 源氏物語 私抄』を新たに「はじめに」を入れるなど加筆・修正のうえ、新書化したものです。

はじめに

『源氏物語』は、「日本の文学史上最大のベストセラーで」、というようなことを言う人がいる。また、『源氏物語』は、平安朝の貴族世界の「雅《みや》び」の文学だと、思い込んでいる人もきっと多いことであろう。

こうした、いわば通俗な源氏観は、いずれも正しいとは言えない。

まず、『源氏物語』は、決して今言う意味でのベストセラーなどではなかった。平安時代、鎌倉時代、室町時代、江戸時代、そして近現代と、どの時代で観察してみても、この長大で難解な物語を自由に読める人など、限りなくゼロに近かったのである。ただ、ごく限られた貴族社会の人たちや、すぐれた知識階級の人士が、細々と読んでいたに過ぎない。これが、読もうと思えば努力しだいで誰でも読解できるようになったのは、江戸時代前期、延宝《えんぽう》元年に成立した北村季吟《きたむらきぎん》の『湖月抄《こげつしょう》』という周到な注釈読解書が出版されて以後のことであったが、それとて、大本六十冊にも及ぶ浩瀚《こうかん》な出版物で、おそらく今の貨幣価値にしたら、百万円くらいにはあたるほど高価なものだったろうから、それを買って自在に読める人は、やはりごく一部の知的・経済的エリートに限られたことであろう。

だから、その時代時代で、この物語を直接に享受できた人の数などは、まさに寥々《りょうりょう》たる少数に過ぎなかった。したがって、「多くの人に読まれた」という意味でのベストセラーというのには、まったく当らない。ただし、江戸時代には、『源氏小鏡《こかがみ》』のようなダイジェスト本やら、『雛鶴《ひなづる》源氏物語』などの翻案物やら、葵上・夕顔などの能、あるいは源氏を題材とする浮世絵のようなもの、そうしたもので、大衆は知っていたに過ぎない。

しかしながら、であるにも拘《かかわ》らず、『源氏物語』は常に文学の王道として千年に余る年月を堂々と生き延びてきたのである。

それは何故か。

もし、この物語が、単に平安貴族の「雅び」な文学なのだとしたら、後世の人たちが読み伝えたはずはない。この物語は、雅びだの、優雅だの、そんな生易しい観念で片づくようなものではない。すこしでもこれを読み解いてみれば、そこにいかに生々しい、いかに切実な、いかに矛盾に満ちた人間世界の懊悩《おうのう》がリアルに描かれているかを知るであろう。

男と女がいる。その男女関係は、時代によってさまざまに転変するけれども、しかし、根本にある「人を愛する切実な気持ち」や、それゆえに誰もが懐抱《かいほう》せざるを得ない「愛するゆえの苦悩」やらということは、時代や身分などによって、がらっと変わるというものではない。そういう心の切実なる動きをば、「もののあはれ」と言うとすれば、このことは時代や身分を超越して不易なのだ。本居宣長《もとおりのりなが》が愛して已《や》まなかったのも、まさにこの一点である。

だから、ちょっとでもこの物語の奥山道に踏み入ってみれば、これが恐るべき説得力に満ちて、時代を超越した見事な文学的結実であることを知るであろう。すると、なんとしてもこれを次世代の人にも伝えたい、多くの人に読ませたい、と誰もが思うだろう。だからこそ『源氏物語』は、古今独往の偉大な、古典のなかの古典と成り得たのである。

とは申しながら、この物語は、千年も昔の女房の言葉で書かれている。それがゆえに、頗《すこぶ》る解りにくい文章であることは否めない。しかし、なんとしても多くの、とくに若い人に、「わが文学」として読んで欲しいと切望して、私は『謹訳 源氏物語』(後に文庫『改訂新修 謹訳 源氏物語』として再刊)を書いた。書いたけれども、やはりその中でも、ここはぜひ注意して、念入りに味わってほしい、というところも押さえておきたかったし、また、こう読めばこの物語の楽しさが味わえる、ということも紹介したいと思った。それが、私をして、この『謹訳 源氏物語』の別巻ともいうべき一冊を書かせたのである。ぜひ、ともにこの素晴らしい文学世界をしみじみと味わっていただければ幸いである。

目次

主な登場人物関係図

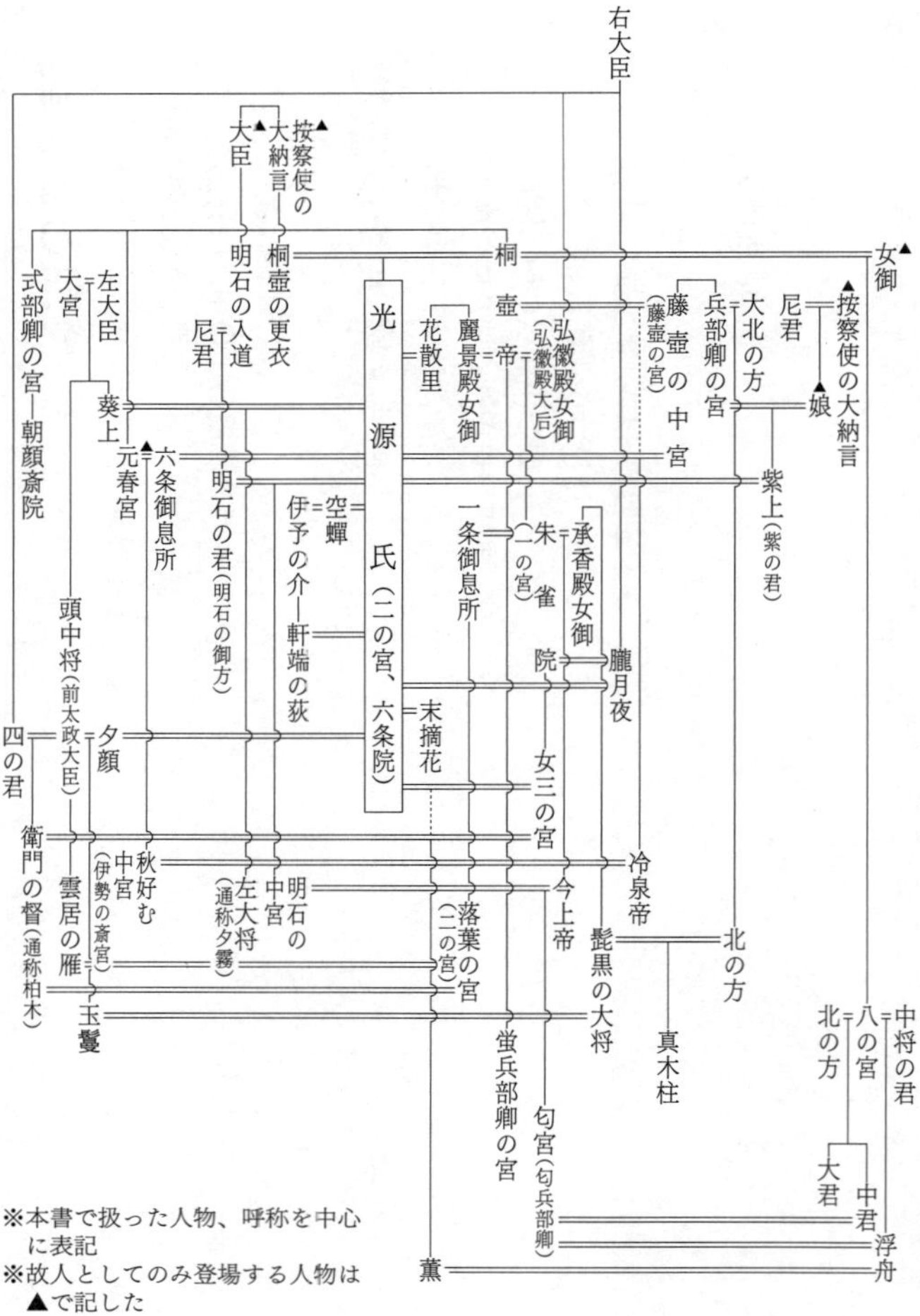

※本書で扱った人物、呼称を中心に表記
※故人としてのみ登場する人物は▲で記した

第一章 親子の物語としての源氏物語

弘徽殿女御は悪役か？

『源氏物語』は、光源氏を中心とした恋の物語だ、と誰もがそう思っている。

そしてそれはもちろん間違いではない。

けれども、それだけに目を奪われていては、この古今独歩の名作の、もっとも大事なところを見落としてしまうかもしれない。

こうも言うことができようか。

源氏を中心とする絢爛《けんらん》たる「恋の物語」という性格を横糸とすれば、それらの恋の種々相を織り連ねていく縦糸として、「親子の物語」という性格が考えられなくてはなるまいということだ。

たとえば、かの悪役、弘徽殿《こきでん》女御《のにょうご》について考えてみようか。

右大臣《うだいじん》の娘で、桐壺帝《きりつぼてい》の正室、それが弘徽殿に与えられた属性だから、いわば天下無敵のファーストレディであったことは間違いない。
そして、その人は、次のように登場してくる。

一の御子《みこ》は、右大臣の女御の御腹《おんはら》にて、寄せ重く、疑ひなき儲《まう》けの君と、世にもてかしづききこゆれど、この御にほひには並びたまふべくもあらざりければ、おほかたのやむごとなき御思ひにて、この君をば、私物《わたくしもの》に思ほしかしづきたまふこと限りなし。

『改訂新修 謹訳 源氏物語』の訳文では、次のとおりに訳しておいた（以下、『源氏物語』の訳文の引用はみな改訂新修版の『謹訳』による）。

第一の君は、右大臣《うだいじん》家出身の弘徽殿女御《こきでんのにょうご》の産んだ御子《みこ》で、こちらは祖父が現役の右大臣という後ろ楯も重々しく、まったく疑いもなき日嗣《ひつぎ》の御子と世間では大事に大事にお仕えしていたけれど、しかし、この桐壺の更衣の産んだ御子の美しさには、とても肩を並べることができない。そのため、帝は、一の君のほうはそれなりに丁重に慈《いつく》しまれはしたけれども、この二の君ばかりは、なにをさておいても心ゆくまで情《なさけ》をかけ、かわいがって育てられることは限りがなかった。

この一の御子が、すなわち後の朱雀院《すざくいん》の帝である。

もし、もしも、この桐壺の更衣という人が現われなかったら、弘徽殿とその実家右大臣家の行く手に立ちはだかる者は誰一人なく、そのままこの一の御子が立太子《りったいし》して、やがて皇位に即《つ》く、それは既定の事柄にほかならなかった。

そしてもしそうであったなら、弘徽殿としては、なにも懊悩《おうのう》すべきことはなく、ただ安閑として一の御子の成長を見守っていればよかったのである。

ところが、この洋々たる前途に、俄《にわか》に暗雲を齎《もたら》したのが、ほかならぬ桐壺更衣とその子、光源氏であった。

こうなれば、弘徽殿としては、もっとも望ましいことは、光源氏を亡きものにすること、それが叶《かな》わなければ、すくなくとも内裏《だいり》から追い出すことであったろう。

この時代、人を亡きものにすることは、さまで難しいことではなかった。もっとも手っ取り早い方法は、呪《じゅ》を以《もっ》てすることである。

現代では呪などは迷信のように思われて、そんなことで実際に人の生き死にが左右されると思う人はごく少ないかもしれないが、乳幼児の死亡率は過半を超え、なおかつ産褥《さんじょく》に落命する母親も珍しいことではなかったし、また栄養学の知識も疫病への治療法もほとんどなかった時代にあっては、じっさいに突然わけもわからずに死ぬということが日常茶飯であったのだ。そうして、それが物《もの》の怪《け》の仕業であったり、呪詛《じゅそ》の結果であったり、そんなふうに考えるのは、すなわち平安時代の人々にとっての歴《れき》たる「科学」であった。

現に、桐壺の更衣は、源氏が三つになった年の夏にあっけなく死んでしまう。そういうことが、はっきりとはどこにも書いてないけれど、弘徽殿がたの呪詛によるものだろうという想念は、そこはかとなく読者の胸裏に去来したことであろう。

だからこそ、鍾愛《しょうあい》する二の君の無事安全と、内裏の平安を望んで、帝は、あえて光る君に臣籍を与えて皇位の継承争いから外すという方策をとったのである。

ところが、それでもなお弘徽殿の猜疑《さいぎ》心は止まない。

桐壺の更衣が非業の死を遂げて後、帝は、あたかも楊貴妃《ようきひ》を喪《うしな》った玄宗《げんそう》皇帝のごとくにも、悲嘆に暮れて過ごしていたが、その時、弘徽殿は、どうしていたのであろう。

風の音《おと》、虫の音《ね》につけて、もののみ悲しうおぼさるるに、弘徽殿には、久しく上《うへ》の御局《つぼね》にもまう上《のぼ》りたまはず、月のおもしろきに、夜《よ》ふくるまで遊びをぞしたまふなる。いとすさまじう、ものしときこしめす。このごろの御けしきを見たてまつる上人《うへびと》、女房などは、かたはらいたしと聞きけり。いとおし立ちかどかどしきところものしたまふ御方《かた》にて、ことにもあらずおぼし消ちてもてなしたまふなるべし。

かにかくに、秋風の音、虫の音《ね》、なににつけても帝はただただ悲しく思われているというのに、さて例の弘徽殿女御のほうでは、いっこうに帝のご寝所に参上することもなく、折しも月の美しい夜、深夜に及ぶまで平然と管弦を奏でて遊んでいる。その物音が聞こえてくるにつけても、帝は、まったく興ざめな、そして気に障《さわ》ることだとお聞きになっている。このごろの帝のご苦悩をお側《そば》で見聞きしている殿上人《てんじょうびと》や女房なども、その弘徽殿から聞こえる管弦の音を、聞くに堪えぬという思いで聞いている。弘徽殿女御という人は、気が強く険《けん》のある人柄であったから、おそらくは、たかが更衣ふぜいの死んだ程度のことなど物の数ではないというように黙殺して、こんな仕打ちをするのであろう。

この弘徽殿の性格に言及したところ、「いとおし立ちかどかどしきところものしたまふ御方にて……」と書かれているから、つんつんと傲慢で情知らずなところのあった人として造形されていることは動かない。

しかし、源氏という圧倒的なスーパースターが、自分の分身である皇子や実家の右大臣家の存立を脅かす存在として出現してきたとき、もしこれが、ごくごく穏やかで好人物の后《きさき》であったとしても、ニコニコして平気でいられたはずはないのである。そのぶん、弘徽殿の「悪さ」は、割引して考えておかなくてはいけない。

もしこれが弘徽殿でなくて、「あなた自身」だったらどうなのか、と、そのようにぜひ自問してごらんになるとよい。

だれしも、もし自分の子どもの出世の道を閉ざし、自分の家族の将来を台無しにしようとする人間が目前に現われたら……そう思ってみたら、だれがいったい安閑として「善人」でいられるだろう。どんなことをしても、その障碍《しょうがい》となる人間を排除したいと思うだろうし、そのためには、鬼にだって蛇《じゃ》にだってなるかもしれない。

しかもその「敵」は、最高の美と教養と天才と、おそろしいほどの声望とを一身に集めている。ここにおいて、弘徽殿女御の焼けつくような焦《あせ》りは、だれにも容易に想像できるかと思う。
万事は、そのようなところから発想しなくてはなにもならぬ。私の読むところ、弘徽殿女御の桐壺更衣に向けられた敵意は、「恋の物語」のタームにおける嫉妬心ではない。そうではなくて、明らかに「親子の物語」における切実な自己防衛にほかならないのである。

しかし、さすがに主人公の源氏は、強い。いかに呪いたてようとも、なかなか消えうせてはくれぬ。

ただし、こういう物語の色好みの主人公には、約束事のように必ず一つの欠点があることになっている。

それは「をこ」ということである。色好みゆえの「愚かしさ・愚昧《ぐまい》な行動」とでも言ったらいいだろうか。『伊勢物語』のむかし男、『竹取物語』の五人の貴公子、『平仲《へいちゅう》物語』の平貞文《たいらのさだふん》、近いところでは『好色一代男』の世之介《よのすけ》、などなど「色好みのをこ」は、まことに枚挙に遑《いとま》がない。

そういう伝統のなかに光源氏もある。そこでたとえば、よせばいいのに右大臣邸に忍んでいって、弘徽殿女御の妹の朧月夜《おぼろづきよ》と危ない逢瀬《おうせ》をするうちに、これがばれてとんだスキャンダルになるやら、藤壺《ふじつぼ》との密会だって、危うく露顕しそうになって「塗籠《ぬりごめ》（納戸）」に隠れたりするやら、まことに危ない橋を渡ったりする。

ここに、源氏を追い落とすチャンスがあった。

朧月夜との密会を知った弘徽殿は歯がみして源氏を罵《のの》り讒《そし》る。こんなふうに……。

……宮は、いとどしき御心なれば、いとものしき御けしきにて、「帝と聞こゆれど、昔より皆人《みなひと》思ひ貶《おと》しきこえて、致仕《ちじ》の大臣《おとど》も、またなくかしづくひとつ女《むすめ》を、兄《このかみ》の坊にておはするにはたてまつらで、弟の源氏にていときなきが元服の副臥《そひぶし》にとり分き、またこの君をも宮仕へにと心ざしてはべりしに、をこがましかりしありさまなりしを、誰《たれ》も誰もあやしとやはおぼしたりし。皆、かの御方《みかた》にこそ御心寄せはべるめりしを、その本意違《ほいたが》ふさまにてこそは、かくてもさぶらひたまふめれど、いとほしさに、いかでさるかたにても、人に劣らぬさまにもてなしきこえむ、さばかりねたげなりし人の見るところもあり、などこそは思ひはべりつれど、忍びてわが心の入るかたに、なびきたまふにこそははべらめ。斎院の御ことは、ましてさもあらむ。何ごとにつけても、公《おほやけ》の御方《かた》にうしろやすからず見ゆるは、春宮《とうぐう》の御世、心寄せ異なる人なれば、ことわりになむあめる」

と、すくすくしうのたまひつづくるに……。（「賢木」）

……この弘徽殿大后という人は、もともと徹底的に源氏を憎んでいることでもあり、満面に怒気を漲《みなぎ》らせて、

「おのれおのれ、おなじ帝と申しながら、昔からあの連中は今上陛下《きんじょう》（朱雀帝）を貶《おとし》め侮《あなど》って……辞職した左大臣なども、いちばん大事に育てていた娘を、兄にあたる陛下には差し出すことをせず、よりにもよって弟の源氏の、しかもまだほんの子どもであったものの元服の添い臥しとして取っておくなど、言語道断《ごんごどうだん》なるやりよう。しかもまた、わが妹の尚侍《ないしのかみ》をも、私はきっと入内《じゅだい》させようと思っていたに、まったく恥さらしなありさまになって、それだって、どうなんです、皆誰も彼もおかしなことだとお思いになりましたか。それどころか、あちらのほうに縁付けようとさえ思っておいでのようでしたけれど。お生憎《あいにく》に、その当ても外れて、そこではじめて尚侍として出仕もしていたようですわね。それじゃ、あまりにかわいそうだから、せめて、その宮仕えのお勤めのほうで人にも劣らぬようにお世話しよう、あ、あ、あんな憎たらしい人が見ているこ

とでもあり、なんとして見返してやろうかと思っていたに、肝心の姫君が、私の思いを裏切って、こっそりと自分の気に入ったあちらに靡《なび》いていたとは、ああ。斎院（朝顔斎院）のことだって……帝の御妻《おんめ》にだって平気で手を付けようという男ですもの、ましてや斎院くらい平気でございましょうとも。何事につけても、帝の御為《おんため》にはどうも不安心なように見えるのは、なにぶんあちらは東宮の御治世に格別の思いを寄せている人ですからね、それも当たり前のようでございますわね」

と、歯に衣《きぬ》着せず言い募る。

こうして、源氏はその「をこ」ゆえに、自ら須磨《すま》・明石《あかし》へと流浪していくのだが、しかし、こうした「貴種流離譚《きしゆりゆうりたん》」と呼ばれる話の類型は、「やがてくる反転的幸福」を約束された流浪であった。

桐壺帝の亡霊の導きなどを得て、源氏はやがて中央政界に返り咲くのだが、そうなれば、弘徽殿はもはや源氏に敵するすべをもたぬ。あとは、源氏の圧倒的な威勢に押されて零落していくほかはなかった。

やがて弘徽殿女御は、病に冒され、権威も失墜し、天下は源氏の息子、冷泉帝《れいぜいてい》の御代《みよ》となりして、昔日の勢いは見る影もなく落ちぶれていくのであった。それは、源氏の執念深い復讐の結果だとも言える。

そして老残の身を朱雀院の御所に養っている弘徽殿の姿が、「少女《おとめ》」の巻の終わりのほうにちらりと出て来る。

そこでは、朱雀院に行幸した冷泉帝が、院の御所に隠居している弘徽殿大后《こきでんのおおきさき》に丁重な挨拶をして帰るのだが、源氏は、いかにも慇懃無礼《いんぎんぶれい》に形ばかりの挨拶をして、さっさと引き上げる。大勢の供人を従えて賑々《にぎにぎ》しく引き上げていく源氏を見送る大后の心はなお穏やかでない。こんな身の上になって、源氏に軽んじられるばかりでなく、俸禄などもなかなか思うようには支給されないなど、彼女の晩年は決して幸福ではなかった。

「命長くてかかる世の末を見ること」

と、取りかへさまほしう、よろづおぼしむつかりける。

老いもておはするままに、さがなさもまさりて、院もくらべ苦しく、堪《た》へがたくぞ思ひきこえたまひける。

「さてもさても、こう無用に長生きなどするから、こんな末の世を見る目にあうのだ」と、愚痴をこぼしつつ、それにつけても、さっさと位を譲ってしまった朱雀院が恨めしく、もう一度朱雀の世に戻したいと願いもする。かくては、よろずのことが面白くなくてひどく機嫌が悪い。しかも老いが募っていくにつれて、口さがない意地悪な性格は、ますます甚だしくなっていくのだから、朱雀院としてももはや手が付けられず、堪えがたい思いに苦慮されているのであった。

こんな風にその晩年は叙述される。結局、源氏という「邪魔者」の出現が、彼女の「幸福」をなにもかも台無しにしてしまったのだ。

このところ、「老いもておはするままに、さがなさもまさりて、院もくらべ苦しく、堪へがたくぞ思ひきこえたまひける」と叙述してあるのだけれど、これとて、弘徽殿大后の身になって考えたら、そんな愚痴の百や二百は言いたくなるのが人情の自然かもしれぬ。かにかくに、「親子の情愛」という物差しを当てて考えたら、弘徽殿という人は、それだけ子を愛し家を守ろうという気持ちが強かったのだと、そう評価することもできるのである。

明石の別れ、大井川の別れ

さて、ところで、その須磨・明石に流寓《りゅうぐう》している間に、源氏は、明石の入道という変わり者の娘、明石の君と契りを結んで、そこに一人の美しい姫君を授かる。これが後の明石の中宮《ちゅうぐう》であるが、この姫君が、源氏の唯一の娘として、やがて入内《じゅだい》し国母《こくも》の道を歩むためには、二度の悲しい別れがなくてはならなかった。

明石などという辺陬《へんすう》の地に生《お》い立ったのでは、とうてい内裏での栄光は約束されない。どうしても、それは、京の源氏の手許《てもと》に引き取って、十分なお妃《きさき》教育を施し、かつまた天下無双の源氏の後ろ楯《だて》を以て他を圧するという用意がなくてはならなかった。

それがために、源氏は、しばしば明石の御方《おんかた》に上京を勧めるが、賢明な明石は、自分のような田舎者が源氏の御殿に入れば、辛《つら》いことばかりあるに違いないと思ってなかなかウンとは言わない。

しかし、度々の懇請《こんせい》に負けて、明石の御方はついに母方の祖父の持ち物であった大井川《おおいがわ》の別邸まで上ってくる。このとき、明石の御方は、娘の姫君と、母の尼君までもともなって上京してくる。すなわち、明石の在《ざい》には、老いた入道ただ一人が取り残されるのであった。

その別れの場面は、「松風《まつかぜ》」の巻に出る。

秋のころほひなれば、もののあはれ取り重ねたるここちして、その日とある暁《あかつき》に、秋風涼しくて、虫の音《ね》もとりあへぬに、海のかたを見出だしてゐたるに、入道、例の、後夜《ごや》よりも深う起きて、鼻すすりうちして、行ひいましたり。いみじう言忌《ことい》みすれど、誰も誰もいとしのびがたし。

若君は、いともいともうつくしげに、夜光《よる》りけむ玉のここちして、袖よりほかには放《はな》ちきこえざりつるを、見馴れてまつはしたまへる心ざまなど、ゆゆしきまで、かく人に違《たが》へる身をいまいましく思ひながら、片時見たてまつらでは、いかでか過ぐさむとすらむと、つつみあへず。

「行くさきをはるかに祈る別れ路《ぢ》に
堪へぬは老《おい》の涙なりけり

いともゆゆしや」
とて、おしのごひ隠す。

しかも、秋のことであった。なにもかもがしめやかな情調《じょうちょう》に塗《ぬ》りこめられたなかで、とうとう出発の日がやってきた。

もうじき夜が明けるというその日の暁《あかつき》の闇《やみ》のなか、寂《さび》しさを募らせる秋風が涼しく吹いて、虫もせわしなく鳴き立てている。明石の御方は、眠りもやらず海のほうをぼんやりと見ている。

父入道は、いつも払暁《ふつぎょう》のころに後夜《ごや》の勤行《ごんぎょう》に起き出すのだが、きょうはそれよりも早く起きてきて、暗い闇のなかで、鼻を啜《すす》り上げながら、涙声で読経《どきょう》をしている。

晴れの出立《しゅったつ》の日ゆえ、「別れる」やら「悲しい」やらの忌《い》まわしいことばは使わぬように、また涙も不吉ゆえ流さぬようにと、皆心がけてはいるのだが、ついつい、堪《こら》えることができぬ。

姫君は、愁嘆《しゅうたん》する大人たちの心も知らぬげに、それはそれはかわいらしい様子で、かの唐土《もろこし》の人がなによりも大事にするという夜光《やこう》の玉のように大切に思われる。

〈おお、おお、この姫は、こうして爺《じじ》の袖から放《はな》したことがないほど、いつもわしに馴《な》れて、まつわり付いている……この心根《こころね》のけなげなこと。……それにくらべてこの爺は、縁起《えんぎ》でもないような坊主の姿になって、こんなときには、おのれのこの忌まわしい姿がなさけない。それでも、これから先、この姫を片時だって見ずに過ごすことなど、いったいぜんたいできるものだろうか……〉と、そう思うと、入道は不吉なことと分かっていながら、滂沱《ぼうだ》の涙を禁じ得ない。

「行くさきをはるかに祈る別れ路《ぢ》に
　堪《た》へぬは老《おい》の涙なりけり

　これより先、はるかな旅路の安全と、遠い都での将来の幸福をと、一心に祈っている
　この別れの時に、それでも堪《こら》えることができぬものは、老い先短い年よりの涙でござるよなぁ

ええい、涙など不吉じゃ」

そう言って、入道は、顔をごしごしと押し拭《ぬぐ》って必死に涙を隠そうとする。

こうして夜明け前の漆黒の闇のなかで、そこだけ光がさしているような「運命の姫君」明

石の姫君を見つめながら、入道は涙にくれるのであった。

そうして、既往の思うに任せなかったこと、娘に将来の希望を託して明石に下向してきたこと、神仏に祈請《きせい》をかけて、姫君を授かったことなどをかき口説き、最後にこんなことをつぶやくのである。


「……君達《きみたち》は世を照らしたまふべき光しるければ、しばしかかる山がつの心を乱《みだ》りたまふばかりの御契りこそはありけめ、天に生まるる人のあやしき三つの途《みち》に帰るらむ一時《ひととき》に思ひなずらへて、今日長く別れたてまつりぬ。命尽きぬと聞こしめすとも、後《のち》のことおぼしいとなむな。さらぬ別れに御心うごかしたまふな」

と言ひ放《はな》つものから、

「煙《けぶり》ともならむ夕《ゆふべ》まで、若君の御ことをなむ、六時《ろくじ》のつとめにもなほ心ぎたなくうちまぜはべりぬべき」

とて、これにぞ、うちひそみぬる。


「……が、おまえさまや姫君は、これから世を照らすに違いない光が御身《おんみ》に添うておるのじゃから、おそらくは天女《てんにょ》の降臨でであったのであろう。それがほんのしばらくの間だけ、こんな田舎爺の心を乱す程度の因縁《いんねん》はあったにもせよ、もとより娘が天女とあっては、わしとて天人《てんにん》のはしくれであったかもしれぬ。聞けば天人もやがて命尽きるときには、地獄《じごく》、餓鬼《がき》、畜生《ちくしょう》の三悪道《さんあくどう》に堕《お》ちるとか。

……されば、この別れの辛《つら》さも、その天人の苦悩に思いなぞらえて、今日《こんにち》のただ今、きっぱりと永《なが》のお別れを申すことにしよう。

……よいか、わしが死んだと聞いたとて、葬式やら法事やらのことなど、なにも考えんでよいぞ。……古歌に『世の中にさらぬ別れのなくもがな千代《ちよ》もと嘆く人の子のため（世の中に、どうしたって避けることのできない別れ、死というものがなかったらいいのに。永遠に生きていてほしいと嘆く子どもらのために）』と歌うてある……が、そんなことにお心を動かしなさいますなよ」

入道はこう言い放ってはみるものの、また、

「この爺はな、死んで煙になるその間際《まぎわ》まで、姫君のおん行く末をな、毎日六度の勤行ごとに……祈っておるからの。未練、といえば未練かもしれぬ、それでもな……」

そこまで言うと、入道は、顔をクシャクシャにして泣きべそをかいた。

今、私自身が、娘や女の孫を持つ身になってみると、この明石の入道の悲嘆は、痛いほどわかる。まして、掌中《しょうちゅう》の玉のようにして愛育した娘と、その娘の産んだかわいい盛りの孫娘ばかりか、長年連れ添った妻までも都に送ってしまって、自分一人がこの淋しい海辺の里に居残るのだ。ここで一度《ひとたび》別れては、愛する者たちと、今生《こんじょう》の別れとなるやもしれぬ。そういう恩愛《おんあい》の情《じょう》の極まるところを、こうした場面は切々と訴えてくる。

しかもなお、悲しい別れは、それだけでは終わらなかった。

こんどは、大井川の別邸に入った明石の御方に対して、源氏は、「もしそなたが二条の邸に入るのを拒むなら、せめて姫君だけでも差し出すように、決して悪いようにはしないから」とかきくどいて、紫上《むらさきのうえ》に養育を肯《うけが》わせ、ついにその姫君を受け取りにやって来る（「薄雲《うすぐも》」）。

この雪すこし解けてわたりたまへり。例は待ちきこゆるに、さならむとおぼゆることにより、胸うちつぶれて、人やりならずおぼゆ。

わが心にこそあらめ。いなびきこえむをしひてやは、あぢきなとおぼゆれど、軽々《かるがる》しきやうなりと、せめて思ひかへす。いとうつくしげにて、前にゐたまへるを見たまふに、おろかには思ひがたかりける人の宿世《すくせ》かなと思ほす。この春より生《お》ほす御髪《みぐし》、尼《あま》そぎのほどにて、ゆらゆらとめでたく、つらつき、まみの薫《かを》れるほどなど、言へばさらなり。よそのものに思ひやらむほどの心の闇おしはかりたまふに、いと心苦しければ、うち返しのたまひ明かす。

「何か、かくくちをしき身のほどならずだにもてなしたまはば」

と聞こゆるものから、念じあへずうち泣くけはひ、あはれなり。

姫君は、何心もなく、御車に乗らむことを急ぎたまふ。寄せたる所に、母君みづから抱《いだ》きて出でたまへり。片言《かたこと》の、声はいとうつくしうて、袖《そで》をとらへて、

「乗りたまへ」

と引くも、いみじうおぼえて、

末遠き二葉《ふたば》の松に引き別れ

いつか木《こ》高きかげを見るべき

えも言ひやらず、いみじう泣けば……。

この雪が少し溶けたころになって、源氏は大井の邸へ通って来た。いつもだったら、源氏の訪れを心待ちにしている明石の御方であったが、こたびばかりは、すこしも嬉《うれ》しくない。源氏の訪れはすなわち姫君を迎えに来るのだと思い定めているからである。

いよいよ、その日が来た、と思うと、胸の潰《つぶ》れる思いがする。

〈……でも、それもこれも、もとはといえば我が身の賤しさのせいなのだし、こうして、手放すことを承諾してしまったのも自分で決めたことなので、他の誰のせいでもない。すべてはこの自分の心次第……もし、これでどうしても嫌だと申し上げたら、それを強いてもとは君はおっしゃるまい。ああ、なんだってまた、姫を差し上げる約束などしてしまったのかしら、つまらぬことを言ってしまった。……でもそんなこと思ってみても、今さら嫌ですと言うこともできない……そんなことをすれば、いかにも軽薄な女のように思われてしまう……〉

御方の心の中では、正直な気持ちと丈高《たけたか》い理性とがせめぎ合っている。

その目の前には、姫君が、なんともいえずかわいらしげな姿で、ちょこんと座っている。この様子を見て、源氏は、〈ああ、こういうすばらしい姫を産んだ、この人とはよほど深い前世からの因縁があったのだな〉と思うのであった。

この春あたりから伸ばしている髪の毛が、今ちょうど尼さんの髪のように背中あたりまで伸びてゆらゆらと艶《つや》めき、また頰のややわわとした感じや、目許《めもと》のふわっと匂《にお》い立つような美しさは、言葉に出して言うのも今さらという思いがする。

「人の親の心は闇《やみ》にあらねども子を思ふ道にまどひぬるかな（人の親の心がおしなべて闇だというのではないが、ただ、子を思うその恩愛の情のために、誰もみな道に惑うてしまっているのだ）」

という名高い歌が、源氏の心に去来する。

〈いたいけなわが子を、よその家の子として遠くから思い遣るなど、さぞ親としては「心の闇に惑う」というものだろうな〉と、そんなふうに同情すると、源氏としても胸が痛む。そこで、大丈夫、二条の邸に迎え取っても、かならずかならず辛いことのないように、くれぐれも愛情深く育てるから、と繰り返し言い聞かせなどするのであった。

「わたくしは決して多くを望むのではございません。ただ、あの姫がわたくしのような取るに足りない身のほどでないようにだけしてくださいましたら、それで十分でございます」

明石の御方は、そんなふうに言いはするものの、やはり堪《こら》えきれずに嗚咽を洩《も》らして泣くありさまは、あまりにも哀れであった。

姫君は、しかし、なんの苦悩もない様子で、迎えの車に早く乗りたいと言う。車が寄せられる。

母君みずから、姫を抱いて車寄せまで出て来る。

ちょうど片言をしゃべるようになった姫の、その声はたいそうかわいらしい。車に乗ると、姫は母君の袖《そで》を摑《つか》んで、

「ねえ、乗って、いっしょに」

と、その袖を引く。母君は、この声を聞くと、もはや涙もせきあえず、

末遠《すゑとほ》き二葉《ふたば》の松に引き別れ
いつか木高《こだか》きかげを見るべき

まだ二葉ほどの幼い松のような姫、これから先長い長い人生が待っている姫に、今ここで松の根を引くように、引き別れてしまったら、いったいいつ、この姫松が大きな木になったところを見ることができるのでしょう

御方は、この歌を最後まではとうてい詠じ切れず、途中から激しくせき上げて泣い

た。

姫君は数えで二歳。ちょうどかわいい盛りで、かたことを話し始めたところでもあろう。私は、このあたりを訳しながら、ついつい目頭《めがしら》の熱くなるのを禁じえなかった。

こういうところを、じっくりと味わいながら読んでみると、『源氏物語』は、なんと奥行きの深い物語であろうかと、今さらながらに驚かされる。

どうであろう、あたかも、むかしの上質な文芸映画でも見ているような、静かな悲しみと美しさが横溢《おういつ》しているではないか。

こんなふうに、親子恩愛の情という物差しを当てて見るならば、果たしてかの弘徽殿女御だって、ほんとうのところ「悪役」だったと言えるのだろうか。そんな単純な割り切り方は、どうしたってできないはずだ。

人生は、絶対的な善悪などできっちりと区別できるほど単純ではない。それを、こんなふうに奥行き深く、微妙な筆致で描きこんであるところに、この物語の恐るべき力量があるのである。

第二章　女としての当たり前

正妻、葵上は冷たい女だったか

光源氏の正妻は、まず第一に葵上《あおいのうえ》であった。

この葵上という、ちょっと影の薄い女性について、すこしばかり考えてみることにしようか。

この人が物語の上に登場してくるのは、ごく早い段階である。すなわち「桐壺《きりつぼ》」の巻、源氏がいまだ十二歳、元服の儀を取り行なうという場面のことだ。

引入《ひきいれ》の大臣《おとど》の皇女腹《みこばら》に、ただひとりかしづきたまふ御女《おほむすめ》、春宮《とうぐう》よりも御けしきあるを、おぼしわづらふことありける、この君にたてまつらむの御心なりけり。内裏《うち》にも、御けしき賜はらせたまへりければ、

「さらば、このをりの後見《うしろみ》なかめるを、副臥《そひぶし》にも」

ともよほさせたまひければ、さおぼしたり。

この儀式で加冠の役を務めた左大臣と皇女出身の妻の間に生まれた姫君があって、たった一人の姫だというので丁重に扶育《ふいく》していた娘を、東宮の后にという所望もあったのだが、左大臣がなにかと思案してぐずぐずしていたのは、つまり、この源氏の君に縁付けたいという念願を持っていたからなのであった。そこで、この際、陛下にご内意を伺ったところ、

「そういうことならば、この際、後見する妻と定まった女もいないようだから、添《そ》い臥《ぶし》の妻として定めたらよかろう」

というありがたい御意を賜ったので、左大臣はきっとそのようにしようと思い定めた。

と、こう出てくるのが、葵上の登場である。

元服の儀に際して、加冠《かかん》の役を仰せつかったのは、時の左大臣であったが、この人の娘で、しかも母親は帝と同母妹という出自ゆえ、左大臣家（藤原氏）では、もっとも大切に思

って、寒い風にも当てじと扶育《ふいく》してきたという、まさに上級の上にも上級の姫君だったのである。

ところが、この登場早々のところからして、そもそもこの女君の頭上には、黒雲がたちこめている気配がある。すなわち、この姫を、時の東宮が所望されたのにもかかわらず、父大臣が、うんといわなかった……それは、この源氏に娶《めあわ》せようという下心があったからなのであった。

そこで、桐壺の帝に、この姫の処置についてお伺いを立てたところ、「このをりの後見《うしろみ》」が定まっていないようだから、それではその姫を「副臥《そひぶし》」にでもしたらよかろう、という御内意が下ったというのである。

すなわち、元服すると一人前ということになるのだが、そうなるとなにかと世話をする後見役の妻がなくてはならない。ところがそれがまだ決まっていないから、ちょうどいい、その姫を添い寝をする妻にしたら良かろうと、帝が公認したということである。

こうなれば、帝にとっては姪に当たる姫を、これから先の有望株である源氏に縁づけたわけだから、左大臣家としては、なによりの権力固めになる。

一方でしかし、その東宮というのは、後の朱雀院の帝、すなわち弘徽殿女御腹の一の宮であるから、押しも押されもせぬ第一の日嗣の御子、そういう若宮を袖にして、源氏に娶《めあわ》せた左大臣のやりかたは、右大臣家にとっては、最大の侮辱ともなった。弘徽殿の気持ちがこれでおさまるはずもなかった。そういう意味では、葵上の身には、最初から、右大臣家の遺恨も添うていたし、後には六条御息所《ろくじょうのみやすんどころ》の怨《うら》みも重なるわけゆえ、その行く末が幸福になるはずもなかったのであった。

いわばこの姫は、「あらかじめ約束された不幸」のもとに登場してきたのである。では、物語のなかでの、源氏との初対面はどうであったか。

その夜、大臣《おとど》の御里に、源氏の君まかでさせたまふ。作法《さはふ》世にめづらしきまで、もてかしづききこえたまへり。いときびはにておはしたるを、ゆゆしううつくしと思ひきこえたまへり。女君《をんなぎみ》はすこし過ぐしたまへるほどに、いと若うおはすれば、似げなくはづかしとおぼいたり。

（「桐壺」）

その夜、左大臣の邸に、源氏の君が訪れた。この婿取《むこと》りの作法は、いまだかつて聞いたことがないほど、盛大にもてなしたことであった。まだまだ子どもらしい様子の婿殿であったけれど、左大臣の家中の者どもは、ひとしく、なんとまあ不吉なくらいにかわいらしい方だ、と思ったことであった。

女君——後に葵の巻に詳しく語られることに因んで、葵上《あおいのうえ》と呼ぶことにしよう——は、じつは源氏より少し年上で、源氏のほうがひどく若く見えたので、女君自身は、なんだか不釣り合いで気詰まりなこと、と思っているのであった。

この時代は、原則的に娘は実家に居て、そこに婿が通ってくるという形を取るので、この場合も、元服の儀式が滞りなく済んだその夜、源氏は左大臣家にやってきた。

その結婚の儀式もいろいろとやかましいきまりがあったに違いないが、通常の定めをはるかに越えて、世に類例のないほどの盛大なもてなしをしたとある。その折の源氏はまだほんとうに少年らしくて、どこかか弱い風情があった。「きびは」というのは、そういう若々しく繊弱《せんじやく》な感じをいうのである。「うつくし」は、この時代には「かわいい」というほどの意味で、とくに幼い子どものかわいらしさに言うことが多い。『枕草子』にも、「なにもなにも、ちひさきものはみなうつくし」と見えているとおりである。「ゆゆし」という形容詞は、不吉な感じを言うのであるが、あまりに美しい人は、魑魅魍魎《ちみもうりょう》などに目をつけられて夭折《ようせつ》などする恐れがあるゆえ、美し過ぎるのは不吉だと感じられたのである。そのくらい美しい少年だったのだが、葵上の目から見た源氏は、

「ずいぶん幼いのね……なんだか不釣り合いで気詰まりだこと」

という印象であったと書かれている。

では、源氏から見た葵上はどうであったのか。

その少し先、「桐壺」の巻の終わり近くに、こう書かれている。

　心のうちには、ただ藤壺の御ありさまを、たぐひなしと思ひきこえて、さやうならむ人をこそ見め、似る人なくもおはしけるかな。大殿《おほいとの》の君、いとをかしげにかしづかれたる人とは見ゆれど、心にもつかずおぼえたまひて、幼きほどの心ひとつにかかりて、いと苦しきまでぞおはしける。

　しかも、心のうちには、ただかの藤壺のことばかりを、世にたぐいなき素晴らしい方だと思い焦がれ、〈自分も同じく妻にするなら、藤壺のような人を得たいものだが、似

る人もないほどの美しさでいらっしゃる、これに比べると、左大臣家の姫君は、たしかに大切に育てられた美しい人ではあるが、やっぱりつまらぬ〉などと感じられて、ただただ幼いなりに藤壺への思慕の念ばかりが募り、心も苦しいほどであった。

すなわち、このカップルは、出発点のところから、互いに心の通わない形で添わなくてはならなかったのであった。なおかつ、たかだか十二歳で、見たところはまるで少年であったにもかかわらず、源氏の心のなかには、すでに藤壺への恋慕という、たぐいなく罪深い恋の魔物が棲みついていたのだから、葵上には、最初から勝ち目などなかったのである。

自分でも恋しいとは思えない男（しかも葵上から見て源氏は四つも年下であった）と結婚させられて、なにも悪くないのに右大臣家に恨まれて、しかも源氏からも、さっぱり愛されない。こんな不幸な目に遭わされて、それでも夫を温かく愛することができる女がいるだろうか。

まず、そこをよく案じておかなくてはならぬ。

「うるはし」き人

やがて、「帚木《ははきぎ》」の巻の、あの有名な「雨夜の品定め」の場面が終わり、一夜明けて、源氏は、珍しく左大臣邸にやってくる。

からうして、今日は日のけしきもなほれり。かくのみこもりさぶらひたまふも、大殿《おほいとの》の御心いとほしければ、まかでたまへり。

おほかたのけしき、人のけはひもけざやかにけ高く、乱れたるところまじらず、なほこれこそは、かの、人々の捨てがたく取り出《い》でしまめ人には頼まれぬべけれ、とおぼすものから、あまりうるはしき御ありさまの、とけがたくはづかしげに思ひしづまりたまへるを、さうざうしくて、中納言の君、中務《なかづかさ》などやうの、おしなべたらぬ若人《わかうど》どもに、たはぶれごとなどのたまひつつ、暑さに乱れたまへる御ありさまを、見るかひありと思ひきこえたり。

辛うじて、明けのあしたには、空模様も持ち直した。

こう長く宮中にのみ留まっているのも、左大臣の心中を思うと気の毒な気がしたので、源氏はやっと退出することにした。

左大臣邸に着いてみると、その邸内のありさまといい、また妻の葵上の様子といい、まことに端然《たんぜん》として気品に溢《あふ》れ、どこにも乱雑なところがない。ああ、やはりこの人こそは、あの左馬頭《さまのかみ》たちが、捨てがたい女として取り立てて論じていた実直な妻、頼りになる女というのに当たるのであろうと思い当たるものの、そうはいっても、正直な気持ちは、あまりにも端正すぎて堅苦しく、相手をするほうが恥ずかしくなるほどおっとりと澄まし返っているのを、源氏は、どこか物足りない感じに受け取ってしまう。お付きの女房たち、中納言の君、中務《なかづかさ》などという美しく若い女房衆を相手に、源氏は、なにくれと冗談などを言いつつ、自分は暑さのためもあって、着物もゆるゆるとくつろげて着ている、その様子は、女房たちから見れば、いかにも見甲斐があるなあ、と思わずにはいられない。

ようやく梅雨の晴れ間を得て、源氏が左大臣邸を訪れようと思ったのは、決して妻に逢いたいためではなかった。ただ、「大殿の御心いとほしければ」というのがその理由であった。すなわち、婿としてあれほど丁重にもてなしてくれているのに、あまり音沙汰なしでは、左大臣に気の毒な、と思ったからに過ぎない。

そうして、実際にそこで対面した妻葵上の様子は、「まことに端然として気品に溢れ、どこにも乱雑なところがない」という案配で、源氏は内心、ついさきほど左馬頭が演説したなかに、「今はただ品にもよらじ、容貌《かたち》をばさらにも言はじ、いと口惜しくねぢけがましきおぼえだになくは、ただひとへにものまめやかに、静かなる心のおもむきならむよるべをぞ、つひの頼み所には思ひおくべかりける」とて、上中下の身分にも拠《よ》らず、容貌次第でもなく、ただ、「まるで取るに足りない愚か者であるとか、あるいは性格的にひどくひねくれているとか、そういう決定的欠点がないならば、ともかく真面目で、落ち着いた心を持った妻を、人生の伴侶として頼りに思っておくほかはありますまい」という結論に至ったことが思い合わされて、それなら、この眼前にいる妻こそは、まさにそれに当たるなあと、源氏は、まるで他人事《ひとごと》のように思うのであった。

とはいえ、あまりに葵上の態度は「うるはし」く、「とけがたく」「はづかしげ」で「思ひしづまりたまへる」という案配であった。「うるはし」は、このあとまた、「若紫《わかむらさき》」のところで葵上と対面する段でも、やはり「うるはしうてものしたまへば」と書かれているから、葵上を理解する上で大切な形容詞である。

このウルハシという形容は、現代とはずいぶん違っていて、たとえば、仏像だとか、風景だとかが、しかし、端然と整っていて乱れのない美しさを言った。もちろん肯定的な意識で使うのだが、しかし、これを人について言うときには、やや厳然としていて近づき難いというようなニュアンスをさえ含むのであった。そのウルハシという形容で、重ねて表現される葵上の美は、たとえば夕顔《ゆうがお》が、つねに「らうたし」という言語コードと不可分であったのと対照的である。ラウタシは、どこか頼りなく弱々しくて、そのままにはうち捨てておけないような、保護してやりたくなるようなかわいらしさを言うのであった。ところが、ウルハシとなると、かわいげがないのである。しかも、「とけがた」いのだから、心を許すところが感じられないし、また「はづかしげ」であったというのは、相対《あいたい》している自分が恥ずかしくなるほど、相手が立派過ぎるということの謂《いい》である。しかも、「思ひしづまりたまへる」すなわち、おっとりと澄まし返っているとでもいうところ、これでは、源氏としてはまったく取りつく島もないというものだが、では、源氏はその時、どんな態度を取ったかといえば、そのすぐ次のところに、中納言の君だの中務だのいう、葵上付きの若い女房たちに戯れかかった、というのである。どうやら、この中納言などは、源氏のお手付きであったらしいから、結局、源氏の意識にあったのは、父左大臣であり、お付きの女房たちであったとなれば、いかに当時の貴婦人は今の女衆とは心がけが違うといっても、そんな夫を相手に、心を許して打ち解けようと思えるはずもなかったと、そういうふうに、作者は筆を運んでいるように思える。

それから、源氏が瘧病《わらわやみ》（マラリア）に苦しんで北山に祈禱を受けに行った後、また源氏は左大臣邸を訪れるが、それとて、わざわざ丁重に迎えにきた左大臣の「もてかしづきたまへる御心ばへのあはれなるをぞ、さすがに心苦しくおぼしける」とて、つまりは舅《しゅうと》左大臣への心遣いからしぶしぶ訪れた、と言わぬばかりである。そうして、案の定葵上は、

女君、例の、はひ隠れて、とみにも出でたまはぬを、大臣《おとど》、切《せち》に聞こえたまひて、からうしてわたりたまへり。

女君の葵上《あおいのうえ》は、いつものことながら、深く姿を隠してなかなか出てこないところを、父大臣が、早く出て挨拶せよとしきりに勧めた結果、ようやく顔を出した。

という対応ぶりであった。いやいや対面する妻、その様子は、既述のように、まことに「うるはしうて」身じろぎもしない。これではまるで仏像と話しているようなものである。源氏は、せめて北山詣でのことなど、あれこれお話ししようと思い、そのうえで「こういうとき、なにかこう心のこもった受け答えでもしてくれれば、話す甲斐もあるのだがなあ」と思う。

こういう思いは、いかにも男の身勝手で、どんな女性だって、さんざん自分を蔑《ないがし》ろにして、あちこちの女に戯れ歩いている夫が、たまに帰ってきたとして、その旅先の話を愉しく聴きましょうなどと思うだろうか。そういう自然な感情として、ここは、私には理解される。

しかし、源氏は、ますます疎ましく思う。二人の心はどんどん乖離《かいり》していく……それは当たり前である。そこで、源氏が何を言ったか。

「時々は世の常なる御けしきを見ばや。堪《た》へがたうわづらひはべりしをも、いかがとだに、問はせたまはぬこそ、めづらしからぬことなれど、なほうらめしう……」

「せめて時々は、世の中の夫婦らしいご様子を見たいものですが……。わたくしがほんとうに辛い思いで病に臥せっておりましたのを、具合はどうか、とすらお問いくださらなかったのは、まずいつものことながら、やはりわたくしとしては恨めしく……」

と、それが源氏のセリフであった。

自分はさんざんに無沙汰をしておきながら、わが病気の床へ見舞いの消息ひとつよこさなかった、それを恨むというのは、ずいぶんひどいが、それも「めづらしからぬことなれど」などと、余計な一言をつい口にしてしまう。いつもあなたはそのように冷淡だけれどね、というのである。こういう甘ったれた言い草は、色好みの男の恨み方としては別に珍しくもないのだが、いつだって消息すらろくによこさず冷淡そのものの源氏に言われては、葵上はおさまらない。

「問はぬは、つらきものにやあらむ」

と答えて、横目で睨《にら》んだとある。

「君をいかで思はむ人に忘らせて問はぬはつらきものと知らせむ（あなたに、なんとかして好きな人に忘れられるという経験をさせたい。そうしたら、何も消息をくださらないのがどれほど辛いかお分かりになるから)」という古歌の片端を仄《ほの》めかして、葵上は、ぐさりと源氏の心を突き刺すのであった。こうなっては、源氏は勝ち目がない。

「その『問わぬ』とかなんとかいうことは、忍ぶ恋とやらいうような恋仲の場合に言うことで、わたくしどもとは立場が違いませんか」

などと弁駁《べんぱく》しはするものの、葵上に一本とられたことは間違いなかった。こうなれば、夫婦としての情など生まれようはずもない。この夜源氏は、葵上のもとに宿ったが、しかし、閨《ねや》に入っても葵上はいっこうに入ってくる気配もない。源氏は、入ってこいと誘うべきか、どうしようか、などとイジイジしながら、さてその心中には何を思っていたか。

「とかう世をおぼし乱るること多かり」

とだけ書かれているのだが、この「多かり」が曲者《くせもの》である。すなわち、この当時の読者には、それが、どんなことを思っていたのか、ほとんど自明に判断できたのであろう。この直前には、北山で若紫を発見して、なんとかしてあの姫を……と源氏は思い思い帰京したのだから、むろんそのことが第一に心にある。しかも、その奥には、例の藤壺への思慕がある。このすぐ後には、藤壺との密通、そして罪の子の懐妊と、話は続くのであるから、源氏は葵上のやってこない閨で、もっぱら他の女達のことを懊悩しつつ輾転反側《てんてんはんそく》していたのに違いない。葵上のストライキは、かくて何ら奏功しなかったのであった。

やがて、源氏は二条の私邸に紫上を連れてきてしまう。そのあと、「紅葉賀《もみじのが》」の巻には、もうすこし心を通わせようとする源氏と葵上の対話が描き出される。

内裏から下ってきて左大臣邸に入った源氏は、また例のごとく、

……例のうるはしうよそほしき御さまにて、心うつくしき御けしきもなく

……いつものことながら、端然《たんぜん》と取り澄ましていて、可愛げなどはさらになく

という態度の葵上に対面する。

しかし、源氏は、新年になったのを機会に、

「今年よりだに、すこし世づきて改めたまふ御心見えば、いかにうれしからむ」

「どうでしょう、新年になったことですし、今年からは少し夫婦らしい親しみを持つように、お心を改められるところが見えたら、どんなにか嬉しいことでしょう」

と、なにやら取り持ちめいたことを口にする。

お心を改めなくてはいけないのは、自分ではない、あなたのほうでしょうに、と葵上は言いたかったに違いない。しかも、どうやら新しい若い女(紫上)を、自分の目に触れないように二条の私邸に隠している、とそのことを葵上は知っているのだ。

それでも、源氏が愛嬌たっぷりにざれ言なども言いかけて御機嫌取りをするのに対しては、

えしも心強からず、御いらへなど聞こえたまへるは、なほ人よりはいと異《こと》なり。

さすがに強情《ごうじょう》を張って無視することもできず、ついつい返事などをしてしまう、その鷹揚《おうよう》な態度は、やはりそこらの女たちとは違ったものであった。

という態度を見せる。

源氏の冗談に、ついつい乗せられてふと返事などしてしまう葵上の態度はいかにもおっとりと鷹揚で、普通の人とは違った育ちの良さが自然と顕われる。そこで、源氏も、葵上を少し見直す心ができてくるのである。

このところに、葵上のほうが源氏より四つほど年上であった、と述べられている。このとき、源氏は十九歳ゆえ、葵上は二十三であったことが分かる。やや年増の、いわば女盛りとでも言ったら良いだろうか。改めて成熟した美しい葵上を、源氏はここで今更ながらに「発見」するのであった。

何ごとかはこの人の飽《あ》かぬところはものしたまふ、わが心のあまりけしからぬすさびに、かく怨みられたてまつるぞかし

〈まったく、この方のどこにそんなに不満を感じるゆえんがあろうか、……ただ自分自身のあまりにもけしからぬ行状のせいで、こんなふうに恨みがましい顔をされるのであろうなあ〉

源氏は時々こういうふうに反省などもする。が、反省をしたからとて、行状がおさまるわけでもないことは、みなの暗黙の了解であった。その証拠に、この反省の弁のすぐあとに、源氏は、正月らしく素晴らしい装束（それも左大臣かたで用意しておいた）を身につけて美々《びび》しく装うと、内裏をはじめ所々に参り、最後に赴いたのは、ほかならぬ藤壺のもとであったのだ……。

かくて、源氏は、結局葵上と、真に打ち解けることはなかった。

ただし、こういうふうに源氏の心がいくらか前向きになったということが、その二年後に葵上が妊娠するということの伏線になっていることはたしかである。

そのけしからぬ心のままに、六条御息所との密通もやまず、朧月夜、あちらの女、こちらの女、なかには源典侍《げんないしのすけ》などという奇妙な超大年増《ちょうおおどしま》との駆け引きなども含めて、華やかに過ごしているうちに、不思議と葵上が懐妊する。

そうして、この懐妊した葵上と、夜離《よが》れがちであった六条御息所が、賀茂《かも》の葵《あおい》祭の車争いに巻き込まれて、ついには、その恨みから、御息所が葵上に生霊《いきすだま》となって祟《たた》るという展開になることは、皆さまよく御案内のところである。

その物《もの》の怪病《けや》みに苦しむ葵上は、次第に病状も重り、いよいよ命は旦夕《たんせき》の間《かん》に迫る。しかし、不思議に男君が無事生まれて、左大臣邸は喜びに包まれるのだが、それも束《つか》の間、葵上の病はますます悪化していく。

源氏は、その枕頭《ちんとう》にあって、かいがいしく薬湯《やくとう》などを飲ませたりするのであったが、このとき、源氏は再び美しくも愛しい葵上を再発見する（「葵《あおい》」）。

いとをかしげなる人の、いたう弱りそこなはれて、あるかなきかのけしきにて臥《ふ》したまへるさま、いとらうたげに心苦しげなり。御髪《みぐし》の乱れたる筋もなく、はらはらとかかれる枕のほど、ありがたきまで見ゆれば、年ごろ何ごとを飽かぬことありて思ひつらむと、あやしきまでうちまもられたまふ。

もともと葵上は、たいそう美しい人である。それが病み窶《やつ》れて、生死のほどもさだかでないような様子で臥せているのは、ひどく痛々しくて、なんとかしてあげたいと心中に煩悶を覚える。しかし、豊かな黒髪は乱れたところもなく、それがはらはらとかかっている枕のあたり、この世ならぬ美しさである。源氏はそれを見て、〈なんだってまた、私はこの君のどこに不満ばかり抱いていたのだろう。美しい……〉と、我とわが心が怪しまれるくらい、じっと女君の顔を見つめている。

見よ、ここには、葵上の美しさに自然と目が惹《ひ》きつけられてしまう源氏がいる。

とはいえ、源氏は、その直後に、またもや装束を美しく調《ととの》えて内裏へ参上していこうとする。その時、葵上はどうしたか。

「常よりは目とどめて、見《み》いだして臥《ふ》したまへり」

と、そのように物語は語り伝える。

すなわち、「いつにも増してじーっと見つめたまま臥せっていた」というのである。

この最期の最期に、じっと源氏を見つめていた葵上の心事を想像すると、まことに哀切な、そして死ぬ直前の諦め切れぬ執念、のような情を感じるのは、私だけではあるまい。そのように作者は用意深く書いておいたのである。

そして、この直後、容態は急変し、葵上は、源氏不在の床で息絶える。

源氏はその死に目に会えなかったのである。

このことこそは、おそらく葵上の、最後にして最大の、源氏への復讐であったかもしれない。物語には、一見あたかも、葵上は冷淡で人情を解しない女のように描かれているけれど、こうして、丹念にその描かれ方を跡付けてみると、彼女は決して冷淡でも人情を解しないのでもなかった。

もし、読者のどなたでも、同じ立場に身を置いてみることを想像したならば、誰が葵上を言い譏《そし》ることができようか。

いわば、女としての、妻としての当たり前、そういう感情を、読者諸賢も等しく共有し得るのではあるまいか。

第三章 色好みの魂

「まめ」の美学

いまさら事新しく言うまでもないことながら、光源氏という男は、色好みのチャンピオンであった。

そこで、本章では、この「色好み」という人間像について、いささか考えを巡らしてみたいと思うのである。

さて、現代語で、たとえば「あの人は色好みだからねえ」と言ったとしたら、その含意としては、多分に批判というか、非難というか、ネガティブなものが含まれてしまうように思われる。

今日では、「色好み」も「女ったらし」も、いっしょくたで、要するに浮気者だからケシカラヌと、女衆《おんなしゅう》は思っているらしいけれど、平安時代の「色好み」は、じつはそういう浅はかな女ったらしとは全然違う概念である。

もし源氏が単なる「女ったらし」であったなら、ここまで多くの女達に愛されたはずはない。

「女ったらし」というのは、「女誑《たら》し」であって、女を騙《だま》すろくでもない輩《やから》という謂《いい》であるが、「色好み」には、そういう悪い印象はまるでないので、したがって「色好み」の男ほど女に好かれるという、一種不思議な現実があるのであった。いや、女に好かれなければ、色好みにはなれないのだと言ったほうが正確かもしれぬ。

そもそも、色好みには、二つの側面がある。

一つは、「まめ」。

もう一つは、先にもちょっと述べた「をこ」である。

『源氏物語』の「蛍《ほたる》」に、次のようなシーンがある。

……何くれと言長《ことなが》き御いらへ聞こえたまふこともなく、おぼしやすらふに、寄りたまひて、御几帳《みきちやう》の帷《かたびら》を一重《ひとへ》うちかけたまふにあはせて、さと光るもの、紙燭《しそく》をさし出でたるかとあきれたり。

蛍を薄《うす》きかたに、この夕つかたいと多くつつみおきて、光をつつみ隠したまへりけるを、さりげなく、とかくひきつくろふやうにて、にはかにかく掲焉《けちえん》に光れるに、あさましくて、扇をさし隠したまへるかたはら目、いとをかしげなり。

おどろかしき光見えば、宮ものぞきたまひなむ、わが女《むすめ》とおぼすばかりのおぼえに、かくまでのたまふなめり、人ざま容貌《かたち》など、いとかくしも具《ぐ》したらむとは、えおしはかりたまはじ、いとよく好《す》きたまひぬべき心まどはさむと、かまへありきたまふなりけり。まことのわが姫君をば、かくしも、もて騒ぎたまはじ、うたてある御心なりけり。

異方《ことかた》より、やをらすべり出でてわたりたまひぬ。


宮は、これでもかこれでもかと、せいぜい言葉を尽くして口説きかかるが、そのいちいちに答えることもせず、ただ躊躇《ためら》っている玉鬘《たまかずら》に、源氏はするすると近寄ってくると、傍らの几帳の垂絹《たれぎぬ》を一枚だけひらりと引き開けて横木《よこぎ》にうちかけた、その刹那……。

あ、ぽっと、光るものが……。

まさか……、だれかが紙燭《しそく》でも差し出したのかと、玉鬘は息を呑んだ。

蛍、だった。蛍が光っているのだ。

源氏は、この夕方に、たくさんの蛍を捕まえて光が漏れぬよう薄い帷子《かたびら》に包んでおいたのを、さりげなく、玉鬘の身の回りの世話でもするようなふりをして、突然に空中に放ったのであった。

あまたの蛍は、呼吸を合わせるように、ふーっと光を明滅させる。その明るんだ瞬間、玉鬘は動転して思わず扇で顔を隠そうとしたが、間に合わない。

几帳のむこうに、蛍の青白い光に照らされた玉鬘の真っ白な横顔が浮かび上がる。たいそう美しいその面差《おもざ》し……。

これこそまさに源氏の思うつぼであった。

〈……こういうふうに突然の光が見えたら、宮もさぞびっくりして覗《のぞ》き込まれるにちがいあるまい。ああしてただ私の娘だというだけの根拠で、ここまでねんごろに口説き寄っているのであろうまでで、じっさいの人柄や容貌《ようぼう》も、ここまでなにもかも揃《そろ》っているとは、やわかご推量も及ぶまい。ふふふ、こうして美しい姫を目《ま》の当たりにお見せしたなら、それこそ身も世もあらぬ恋慕をされるに違いないぞ〉と、源氏はそういうことをたくらんで、こんな趣向を構えておいたのであった。

これがもし正真正銘自分の姫君であったなら、かかるよけいな世話焼きもすまいに、ますます呆《あき》れ果てた源氏の心がけだと申さねばなるまい。

こんな仕掛けをまんまとしおおせて、源氏は、そっとその場を抜け出し、方角違いの戸口から引き上げていった。

これこそ、色好みのまめぶりを遺憾なく示すエピソードであるが、この、語り手も呆れはてている源氏の企《たくら》み、実はこの趣向は、『源氏物語』作者の創案ではなかった。『伊勢物語』第三十九段に、こうある。

むかし、西院《さいゐん》の帝《みかど》と申す帝《みかど》おはしましけり。その帝《みかど》の皇女《みこ》、崇子《たかいこ》と申すいまそがりけり。その皇女《みこ》うせ給《たまひ》て、御《おほん》葬《はぶり》の夜、その宮の隣《となり》なりけるおとこ、御葬《はぶり》見むとて、女車《ぐるま》にあひ乗りて出でたりけり。いと久しう率《ゐ》て出でたてまつらず。うち泣《な》きてやみぬべかりける間《あひだ》に、天《あめ》の下《した》の色好《ごの》み、源の至《いたる》といふ人、これも物《もの》見るに、この車《くるま》を女車《ぐるま》と見て、寄《よ》り来《き》てとかくなまめく間《あひだ》に、かの至《いたる》、蛍《ほたる》をとりて女の車に入《い》れたりけるを……

今、かりそめにこれも「謹訳」してみると、昔、西院の帝（淳《じゅん》和《な》天皇）と申す帝がいらっしゃった。その帝の姫御子に崇子《たかいこ》と申すお方がおいでになった。その御子が薨去《こうきょ》されて、お葬式の夜に、その宮の隣に住んでいた男が、この御葬列を見ようと思って、女君がたの乗る車に同車してでかけた。しかし、名残惜しさに、なかなか柩《ひつぎ》の車が出立《しゅったつ》しない。こんなことではしかたがない、もう泣き悲しんだだけで見物はやめて帰ろうと思っているところへ、天下に聞こえた色好みの源至という男が、これも葬列見物にやってきていたが、くだんの車を女乗り物と見て、さっそく寄ってきた。そうして、さりげなく思いをほのめかしつつ、ふと蛍を捕って女の車に放ち入れた……

まことに不謹慎と言えば不謹慎であるが、これは明らかに蛍の光で女の顔を見《み》顕《あら》わそうという企みに違いなく、こういうのが『源氏物語』のこの巻の一つの先蹤《せんしょう》になっていることは疑いない。

ここで、この趣向を構えた男が源至という「天の下の色好み」であったと書かれていることに留意したい。

考えてみれば、この源至という男も、また光源氏も、ずいぶんと面倒な、手間のかかる趣向を構えたものである。わざわざ蛍の青白い光を明滅させて、その光で女の顔を見よう、あるいは見せよう、などというのは、風雅といえば風雅に違いなく、ものぐさな男には到底思いもつかぬことであろう。

源至のほうは、ただそこらにいた蛍を捕まえて車中に放ち入れただけかもしれないが、それをさらに一段進めたのが源氏のやり口で、これは前もって集めておいた蛍を、その瞬間まで光が漏れぬように袋にでも入れておいて、いざ、という刹那に、玉鬘の顔のところへ放ったのだから手が込んでいる。

ここには、色好みの「美学」があるのだ。その美学によって、色好みは鼎《かなえ》の軽重を問われるのである。

このところ、兵部卿《ひょうぶきょう》の宮が廂《ひさし》の間まで来て掻き口説くのが厭《いと》わしく思われて、玉鬘は、母屋《もや》の奥のほうへ隠れてしまう。すると源氏は、「いとあまりあつかはしき御もてなしなり」、つまり「この夏の夜というに、さような奥まったところに隠れてしまうとは、あまりに暑苦しいもてなしでありましょうぞ」などと尤《もっと》もらしいことを言って、彼女を端近《はしぢか》いところへ追いやろうとする。つまりは、この蛍火の趣向を成功させるためには、玉鬘が奥に引っ込んでいては困るから、親心めかしてこんなことを言い、兵部卿の宮から見えやすいところへ追い出したのである。

そうしておいて、細工は流々《りゅうりゅう》とばかり、予《かね》て用意の蛍の群れを放ちやったのだ。まことに御苦労なお世話焼きである。源至のアイディアを拝借しながら、しかし、源氏のやりようは、もっと遥かに徹底している。色好みのチャンピオンとしては、まさに「ここまでやるかっ！」というところまで徹底しなくては収まらぬ。

それもこれもしかし、玉鬘が源氏の実の娘であったら、そんなことを考えるわけもないが、とはいえまた、源氏の手許《てもと》に引き取ったどこぞの姫をば、だれにも知られないまま手生けの花とするなんてのは、源氏にとって色好みとして何の手柄にもならず、まったく我慢がならぬのだ。

この姫が天下の大評判となって、よろずの男たちが言い寄ってくる、そういうふうに天下垂涎《すいぜん》の美女をあたかも娘のようなふりをして囲っておいて、やがて自分のものにしてやろうと思うからこそ、煩瑣《はんさ》を厭わず、こんな趣向を構えるのであった。

まことに妙ちくりんと言えばその通りだが、色好みの男の心には、こういう妖しい欲望……つまりはよその色好み連中を出し抜いて、天下無双、大評判の美姫《びき》をわが物にしてこその色好みだ、という考えが宿っているのである。

そのためには、まずどのように行動したらよろしいか、それを解く鍵が「まめ」という美学である。

つまり、恋のためなら、千里の道を遠しとせず、たとえ火の中水の底、いかなる困難も厭わないというエロス的エネルギー。これこそが、色好みの男にもっともあらまほしい姿であった。

『枕草子』にも、そういう色好みの男の、ご苦労千万なるマメさ加減が描かれている。

また、雪のいと高《たか》う降《ふ》りつもりたる夕暮《ゆふぐれ》より、端近《はしちか》う、おなじ心なる人二三人ばかり、火桶《をけ》を中にすゑて物語《がたり》などするほどに、暗《くら》うなりぬれど、こなたには火もともさぬに、おほかたの雪の光《ひかり》いとしろう見《み》えたるに、火箸《ばし》して灰《はひ》など掻《か》きすさみて、あはれなるもをかしきもいひあはせたるこそをかしけれ。

宵《よひ》もや過《す》ぎぬらむと思ふほどに、沓《くつ》の音近《おとちか》う聞《きこ》ゆれば、あやしと見いだしたるに、時々かやうのをりに、おぼえなく見ゆる人なりけり。「今日《けふ》の雪《ゆき》を、いかにと思ひやりきこえながら、なでふ事にさはりて、その所にくらしつる」などいふ。「今日来《けふこ》ん」などやうのすぢをぞいふらむかし。昼《ひる》ありつることどもなどうちはじめて、よろづのことをいふ。円座《わらふだ》ばかりさし出《い》でたれど、片《かた》つかたの足《あし》は下《しも》ながらあるに、鐘《かね》の音《おと》なども聞《きこ》ゆるまで、内《うち》にも外《と》にも、このいふことはあかずぞおぼゆる。

あけぐれのほどに帰《かへ》るとて、「雪《ゆき》なにの山《やま》に満《み》てり」と誦《ず》したるは、いとをかしきものなり。女の限《かぎ》りしては、さもえゐ明《あ》かさざらましを、ただなるよりはをかしう、すきたるありさまなどいひあはせたり。

訳せば、こういうことである。

雪がこんもりと高く積もった、そういう日の夕暮れころから、御殿の端近のところに、気の合った女どうし二三人で、火桶を真ん中に置いて、あれこれとおしゃべりをしていた。だんだん日暮れて暗くなってくるのに、家のなかには明かりも灯《とも》さずにいる。でも、そういう雪の夕べには、雪明かりで、ほんのりと白くあたりの様子が見えて、そういうところで火箸で火桶の灰などをひっかき回したりなどしながら、しみじみとした話や、愉快な話、あれこれ口々に喋《しやべ》りあっているのは、ほんとうに面白い。

そんなふうにして、そろそろ宵も過ぎたろうかと思う時分に、沓の音が外から次第に近づいて聞こえてくる。はて、いったいこんな雪の夜にだれだろう、心当たりもないことだがと思って、外のほうを見やると、時々こういう時にばかり、前触れもなく姿を現わす人であった。その男が、

「いやはや、今日のこの大雪、さぞご難儀なさっておいでであろうと、遥かに案じ申し上げなどいたしておりましたが、ちょっとあれこれ野暮用ってやつで、なかなかお見舞いにも参上できずに、こんな時間になってしまいました」

などという。

ははーん、これはてっきりあの、「山里は雪降りつみて道もなし今日来む人をあはれとは見む（この山深い里にこんなにも雪が降り積もっていて、もう道もみえないくらいだ。そういう困難を凌《しの》いで通って来た人があったら、さぞ感激してしまうことだろう）」という歌の心みたようなことを言ってるのであろうなあと見当がついた。

それから、昼のあいだにあったことやら、なにやかやと取り混ぜてお話しをする。

突然のことで何のもてなしもできぬから、せめて藁《わら》の座布団ばかりを差し出したけれど、この人は、片方の足は下におろしたままの半身《はんみ》の姿勢で、ずっと私たちのおしゃべ

りにいつまでもつきあっている。そしてとうとう、どこかから暁《あかつき》の鐘の音が聞こえてくる時間になってしまった。

あまりにおしゃべりが面白くて、時の経つのをすっかり忘れていたのだけれど、おそらくそう思っていたのは、御殿の内にいる私たちだけではなくて、外に腰掛けている人のほうも同じことであったろう。

やがて暁闇《あかつきやみ》の時分になったので、もう帰ります、と言って「雪、ナントカの山に満てり」とか、朗々と詠吟しながら、帰っていったのは、まあ、まことに心憎いばかりの仕方であった。

「女だけだったら、こんなふうに面白く話題も尽きせぬままに夜が明けるなんてことも到底考えられないところで、ああいう男が加わると、ふつうの女のおしゃべりとはぐんとちがって、なんともいえず風流なことになるわねえ」などとみんなで口々に語りあった。

見よ！　男というものは、こういうふうに、深い雪など降ったら、それこそ絶好のチャンス、というくらいに思わなくてはいけない。

雪は、行くに難儀をする悪条件である。

道すがらも寒さは募るであろう。

そういうなかを凌ぎに凌いで女のところへやってくる熱意こそ、色好みなる男の本懐といわねばなるまい。

この男が誰であるかは分からないけれど、こういうふうに、簀子《すのこ》に腰掛けて半身に構えつつ内なる女衆《おんなしゆう》と根気強くおしゃべりをする……それも凍《い》てつく雪の夜に、夜通し、飲まず食わずで機嫌よく、というのは、よほどマメでなくてはできるものでない。斉信《ただのぶ》だろうか、実方《さねかた》だろうか……さて。

マメという形容は、実直というのが本義だけれど、これが色好みのタームとして使われるときは、こういうふうに女の歓心を買うためならば、どんな手間も苦労も厭わないという、そっちの「実直さ」となって発現するのである。

『宇治拾遺物語』の第五十話に、「平貞文本院侍従等の事《たひらさだふんほんゐんのじじふ》」という色好み話がある。

貞文は、通称「平中《へいじゆう》」と呼ばれるが、「色好みにて、宮仕へ人はさらなり、人の女《むすめ》など、忍びて見ぬはなかりけり」とあるから、美女と見れば必ず落としたというほどの色好みであったのだが、この男が、本院侍従《ほんいんのじじゆう》という女にだけは、ついに言い寄ることが出来なかったという珍談がこれである。この本院侍従もまた「世の色好みにてありけるに」とあって、いわゆる「女色好み《おんないろごの》」なのであった。

この海千山千《うみせんやません》の侍従ばかりは、平中がどうがんばっても落ちない。といって完全に振るのでもなく、思わせぶりなことを言いつつ、しかし、言うことを聞かないという、もっとも手に負えない女である。

そこで平中は、一策を案じる。

四月の晦《つごもり》ごろに、雨おどろおどろしく降りて、もの恐ろしげなるに、かかるをりに行きたらばこそ、あはれとも思はめと思ひて出でぬ。

すなわち、四月の晦日のほどに、わざわざ大嵐の夜を選んで、びしょ濡れになりながら通《かよ》っていったのである。

ところが、結果的には、この女のほうが上手《うわて》で、ちょっとだけ逢うような素振りを見せてから、空蟬《うつせみ》よろしくその衣《ころも》だけを残して、いずこかへ逃げてしまう。

そのあと、この話は驚天動地《きょうてんどうち》の珍談へと発展していくのだが、それはさておき、こんなふうに、困難を凌いで通ってこそ、色好みの魂は女の心に響くであろうと、そういう男どものもくろみがある。

そういえば、あの野宮《ののみや》に物忌《ものい》みしていた六条御息所のもとへ遥々《はるばる》と通っていった源氏だって、夕月の頃に野宮へ辿《たど》り着いて、まずは簀子に腰かけ、それから、だんだんと廂《ひさし》へ、さらには母屋《もや》へと忍び入るまでには、たっぷりと一晩の時間をかけている。これは、嵐でも雪でもなかったが、都からは遥かに遠い、草深い嵯峨野《さがの》まで、露に濡れそぼちながら通っていくという、そのマメさ加減、また寝ずに語らおうという根気づよさ、いずれも色好みの美学によく適《かな》っているといわねばならぬ。

また、ずっとあとの宇治《うじ》十帖で、匂宮《におうのみや》や薫《かおる》がはるばるの険阻な山道を凌いでわざわざ宇治の山荘まで通ってゆくのだって、その努力と熱心を競うという色好みの魂がさせることにほかならないのであった。

ところが、あの玉鬘を籠絡《ろうらく》した髭黒《ひげくろ》の大将、この人ともなると、同じ雪の夜でも、気もそぞろになりつつ、なかなか玉鬘のもとへ出かけられずにいるうちに、とうとう、北の方によって香炉の灰を炭火もろとも頭からぶちまけられるという失態をしでかす（「真木柱《まきばしら》」の巻）。ためにこの色男ぶりはとうとう発揮できずじまいであった。いわば、色好みの男の理想に対して、どこまでも色好みになれない野暮天《やぼてん》男のぶざまさを描くために、こうして雪の夜という舞台をしつらえてあるのであろう。

しかもなお、狂気の北の方が、父式部卿《しきぶきょう》の宮の邸《やしき》へ帰ってしまうところで、たった一人の姫君が、せめて父大将に別れの挨拶をしたいと思って待っているのに、なんとなんと……その日も雪の降り出しそうな夕方であったが……「かく暮れなむに、まさに動きたまひなむや」というのが、大将の情けない心がけであった。すなわち、「こんな雪もよいの暮れがたになってしまっては、大将が玉鬘のもとから動くはずもないのであった」と呆れ果てたように草紙地に書かれてあるのである。

もし髭黒が本当の色好みであったなら、こんなときこそ万難を排して、雪も霰《あられ》も凌いで、わが姫に別れを告げに来ただろうはずのところであった。

このマメさの決定的欠如、これこそは、せっかくなかなかに立派な風采でもあり、家柄もしかるべく、政治家としての声望もあった髭黒が、女達に好かれない最大の原因であったろう。

言ってみれば、かの六条院の、どこからどこまで至らぬ隈《くま》もなき結構の見事さだって、源氏の「静かなる御住《おほむすま》ひを、同じくは広く見どころありて、ここかしこにておぼつかなき山《やま》里人《ざとびと》などをも、集《つど》へ住ませむの御心にて」造立《ぞうりゅう》させたものであった。すなわち、「どこかに静かな住まいを営みたいと思った。同じことなら、土地も広く取り、堂々たる普請《ふしん》をして、あちらこちらに離れていてなかなか逢うこともできない女君たち……たとえば、あの大井川の山荘に住んでいる明石の御方のような人々を、一所《ひとところ》に集めて住まわせたい」という心づもりで、あの広大な六条院を建設したというのである。

女君たちの為《ため》には、ありとあらゆる智慧《ちえ》を傾け、費用はどこまでも惜しまず、しかも「御方々の御願ひの心ばへを造らせたまへり」とあるように、それは自分の好みで造るのではなく、女君たちの願い、好尚、趣味に随《したが》って、せいぜい忠誠を抽《ぬき》んでて造るのであった。ここにもまた、のっぴきならぬマメさと美学がある。

「をこ」なる熱意

しかしながら、ここが肝心のところなのだが、こうした色好みの男のマメさというものは、考えてみれば、愚かしい行動と紙一重であった。

雪の夜にわざわざやってきて、一晩中寒気に震えながら女の御機嫌を取る、それは別の視線で眺めてみれば、とんだ愚行とも言えるに違いない。

思い出してみれば、青年時代の源氏が、右大臣の娘、敵役弘徽殿女御《かたきやくこきでんのにょうご》の妹である朧月夜《おぼろづきよ》と契ったのは、あの内裏の花《はな》の宴《えん》の夜のことであった。

まだその人が誰であるかを確かめぬままに、源氏は、この君を選《よ》りにもよって弘徽殿の西《にし》廂《びさし》近く、女房の局《つぼね》の並んでいる細殿《ほそどの》の内へ拉《らっ》し来たって関係を迫るのであった。まことにマメではあるけれど、いつだれに目撃されるか分からないような危うい場所での逢瀬とは、これまた愚かしい行為だと言わねばなるまい。

こういうことが重なった末に、源氏は、マメ男ぶりを発揮しつつ、右大臣の邸《やしき》までも朧月夜に逢いに行って、結局そこで右大臣に見つかってしまう。それもまた、嵐の夜であったが、おそらくそれも偶然ではあるまい。

こういう色好みの必須条件であるマメぶりは、常軌を逸した愚かしさと表裏一体であって、この愚かしいほうの側面を「をこ」といった。今日の「おこがましい」などという言葉のもとになった概念である。

つまりはそのくらいの熱意と行動力を以て女のもとへ通い、女に尽くすのでなくては、男の色好みは成就しない、というわけなのであったが、考えてみると、こういう困難を凌ぎ、常軌を逸する努力をして女に尽くす男、それが女衆によなく愛されるという機序は、現代のわれわれでも、実はちっとも変わっていないのである。

第四章

源氏は食えぬ男

源氏はどんな恋を好んだか？

光源氏という男の本性については、これがなかなか一筋縄ではいかぬところがある。はたして、親切なんだか、冷淡なんだか、高慢なんだか、謙虚なんだか、思慮深いんだか、軽率なんだか……どうも、その場面場面で、必ずしも統一が取れていないという印象が拭えない、とそんな感じを持つ人は少なくないのではなかろうか。

本章では、そういう物語のなかの源氏像ということを巡って、いささか分析を試みたいと思うのである。

まず、「帚木」の巻の冒頭を読んでみよう。

光源氏、名のみことことしう、言ひ消《け》たれたまふ咎《とが》多かなるに、いとど、かかるすきごとどもを、末の世にも聞き伝へて、軽《かろ》びたる名をや流さむと、忍びたまひけるかくろへごとをさへ、語り伝へけむ人のもの言ひさがなさよ。さるは、いといたく世を憚《はばか》り、まめだちたまひけるほど、なよびかにをかしきことはなくて、交野《かたの》の少将には笑はれたまひけむかし。

まだ中将などにものしたまひし時は、内裏《うち》にのみさぶらひようしたまひて、大殿《おほいとの》にはたえだえまかでたまふ。しのぶの乱れや、と、疑ひきこゆることもありしかど、さしもあだめき目馴れたる、うちつけのすきずきしさなどは、このましからぬ御本性《ごほんじやう》にて、まれには、あながちに引き違《たが》へ心尽くしなることを、御心におぼしとどむる癖なむ、あやにくにて、さるまじき御ふるまひもうちまじりける。


ここで語り手は、光源氏という人がどういう男であったか、ということを、ごく大づかみに述べている。それはこういうことであった。

光源氏《ひかるげんじ》、と名ばかりは厳《いか》めしいのだが、じっさいには、その光も打ち消され兼ねないような感心しない行状が多かったように評判されていた。しかし、そのような色好みのあれこれを、後の世までも喧伝《けんでん》されて、軽率な人だという悪名《あくみよう》を流してはさらに一大事だ、と源氏は思っている。だから、注意深く包み隠している密《みそ》かごとまでも、こうして語り伝えてしまおうという人の、なんと口の悪いことであろうか。

とは申せ、源氏はたいそう世の評判を気にして、できるだけまじめぶって過ごしていたから、それほどなよやかに色めいた浮気話もなくて、もしこの時分の源氏のありさまを、あの色好みで名高い『交野《かたの》の少将《しょうしょう》』の物語の主人公に見られたなら、さぞ嘲《あざけ》り笑われたことであろう。

源氏がまだ近衛府《このえふ》の中将《ちゅうじょう》というような位にあった頃のこと、その時分には、宮中に居るのだけを居心地の良いことに思って、妻の待つ左大臣《さだいじん》邸には、時々しか出かけることがなかった。

これを、左大臣かたでは、もしやどこかにお心を乱される女でもできたのではないかと疑心暗鬼になっていたが、いやいや、じっさいのところ、源氏は、そういう浮《うわ》ついた、そしてどこにでもあるような、軽はずみな浮気沙汰《ざた》などは好まない性分であった。それでも、まれまれには、よせばいいのにと思われるような、身分違いやらなにやら、気苦労の種となるような恋ばかり一心に思い詰めるというところがあるのが、あいにくなところで、そのため、あまり芳《かんば》しからぬ行状もなくはなかった。

ここで押さえておかなくてはいけないことはなにかといえば、上記の本文に傍線を引いておいた部分に注目して、

一、名の光を打ち消すような良からぬ行状が多いように評判されていたこと。
二、世を憚《はばか》って「まじめぶって」過ごしていたために色めいた浮気沙汰もない。
三、内裏にばかり居続けて妻の待つ左大臣邸にはほとんど行かない。
四、ありふれた軽はずみの浮気沙汰は好まない性分であった。
五、しかし気苦労の種になるような禁忌の恋ばかりに夢中になる心の癖があった。

と、いうことになるであろう。つまり、本質的には色好みとして評判が高かった……火のないところに煙もたたぬ道理、その世評はもちろん真実を衝《つ》いていたにちがいない。しかし、源氏は、「ありふれた軽はずみの浮気沙汰」は好まない性格だったというのである。けれども、裏返せばそれは、「ありふれていない、重々しい恋」は好む、ということでもあろう。

となると、源氏の好む恋の対象は、いきおい、そんな女に恋してはいけない、と禁忌せられるような、あるいは、めったとない不釣り合いな、というような変則的な恋にならざるを

えまい。

したがって、そういう対象になる女は必ずしも数多くはないので、色好みでありながら、交野の少将のようにあちこち数多く華やかに浮名を流して歩いているわけではなかった……その本性と裏腹に、というのである。

で、どうしても結果として、源氏の恋は、あまり相応《ふさわ》しくない、褒められないようなものになってしまうのであった、と、そのように作者は嘆いてみせる。

結局のところ、源氏は、人後に落ちない、どころか天下無双の色好みなのだけれど、真面目そうな仮面を被《かぶ》っていて、なおかつ、その仮面の裏で「いけない恋」にばかり胸を焦がしている男だ、という人物造形を、作者はここではっきりと提示しているのである。

複雑といえば複雑、しかし、当たり前といえば当たり前の男心のように、私には思える。

しかも、源氏は母を知らずに育った男である。その心の奥底には、いつも「母恋い」のマグマが沸々とたぎっている。さればこそ、その母に瓜二つの藤壺を恋い、はるか年上の六条御息所に思いを寄せ、藤壺の姪にあたる紫上を手に入れるのだが、いやいや、そんなことをしてみても、失われた母への愛は決して償われることはない。

源氏の、「女」に対しての屈折した愛憎は、かくて永遠に慰められることはないのである。

この内面的には「永久に救われない男」である源氏が、しかし外面的には「理想の男」であって、それゆえに、女たちにとっては、心を動かさずにいられない存在であるところに、この物語の構想の卓抜さ、そして面白さの根源がある。

悪玉か善玉か、ということで言えば、あるときは非常に親切な良い人であるが、あるときは、とてつもない悪玉ぶりも見せる。

「花宴《はなのえん》」の巻、源氏二十歳の二月二十日過ぎ、宮中紫宸殿《ししんでん》の花の宴が盛大に催される。その宴の果てた時、源氏の心の色好みの魂が俄然蠢動《しゅんどう》しはじめる。

夜いたうふけてなむ、事果てける。

上達部《かんだちめ》おのおのあかれ、后《きさき》、春宮《とうぐう》帰らせたまひぬれば、のどやかになりぬるに、月いと明《あか》うさしいでてをかしきを、源氏の君、酔《ゑ》ひごこちに、見過ぐしがたくおぼえたまひければ、「上の人びともうち休みて、かやうに思ひかけぬほどに、もしさりぬべき隙《ひま》もやある」と、藤壺《ふぢつぼ》わたりを、わりなう忍びてうかがひありけど、かたらふべき戸口も鎖《さ》してければ、うち嘆きて、なほあらじに、弘徽殿の細殿《ほそどの》に立ち寄りたまへれば、三の口あきたり。

女御は、上《うへ》の御局《つぼね》にやがてまうのぼりたまひにければ、人少《ひとずく》ななるけはひなり。奥の枢戸《くるるど》もあきて、人音もせず。

かやうにて、世の中のあやまちはするぞかしと思ひて、やをらのぼりてのぞきたまふ。人は皆寝たるべし。いと若うをかしげなる声の、なべての人とは聞こえぬ、

「朧月夜《おぼろづきよ》に似るものぞなき」

とうち誦《ず》じて、こなたざまには来るものか。いとうれしくて、ふと袖をとらへたまふ。女、恐ろしと思へるけしきにて、

「あな、むくつけ。こは、誰《た》ぞ」とのたまへど、

「何かうとましき」とて、

深き夜のあはれを知るも入る月の

おぼろけならぬ契りとぞ思ふ

とて、やをら抱《いだ》きおろして、戸は押し立てつ。あさましきにあきれたるさま、いとなつかしうをかしげなり。わななくわななく、

「ここに、人」

と、のたまへど、

「まろは、皆人にゆるされたれば、召し寄せたりとも、なんでふことかあらむ。ただ忍びて

こそ」

とのたまふ声に、この君なりけりと聞き定めて、いささかなぐさめけり。わびしと思へるものから、なさけなくこはごはしうは見えじ、と思へり。酔《ゑ》ひごこちや例ならざりけむ、ゆるさむことはくちをしきに、女も若うたをやぎて、強き心も知らぬなるべし。

らうたしと見たまふに、ほどなく明けゆけば、心あわたたし。女はまして、さまざまに思ひ乱れたるけしきなり。

源氏は、この宴の夜、そのままには帰りがたい思いに駆られる。まずこの頭のところを、『謹訳』では、こう訳した。

夜がたいそう更《ふ》けわたったころ、花の宴はやっと終わった。

上達部は三々五々退出し、中宮も東宮も帰って、あたりがやっと静謐《せいひつ》に戻ったころ、月が皓々《こうこう》とさし昇って美しい月夜となったのを、源氏は、ものに酔ったような心地のうちに、そのまま何もせずには立ち去りがたく思った。清涼殿《せいりようでん》の宿直《とのい》の人たちも寝静まっている。もしやこんな思いもかけない折に、都合のよい隙《すき》もあるかもしれないと思って、藤壺のあたりを、源氏は、重々人目を忍《しの》んで窺《うかが》って回るけれど、王命婦《おうみょうぶ》のいるあたりの戸口もしっかり戸鎖《とざ》してあってどうにもならない。源氏は、ほうとため息をついて、それでもなおまだ諦《あきら》めがつかず、弘徽殿の西廂《にしびさし》あたりに立ちよって見れば、三番目の戸口がふと開《ひら》いた。

ここでも、人目のないのを幸い、源氏は、藤壺の局へ忍び込もうという思いを抱いている。

が、それは施錠に妨げられて果たさない。それでも諦めずに、あちこち戸の開くところを探し回っている。それで、よりにもよって弘徽殿の西廂という危険地帯の戸口の開いているのを発見、そこへ忍び入るという行動に出る。この行動を見れば、源氏は、相当に軽率でワルな感じに思える。

忍び込みながら、源氏は、何を思っているか……。

かやうにて、世の中のあやまちはするぞかし

〈やれやれ、こんなときに、とかく男と女は間違いをしでかすものだが……〉

と、まるで他人事のように心中に嘯《うそぶ》く男、それが源氏である。

そこに一人居残っていたのは、ほかならぬ朧月夜の君であった。その口説きかかるところ。

源氏は嬉《うれ》しくなって、ふっとその女の袖を捉《とら》えた。

女は恐ろしいと思っている様子で、声を上げる。

「あっ、いやっ、誰なの」

しかし源氏はひるまない。

「どうして、いやがることがありましょう」

と言いながら、歌を詠じた。

深き夜のあはれを知るも入る月の
おぼろけならぬ契《ちぎ》りとぞ思ふ

あなたが深夜の情趣をご存じなのも、西に入る朧（おぼろ）けならず光っている、その光ではないが、こうしてここに入る私との間に、朧けならぬ因縁があったからだとわたくしは思いますぞ

こんな歌をうそぶきながら、源氏は、朧月夜の君をそろりと細殿のうちへ抱き下ろして、開き戸にさっと錠を鎖《さ》してしまった。

びっくりするようなことの成り行きに、朧月夜は呆然《ぼうぜん》としている。その様子もまたなかなか魅力的で色気が感じられる。あまりの怖さに、震えおののきながら、

「こ、ここに、人が！」

と叫ぶけれど、その口を塞《ふさ》ぐように源氏はかきくどいた。

「わたくしは、こういうことをしても皆許してくれることになっています。だからね、そうやって人を呼んでみたところで、どうにもなりませんよ。このまま、そっと静かにしていなさいね」

この声に、朧月夜は、さては源氏の君であったと聞き定めて、すこし心の慰《なぐさ》む思いがした。

どうだろう、この最後のセリフなど、まるで自分は恋の天使だとでもいいたげな、傲慢不遜な言葉ではないか。

これを聞いて、朧月夜の君は「この君なりけりと聞き定めて、いささかなぐさめけり」……この声から光源氏だと思い定めて、心が慰む思いがしたというのである。もう源氏だと分かったとたんに、心も体も許してしまう弱い女、それが朧月夜なのである。

それゆえにまた、後々「若菜上《わかな》」の巻で、源氏は、朱雀院の出家後、里に下って静かな暮らしをしていた朧月夜に、しきりと恋心をうごめかして文を送り、ついには、かねて手引き役であった中納言の君という女房と、その兄前和泉守《さきのいずみのかみ》という男を唆《そそのか》して、とうとうまた焼けぼっくいに火をつける。

出家したいと思っている朧月夜は、当然これを拒むのだが、そこを無理やり強引に通っていく源氏、このところ、どのように展開するのであろうか。

御とぶらひなど聞こえたまひて、

「ただここもとに、物越《ものごし》にても。さらに昔のあるまじき心などは、残らずなりにけるを」

と、わりなく聞こえたまへば、いたく嘆く嘆くゐざり出でたまへり。さればよ、なほ気近《けぢか》さはと、かつおぼさる。

かたみにおぼろけならぬ御みじろきなれば、あはれも少なからず。

と、こうある。源氏はもっともらしい挨拶などしてから、こう言うのである。

「どうか、そんな奥まったところにお隠れにならず、この廂の際《きわ》までお出ましくださいませぬか。せめて、障子越しの物語でも申し上げたく……いや、昔のような、けしからぬ心などは、今はもう、さらさら残っておりませぬほどに」

昔のようなけしからぬ心などはもうない、男の常套《じょうとう》句であろう。しかし、朧月夜は、しきりと溜め息をつきながら、端近いところまで躙《にじ》り出てくるのである。その時の源氏の心中のつぶやき。

〈ふふふ、やはりな……こういう押せば靡《なび》く心弱さは、昔のままだ〉

源氏は、朧月夜に対しては、この女は、自分が強く押せば必ず靡《なび》くと、内心に軽んじているところがある。

そして事実、この後、結局彼女は源氏に体を許してしまうのであった。

相手の心が弱いと思えば、ずかずかとその心と体の中へ踏み込んでいく源氏。まことに女から見れば「食えぬ男」だというほかはない。

末摘花に描かれる冷淡さ

ところが、いっぽうでまた、自分の美学に合わない女に対して源氏は冷淡しごくである。

「うるはし」の人、正室葵上に対して、ずっと冷淡至極であった源氏のありさまは既に見た。

それから、場末の小家で発見した麗人夕顔に対しては、よせばいいのに六条あたりの化け物屋敷に連れ込んで（六条、という場所柄がとくに危ない、すぐそばに「祟《たた》る人」六条御息所が住んでいるのだから）、結局物の怪の祟りで死なせてしまう結果となった。

まことに軽率な行動であったと言わねばなるまい。

続いてまた、常陸宮《ひたちのみや》のボロ邸に妙齢の姫君がいるという噂を、仲の良い大輔《たゆう》の命婦《みょうぶ》という女房に吹き込まれて、源氏は、夕顔の夢よ再びとばかり、あらぬ期待を抱いて出かけていく。

それが末摘花《すえつむはな》である。

末摘花という人は、古めかしく、寡黙で、かたくなで、融通がきかぬ。それでいて、宮家の姫という矜持《きょうじ》のみいたずらに高く、父宮の残した家に対する執着は頑固なまでに強い。が、源氏から見れば、何を言っても答えない女、わけの分からない人、なのだが、当初はそうも思っていない。なぜなら、男の求愛に対して、誇り高い女はそうそう簡単にこれを受け入れる事はしないのが、平安の世の男女関係の習いであったからだ。

されば、拒絶されればされるほど、男の思いは募る、というのがこの時代の男心だったのである。

それでもなんでも、源氏は、命婦に手引きさせて、この末摘花に一夜の逢瀬を遂げた。遂げたけれども、依然として女は何も答えない。まるでのれんに腕押しの張り合いなさだ。で、ひとまず興味も冷め、しばらく閑却視していたのだが、またふと思い出して通っていったのであった。しかし依然としてなんの反応もない姫君であった。

そこで源氏は、

からうして明けぬるけしきなれば、格子《かうし》手づからあげたまひて、前の前栽《せんざい》の雪を見たまふ

とある。この「からうして」は、末摘花との退屈極まる一夜が、ようやっと明けてくれた、というほどの含意である。よほど面白くなかったのであろう。で、やっとこさっとこ夜明けの気配が感じられたので、源氏は「手づから」格子戸を上げた、という。

このところは、「夕顔《ゆうがお》」の巻で、六条の荒れ屋敷に一夜を過ごしての翌朝に、源氏が夕顔と並んで庭を見ようとする場面とほとんど同じ場面構成になっていることに注意したい。

そこでも源氏は手ずから格子戸を上げて、荒れ果てた庭を見るのであった。そしてその時、源氏の傍らにいたのは、「らうたし」の人、夕顔であった。ラウタシという形容詞は、「労甚《らういた》し」から縮約してできたものと思われるので、なんだか放っては置けないような、痛々しいようなところのあるか弱いかわいさ、という形容である。ここで源氏は、夕顔のすばらしい容姿を目にして、自分も覆面を脱ぐのであった。

そのことを、この常陸宮の荒れ屋敷でも再現しよう、とそれが源氏が思い描いたシナリオ

なのである。

ところが、それは実際にはどうであったか。

源氏は、「後目《しりめ》はただならず」、すなわち、異常なまでの横目遣いで、この姫の姿を見ようとする。すると、

居丈《ゐだけ》の高く、を背長《せなが》に見えたまふに、さればよと、胸つぶれぬ

とあって、まず目に入ったのは、ばかに座高が高いという、その異様な姿であった。この時代、小さくてヴォリュームのない女こそが美女の一条件であった。それなのに、ヌーッと座高が高いとは！　このあたりから、末摘花の容姿の観察描写が延々と続くのだが、それはとりもなおさず、源氏の視線で見た女、という筆法になっている。

源氏がどんなふうにこの姫を「発見」したのか。

その描写とともに、私ども読者は、源氏の目を借りてこの怪しい姿の姫君を笑い者にするのである。

次には、その鼻。

普賢菩薩《ふげんぼさつ》の乗物とおぼゆ。あさましう高うのびらかに、先のかたすこし垂りて色づきたること、ことのほかにうたてあり。

なんと、普賢菩薩《ふげんぼさつ》の乗っている、あの象とやらの鼻かと思うような格好である。あきれるばかり大きな鼻で、しかもそれが高く長々として、その先っぽあたりは垂れて赤く色づいているのは、ことのほかに興ざめであった。

そこから、こんどは顔全体の造りに観察が及ぶ。

色は雪はづかしく白うて真青《さを》に、額つきこよなうはれたるに、なほ下《しも》がちなる面《おも》やうは、おほかたおどろおどろしう長きなるべし。

顔色は雪も恥じらうかというくらい白くて、いや、少し蒼《あお》ざめて見えるくらいで、額がばかに広い。こんなに広い額なのに、全体としてみると、なお顔の下のほうが長く見えるのは、おおかた、化け物のように長い顔なのであろう。

こうして、次にはひどく痩せて怒り肩な肢体へと、視線は移っていく。そのあと、髪の様子（これだけは褒める……他に褒めどころが無いとでもいわぬばかりに）から服装の一々にいたるまで、それはもう『源氏物語』随一の詳細描写といっていいくらいの描きかたなのだ。しかも源氏は、これに対して、どういう感懐を持ったか。

何に残りなう見あらはしつらむと思ふものから、めづらしきさまのしたれば、さすがに、うち見やられたまふ。

〈ハアッ、さてもさても、なんだってまた、こんなにはっきりと見てしまったものであろう……見なきゃよかった〉と源氏は思う。けれどもまた、こんな女は見たことがないので、怖いもの見たさのような思いで、どうしてもまた、ついつい見てしまうのであった。

この姫は「見ぬが花」なのであった。しかし、そういう見にくい姫を、このように具体的に観察し尽くし、描写し抜く、そこに、作者が描きたかったものは、おそらく、こういう取るに足りない女に対する源氏の徹底的に冷淡な心のありようであったろう。

とはいえ、そういう姫を、一生見捨てることもなく、のちには二条の東院のほうへ収容して生涯面倒を見果たすのだから、まあ偉いといえば偉い。そこは、あくまでも親切な男としての源氏なのだが、といって一面それは、表向き親切そうにして世間体を繕《つくろ》っているだけだとも言える。

だから源氏は、後に「行幸《みゆき》」の巻で、玉鬘の裳着《もぎ》の祝いの折に、各女君がたから贈られた祝いの品々を列記するところで、またもや末摘花のよこした、見当外れ、時代遅れ、空気の読めない、最低最悪の贈り物の数々を述べたてて嘲笑し、さらに最後には、末摘花が、例によって例のごとく、

わが身こそうらみられけれ唐衣《からころも》
君が袂に馴れずと思へば

わが身が恨みられます、……というのも、この裏見られます唐衣の身頃が、堅く突っ張ったまま

しんなりと慣れることもないように、
私は君の袂に馴れ親しむこともできぬのだと思いますゆえに

などというまるで平仄《ひょうそく》の合っていない、しかも意味もなく唐衣などを詠む、このあきれた歌に対して、

唐衣また唐衣唐衣
かへすがへすも唐衣なる

という悪口雑言にも似た戯歌《ざれうた》を口ずさんだりするのであった。

じつに意地の悪い、関西の言葉で申すなら「イケズ」な男としての源氏が躍如としている。

柏木を追い詰めていく源氏の二面性

では、男に対してはどうなのだろう。

「若菜」の巻で、太政大臣《だいじょうだいじん》の息子柏木《かしわぎ》の衛門《えもん》の督《かみ》は、源氏が朱雀院から押し付けられた「未熟の姫宮」女三の宮を見初めて……それを見初めたのは、六条院での蹴鞠《しゅうきく》の折、端近いところにぼんやりと立っていた三の宮が、猫の紐がひっかかって御簾《みす》がめくれた拍子に、その姿を男たちに見られてしまったからであったが……以来、すっかり恋い憧れて、口説き寄った柏木は、源氏の留守に忍んで行って、ついに強引に逢瀬を遂げる。

その結果、宮は身ごもってしまうのだが、さて、そのことを不用意な恋文の始末によって、源氏は発見する。

その時源氏は、どうしたか。

怒り狂って呼びつけて叱責するとか、官位を剝奪して左遷するだとか、そういうことをするのは並々の人間である。源氏は、このことを知って、しかし、「なにもしない」。ここが恐ろしいのだ。

柏木は、真面目で鬱《うつ》傾向のある男だから、もう身の罪が怖くてならぬ。源氏に知られたと分かっていて、なおかつ、源氏がなにも叱責しないのが、ますます薄気味悪く、怖い。

こういうときの、この威圧のかけ方こそ、源氏のイケズぶりを示して余蘊《ようん》がない。

圧巻は、「若菜下」の、朱雀院の五十の御賀のための試楽《しがく》の日、病を押して参上した柏木を、わざわざ呼びつけておきながら、源氏自身は母屋《もや》の内にあって御簾を隔てた廂《ひさし》に柏木を控えさせる。そして、その柏木の風姿をじろじろと観察しては、

いとどしづめてさぶらひたまふさま、などかは皇女《みこ》たちの御かたはらにさし並べたらむに、さらに咎《とが》あるまじきを、ただことのさまの、誰《たれ》も誰もいと思ひやりなきこそ、いと罪許しがたけれ、など御目とまれど、さりげなく、いとなつかしく

声をかけた、というふうに描き出す。すなわち、

〈……今日はまた、日ごろにも増してこう物静かに控えているさまなど、たしかに並々の者という感じではない。どんな皇女がたの婿として肩を並べさせても、決しておかしくはなかろうものを……ただ、ああいうけしからぬことをしでかすについては、この男も、またあの宮も、なんとしても思慮分別がなさすぎる。そこがどうしても罪を許し難い……〉というように、源氏の目には見える。

しかし、源氏は、そんな気持ちはおくびにも出さず、敢てさりげなく、またたいそう優しげな口調で、声をかけた。

ということである。

源氏は、こんなときに自分の本心は、おくびにも出さぬ。表面上はあくまでも親切らしく、優しげに言葉をかけるのだ。

そして何を言うかと思えば、密通のことなどどこ吹く風、ただ、

家に生《お》ひ出づる童《わらは》べの数多くなりにけるを、御覧ぜさせむとて、舞《まひ》など習はしはじめし、

そのことをだに果たさむとて、拍子《ひやうし》とととのへむこと、また誰《たれ》にかはと思ひめぐらしかねてなむ、月ごろとぶらひものしたまはぬ恨みも捨ててける。

「……私の家に生まれ育つ子どもたちも数多くなったことだから、それを院にもぜひご覧に入れようというわけで、舞など習わせ始めた。それについてはな、なんとしてもきちんとしおおせたいものだと思うのだが、となれば、拍子を整えるということにかけては、そなた以外のいったい誰に任せたものかと、いろいろに考えてみても、やはりそなたに勝《まさ》る人はおらぬ。それゆえ、ここ何か月もいっこうに顔も見せぬ恨みもひとまずは捨てて、こうしてお願いをしたわけなのだ」

というのである。密通が露顕して病気になって苦悶している若者を呼びつけておいて、「何か月もいっこうに顔も見せぬ恨みもひとまずは捨てて」お願いをするのだ、とそんなことを言われた柏木にしてみれば、その一語一語が胸に突き刺さり、心臓を締め上げる。しかし、（ここが大事なポイントだけれど）よそ目には、やはり親切でへりくだった源氏の君、としか見えない。その言葉も態度も二面性があって、ただ罪の重さに懊悩している柏木だけに通じる、最悪の問責なのであった。

こうして、まず自室に呼んで、とっくりと締め上げておいてから、いよいよその試楽の場で源氏はとどめを刺す。

楽はいよいよ佳境、夕霧《ゆうぎり》の左大将の次郎君をはじめとして若君たちの舞のあまりのかわいらしさ、面白さに、上達部《かんだちめ》どもも源氏も、感涙に咽《むせ》んでいる。

その時、源氏は、じろりと柏木を見据えて、こう言うのであった。


過ぐる齢《よはひ》に添へては、酔《ゑ》ひ泣きこそとどめがたきわざなりけれ。衛門《ゑもん》の督《かみ》心とどめてほほゑまるる、いと心はづかしや。さりとも今しばしならむ。さかさまに行かぬ年月《としつき》よ。老《おい》はえのがれぬわざなり。

「ああ、こうして年を取ると涙もろくなっていかぬ。ましてや酒が入っては、酔い泣きをとどめることができぬわ。衛門の督は、老人たちの涙顔に目をつけてにやにやと笑うておられるが……さても心恥ずかしいことよ。さりながら、笑うておられるのも今しばしのことであろう。いずれは督とて同じように年を取る。『さかさまに年もゆかなむ取りもあへず過ぐる齢《よはひ》やともに帰ると（さかさまに年が流れていってほしいものよ。こうして取りのけることもできず、ただ加わるばかりで過ぎていく齢が、そうしたら年と共に若返っていくだろうから）』などと昔の歌には言うてあるが、まさか年が戻るわけでなし、誰も老いから逃れることなどできはせぬのだからな」

ねちねちと、こういうことを言い募られては、柏木が震え上がったのも無理はない。しかもさらに追い討ちをかけて、一座順繰りに巡ってくる杯を、柏木のところで無理に留めさせて、ぐいぐいと酒を強いるのであった。

どれもこれも、何も知らない他人が見れば、源氏の親切と好意に見え、その実、柏木本人にとっては、鞭《むち》打たれるよりも辛い拷問となっているのである。

かくて柏木はほとんど枕の上がらぬ重態に陥る。その時、源氏は、どう対応したか。

いとくちをしきわざなりとおぼしおどろきて、御とぶらひに、たびたびねむごろに父大臣《ちちおとど》にも聞こえたまふ。

〈あたら人材を……たいそう残念なことである〉と思いもし、意外な展開に驚きもした。そうして、見舞いの使者を、間《ま》をもおかずに頻《しき》りと遣わしつつ、本人ばかりか父大臣《おとど》へも見舞いの文など送るのであった。

というところで、この巻は締めくくられる。

わざわざ使者を二条の大臣邸へ、しきりと遣わして、柏木の病気をねんごろに見舞い、同時に父大臣にも懇篤な言葉を伝えさせる。

源氏の恐るべき眼光に脅されて、いまや死にかかっている若者にとって、もっとも願わしいことは、遠ざかっていてくれること、大目に見て放っておいてくれること、ではなかったか。

それを、懇篤な言葉を重ねて、何度も何度も見舞う。それは「おまえのことは決して忘れておらぬぞ」という無言の恫喝《どうかつ》であった。しかも、これまた、柏木の両親などから見れば、単純に源氏の心の籠った優しさ、としか見えないのだ。

柏木にとって、残された慰安は死しかなかった。

こうして「許さぬ」と決めた相手には、どこまでも冷酷に、しかし表面上は親切に、押しつぶしていく、源氏という男の恐ろしさは、ここに遺憾なく発揮されていると読むことができる。

かくて、理想の美男であり、無類の天才であり、というところはお伽噺《とぎばなし》の主人公風であるが、その実、内面には、真面目と不真面目が同居し、親切で冷酷であり、傲慢なのに謙遜らしい、源氏はどこまでも二面性のある、いや非常に多面的な相貌をもった存在としてさまざまな形で描かれている。

しかし、考えてみれば、光源氏に限らず、人間はみなそういう多面的なところを持っているのではあるまいか。

好意を持って接している人には、誰だって親切だけれど、そうでなければ冷淡な態度を取ることはやむを得ない。この場合、相手から見れば、前者は親切な人と感じるだろうし、後者は冷たい人と感じるに違いない。

すなわち、真面目な面もあれば不真面目なところも共存する、傲慢なときもあれば謙遜な場合もある、と、つねに矛盾のなかに揺れ動いているのが、現代の私たちにも共通する人間の性《さが》なのである。

それが当たり前で、ただ、数多くのタイプの女を、いきいきと描き出すについて、その相手のありように随って、親切な源氏であったり、冷淡であったり、あるいは高慢、あるいは謙虚……と、その都度人間性が揺れているように見える、それこそが実は、人間の生きているかぎりのっぴきならない現実なのではなかったか。

このいかにも「食えない男」「イケズな人格」のように見える源氏のなかにこそ、この物語が単なるおとぎ話でなく、おそるべきヒューマニティの文学たり得ている所以《ゆえん》があるのであった。

第五章　明石の入道はどんな人？

明石の浦の頑固入道

前章にも触れておいたとおり、光源氏という人は、「帚木」に、

さしもあだめき目馴れたる、うちつけのすきずきしさなどは、このましからぬ御本性《ごほんじやう》にて、まれには、あながちに引き違《たが》へ心尽くしなることを、御心におぼしとどむる癖なむ、あやにくにて、さるまじき御ふるまひもうちまじりける。

と評してある。

すなわち、「こういう人はふさわしくないな」とか「こういう人と関係してはまずいぞ」と思うような人ばかり心に留めて口説きかかるという性癖があり、そのゆえにとかく困った事態になって苦悩すること（心尽くしなること）があった、というのだ。

空蟬、六条御息所、藤壺などの女君たちとの恋の苦悩、または、夕顔、末摘花など、みな源氏にふさわしいという人々ではない。

こうした光源氏の性癖については、「若紫」にも、

かやうにても、なべてならず、もてひがみたること好みたまふ御心なれば、御耳とどまらむをや。

〈……とかく、こういうことにしても、源氏様は、ともかく並外れてひねくれた事がお好きなご気性だから、この話はきっとお耳に留められるだろう〉

と供人たちは思った、と非難まじりに書かれている。

これは、源氏が北山の聖《ひじり》のもとへ瘧《わらわやみ》病の治療の祈禱をしてもらいに行き、気晴らしに裏の山に上って遠く京の町並を眺めながら、一人の家来に明石の入道の話を聞いたところに出てくる表現である。

しかるに、この家来が、明石の入道という偏屈な元国司に縹緻《きりよう》の良い娘がいると話した

ものだから、居合わせた供人どもが、源氏の色好みなる心中を推量しているという場面である。

ところが、実際には、ここでちらりと小耳に挟んだ明石の君という女は、並々の人ではなかった。

源氏の生涯唯一人の姫君を儲《もう》け、しかもその姫君を、苦悩しながらも紫上に託し、自分自身のことは低くもてなして一介の乳母《めのと》のような立場でこれに仕え、ついには姫君をして今上《きんじょう》帝の中宮たらしめるという、まことに覚悟の据わった、立派な女として描かれるのである。

しかも、この明石の君は、琵琶《びわ》の名手としても源氏をも唸《うな》らせるばかりか、なにかにの技芸教養も、みなひとかどある才覚の人というふうにも造形されているのであった。

では、これほどの女君が、どうして明石の浦の頑固入道の娘に生まれ得たか、とそこが問題である。

いいかえれば、その父親明石の入道というのは、いったいどんな人物であったのか。瓜《うり》の蔓《つる》にナスビは生《な》らぬ、それが世の道理というものだから……。

明石の入道は、「若紫」の巻に初めて出てくる。

「……かの国の前の守《さき》《かみ》、新発意《しぼち》の、女《むすめ》かしづきたる家、いといたしかし。大臣《だいじん》の後《のち》にて、出で立ちもすべかりける人の、世のひがものにて、まじらひもせず、近衛《このゑ》の中将を捨てて、申し賜はれりける司《つかさ》なれど、かの国の人にもすこしあなづられて、『何の面目《めいぼく》にてか、また都にも帰らむ』と言ひて、頭《かしら》もおろしはべりにけるを、すこし奥まりたる山住みもせで、さる海づらに出でゐたる、ひがひがしきやうなれど、げに、かの国のうちに、さも人の籠《こも》りゐぬべき所々はありながら、深き里は人ばなれ心すごく、若き妻子《さいし》の思ひわびぬべきによりかつは心をやれる住《すま》ひになむはべる。

先《さい》つころ、まかり下りてはべりしついでに、ありさま見たまへに寄りてはべりしかば、京にてこそ所得ぬやうなりけれ、そこらはるかにいかめしう占《し》めて造れるさま、さはいへど、国の司《つかさ》にてし置きけることなれば、残りの齢《よはひ》ゆたかに経《ふ》べき心構へも、二《に》なくしたりけり。後《のち》の世の勤めもいとよくして、なかなか法師まさりしたる人になむはべりける」

と申せば、

「さて、その女《むすめ》は」と、問ひたまふ。

「その播磨《はりま》の国の先代の国の守《かみ》が、その後《ご》出家入道《にゅうどう》いたしまして、またその家に、美しい娘がございましてなあ。この父入道のかわいがりようが甚《はなは》だしいのでございます。もともとこの入道の家は、遡《さかのぼ》りますと大臣《だいじん》まで出した家柄、まかり間違えば中央での出世などもできたはずの男でございますが、なかなかのひねくれ者にて、宮廷での人付き合いもせず、近衛《このえ》の中将《ちゅうじょう》という官位を捨てて、自分からこの播磨《はりま》の守《かみ》にと願い出て頂戴《ちょうだい》したという官職なのでございました。けれども、そんなふうでございますので、播磨の国人たちからも侮られる、で、『かような按配《あんばい》では、なんの面目あって再び都に帰ることができましょうや』とかなんとか申しまして、とうとう頭を剃《そ》って入道になったという、まことに変わり種でございます。

といって、別段山奥に住むでもなく、明石の浦に近いところでのうのうと暮らしておりますのは、どうもどこか間違っているようにも思えます。ただ、あの播磨と申しますところは、山がちの国でございますから、そういう隠遁《いんとん》の人が隠れ住むのによろしいところなどいくらもございます。しかし、いざ山奥となりますと、これがひどく人気《ひとけ》がございません、ぞっとするような所がらでございますのでなあ。おそらくは、若い妻子などが、そんな場所では心細がるというわけで、かような海辺に住まいしておりますので しょうが、また、入道自身海辺のほうが気が晴れていいのでもございましょうか。

じつは先ごろ、私はその明石に下ってまいりましたついでに、入道の様子を見に立ち寄ってみましたのですが、京でこそ不遇のようでございましたが、いやあ、あちらではどうしてどうして、そこら一帯尨大《ぼうだい》に土地を買い占めて大邸宅を営んでおりました。なんと申しましてもね、国司の権勢に任せてしでかしたことでございますからして、国司を辞したのちの余生も心配なく豊かに暮らせるように、十二分の用意がしてございました。死んでの後に極楽往生しようというわけでしょうか、仏道の勤行《ごんぎょう》などもおさおさ怠りなくいたしましてね、あれは、法師になってからのほうが、俗世におりました時分よりもだいぶんと見勝《みまさ》りするようになった男でございますなあ」

とこんな話をする。入道はともかく、その娘のことが源氏の耳に留まった。

「で、その娘は……」

かくして、源氏の耳に、入道の存在が入るのだが、この珍しい男の実相を報告しているのは、「須磨《すま》」の巻で「良清《よしきよ》の朝臣《あそん》」という名前で出てくる男、それが、自分の近ごろの経験談として物語っているのである。
ここでの明石の入道の人間像をまとめてみると、
一、もと大臣の家柄。しかし、自ら願い出て中央での栄達を放棄し播磨守になった変人。
二、世を拗《す》ねて、人との交わりを避けている。
三、播磨の国人にもばかにされている偏屈《へんくつ》者。
四、出家しているのに世俗の邸《やしき》に「若い妻子」といっしょに住んでいる。
五、豪華絢爛《けんらん》な大邸宅に住む富豪であること。
六、仏道の勤行《ごんぎょう》は怠りない。
ここを以《もっ》て読者は、非常に我執《がしゅう》の強い、脂ぎった蛸《たこ》入道のようなオッサンを、直感的に思い浮かべるであろう。この俗物ぶりでは、その仏道修行とやらも、まあ現世での物欲三昧の応報として地獄に堕《お》ちるのが恐くてやってるのかな、くらいのところしか思いつかぬ。
そう思っていると、「須磨」の巻に、いよいよ登場人物としての入道が現われる。

世に知らず心高く思へるに、国の内は、守《かみ》のゆかりのみこそは、かしこきことにすめれど、ひがめる心はさらにさも思はで年月《としつき》を経《へ》けるに、この君かくておはすと聞きて、母君に

語らふやう、

「桐壺の更衣《かうい》の御腹の、源氏の光君《ひかるきみ》こそ、朝廷《おほやけ》の御かしこまりにて、須磨の浦にものしたまふなれ。吾子《あこ》の御宿世《すくせ》にて、おぼえぬことのあるなり。いかでかかるついでに、この君にたてまつらむ」

と言ふ。母、

「あなかたはや。京の人の語るを聞けば、やむごとなき御妻《おんめ》ども、いと多く持ちたまひて、そのあまり、忍び忍び帝《みかど》の御妻《め》さへあやまちたまひて、かくも騒がれたまふなる人は、まさにかくあやしき山《やま》がつを、心とどめたまひてむや」

と言ふ。腹立ちて、

「え知りたまはじ。思ふ心ことなり。さる心をしたまへ。ついでして、ここにもおはしまさせむ」

と、心をやりて言ふも、かたくなしく見ゆ。

この明石の入道は、天下無双に気位の高い男で、とかく世の中では国司一族ばかりは崇めているものだが、入道の偏屈《へんくつ》なる心からみれば、その国司の息子である良清などは、まるで相手にすまじき者と思い思いして、もう何年も経っているのであった。

しかるに、源氏の君が近隣の須磨に下って来ていると聞くや、その娘の母に語らって、

「桐壺の更衣の御腹《おんはら》に生まれなすった源氏の光君がな、朝廷《おおやけ》のご勘気《かんき》を蒙って須磨の浦においでだと聞く。やれうれしや、娘はよほど良い因縁を持って生まれてきたものじゃろう、こんな思いもかけない幸運が舞い込んだぞ。千載一遇《せんざいいちぐう》の好機、なんとかして娘を、この源氏の君に差し上げたいものだがな」

と言う。母は、

「んまあ、なんてことを。京の人の話では、あの君には、ご身分も高い御妻《おんめ》どもが、たくさんおいでだそうですよ。それだけじゃない。これはごくごく内緒の噂では、なんでも帝の御妻にまで、お手をつけられたってじゃありませんか。これほどに世間の女たちが大騒ぎするようなお方が、どうして、わが娘のような山出《やまだ》しに、お心をかけられるもんですか、ばからしい」

と、冷静に答えた。入道は、カッと腹を立てる。

「お前などに何がわかる。わしにはな、格別の考えがある。だからな、ぜったいに娘を

差し上げる、そのつもりでおれ。ついては、なんとかして、ここへおいでを願わなくてはならんが」

とすっかりその気になっているのも、まことに頑《かたく》なる心と見える。

ここでの、入道と北の方とのやりとりが面白い。

腹に一物ある入道、源氏の須磨流寓《りゅうぐう》という絶好の機会を捉えて、なんとか源氏にわが娘を差し上げたいという高望みを打ち明けると、北の方も負けていない。女の世界は女房などを通じての情報網があって、こんな田舎受領《ずりょう》の妻でも案外と都の上《うえ》つ方《かた》の事情に通じているらしいことを言うではないか。

「……これほどに世間の女たちが大騒ぎするようなお方が、どうして、わが娘のような山出しに、お心をかけられるもんですか、ばからしい」

ここで私どもは、おやおや、と思う。ちっとも出家らしくないぞ。この、妻にやりこめられるところの描きようはどうであろう。娘への愛情に目がくらんで、とても出家どころではないような、どこかかわいらしい人柄に感じられはすまいか。

この破天荒な高望みの背後には住吉《すみよし》の明神への祈請《きせい》と御利益《ごりやく》というプロットが隠されてい

るのだが、それは後になって明らかになる。

　ともあれ、かかる田舎人に堕ちてしまった明石の入道がふたたび中央に返り咲くには、娘を高貴の人に差し上げて、自分はその外戚の地位を占めるということのほかには方法がない、それが平安朝の常識であった。

源氏の目に映る入道は……

　やがて、入道は夢のお告げにしたがって源氏に迎えの船を出し、まんまと明石へ招聘《しょうへい》することに成功する。

　その「明石《あかし》」の巻における源氏との初対面のところ。


　年は六十《むそぢ》ばかりになりたれど、いときよげにあらまほしう、行ひさらぼひて、人のほどの、あてはかなればにやあらむ、うちひがみ、ほれぼれしきことはあれど、いにしへのものをも見知りて、ものきたなからず、よしづきたることも交《まじ》れれば、昔物語などせさせて聞きたまふに、すこしつれづれのまぎれなり。

年ごろ、公私《おほやけわたくし》御暇《いとま》なくて、さしも聞き置きたまはぬ世の古事《ふること》ども、くづし出でて、かかる所をも人をも、見ざらましかばさうざうしくやとまで、興ありとおぼすことも交《まじ》る。

かうは馴れきこゆれど、いと気高《けだか》う心はづかしき御ありさまに、さこそ言ひしか、つつましうなりて、わが思ふことは心のままにもえうち出できこえぬを、心もとなうくちをしと、母君と言ひ合はせて嘆く。


入道の年は六十ばかりになっていたが、たいへんにこざっぱりと好ましい感じがして、日々の勤行のせいか痩《や》せさらばえている。その人柄が、貴《あて》やかなせいであろうか、……いや、もともと頑迷《がんめい》で耄碌《もうろく》しているところもないではないが……昔のこともよく見知っているし、生活には汚《きたな》げがなく、風流めいたところもあって、昔話などをさせて聞くと、それなりに退屈紛《まぎ》らしにもなるのであった。

源氏は、もうずっと公私にわたって忙しいばかりで、昔の出来事などはそれほどよくも聞き知らないできた。それをこの入道は、すこしずつ語り聞かせてくれるので、〈こんな所でこんな人と知りあうことがなかったら、ちょっともの足りぬことであったかもしれない〉、とまで源氏は思う。そのくらい、入道の話には、興味深いことどもが混じっていた。

入道のほうでは、こうして近々《ちかぢか》と接するようになってみると、この君は、たいそう気高く、おのれが恥ずかしくなるほどに立派な容姿人柄ゆえ、以前、「娘を、ぜひ源氏の君に差し上げたい」などと揚言《ことあげ》したものの、いささか遠慮めいた気持ちも萌《きざ》してきて、肝心《かんじん》のその宿願については、自分からは思うようにも口にできずにいる。そのことは、やはり気がかりで口惜《くちお》しく、娘の母親と口々に語り合ってはため息を吐《つ》くのであった。

ここで初めて、源氏の目から見た入道が現われてくる。

ここでの入道は決して脂ぎってもいないし、我執《がしゅう》に囚《とら》われた人でもない。それどころか、痩せて気品のある、控え目で物知りの人として立ち現われ、今までのイメージとずいぶん違うことに戸惑う人もあるかもしれない。

しかし、これはこういうことである。

最初に物語られた入道は、良清の見た入道だ。良清は娘に求婚したのに、軽んじられ、拒絶されて恨んでいる。その人の物語る入道が、我欲満々の頑迷固陋《ころう》な蛸入道のように描かれたとしても、それは怪しむに足りぬ。

ところがところが、実際に源氏が面会してみた入道は、そんな怪しげな人物ではなかった。

このところの入道像は、源氏自身の目に映った佇《たたず》まいなのであるから、読者が想像していた蛸入道的イメージからはかけ離れて、清廉で高貴な感じのする痩せた老人……つまりは、どこか仙人を思わせる人物だったと、そう源氏が「発見」するというふうに描いていくのだ。

読者は、源氏の目を通して、入道を見直し、歪《ゆが》んだ先入観を去ってその再発見を遂げていくのであったろう。

ここに至って、入道は正当な人格と風貌を与えられた。そうでなくては、住吉の神が入道の祈りを納受《のうじゅ》して源氏をお遣わしになり姫君までお授けになる道理がない。

こうして、入道は、俄然私どもに心親しい人物となって、これより読者の涙を絞らせてくれるのである。

入道の元から、妻の尼君、娘の明石の君、そして孫の明石の姫君が、一挙に去っていくのが第一章にも引いておいた「松風」の巻であるが、その別れの場面の哀しさは、だれも涙なしには読めないところに違いない。

……その日とある暁《あかつき》に、秋風涼しくて、虫の音《ね》もとりあへぬに、海のかたを見出だしてゐたるに、入道、例の、後夜《ごや》よりも深う起きて、鼻すすりうちして、行ひいましたり。いみじう言忌《こといみ》すれど、誰も誰もいとしのびがたし。

若君は、いともいともうつくしげに、夜光《よる》りけむ玉のここちして、袖よりほかには放《はな》ちきこえざりつるを、見馴れてまつはしたまへる心ざまなど、ゆゆしきまで、かく人に違《たが》へる身をいまいましく思ひながら、片時《かたとき》見たてまつらでは、いかでか過ぐさむとすらむと、つつみあへず。

(略)

「……天に生まるる人のあやしき三つの途《みち》に帰るらむ一時《ひととき》に思ひなずらへて、今日長く別れたてまつりぬ。命尽きぬと聞こしめすとも、後《のち》のことおぼしいとなむな。さらぬ別れに御心うごかしたまふな」

と言ひ放《はな》つものから、

「煙《けぶり》ともならむ夕《ゆふべ》まで、若君の御ことをなむ、六時《ろくじ》のつとめにもなほ心ぎたなくうちませはべりぬべき」

とて、これにぞ、うちひそみぬる。

もうじき夜が明けるというその日の暁《あかつき》の闇《やみ》のなか、寂《さび》しさを募らせる秋風が涼しく吹いて、虫もせわしなく鳴き立てている。明石の御方《おんかた》は、眠りもやらず海のほうをぼんやりと見ている。

父入道は、いつも払暁《ふつぎよう》のころに後夜《ごや》の勤行《ごんぎよう》に起き出すのだが、きょうはそれよりも早く起きてきて、暗い闇のなかで、鼻を啜《すす》り上げながら、涙声で読経《どきよう》をしている。晴れの出立《しゆったつ》の日ゆえ、「別れる」やら「悲しい」やらの忌《い》まわしいことばは使わぬように、また涙も不吉ゆえ流さぬようにと、皆心がけてはいるのだが、ついつい、堪《こら》えることができぬ。

姫君は、愁嘆《しゆうたん》する大人たちの心も知らぬげに、それはそれはかわいらしい様子で、かの唐土《もろこし》の人がなによりも大事にするという夜光《やこう》の玉のように大切に思われる。

〈おお、おお、この姫は、こうして爺《じじ》の袖から放《はな》したことがないほど、いつもわしに馴《な》れて、まつわり付いている……この心根《こころね》のけなげなこと。……それにくらべてこの爺は、縁起《えんぎ》でもないような坊主の姿になって、こんなときには、おのれのこの忌まわしい姿がなさけない。それでも、これから先、この姫を片時だって見ずに過ごすことなど、いったいぜんたいできるものだろうか……〉と、そう思うと、入道は不吉なことと分かっていながら、滂沱《ぼうだ》の涙を禁じ得ない。

（略）

「……されば、この別れの辛《つら》さも、その天人の苦悩に思いなぞらえて、今日《こんにち》のただ今、きっぱりと永《なが》のお別れを申すことにしよう。

……よいか、わしが死んだと聞いたとて、葬式やら法事やらのことなど、なにも考えんでよいぞ。……古歌に『世の中にさらぬ別れのなくもがな千代《ちよ》もと嘆く人の子のため（世の中に、どうしたって避けることのできない別れ、死というものがなかったらいいのに。永遠に生きていてほしいと嘆く子どもらのために）』と歌うてある……が、そんなことにお心を動かしなさいますなよ」

入道はこう言い放ってはみるものの、また、

「この爺はな、死んで煙になるその間際《まぎわ》まで、姫君のおん行く末をな、毎日六度の勤行

ごとに……祈っておるからの。未練、といえば未練かもしれぬ、それでもな……」

そこまで言うと、入道は、顔をクシャクシャにして泣きべそをかいた。


どうであろう、この別れの場面の哀切さは……。

もはやこれが今生《こんじよう》の別れとなろうかというその日、入道はまだ真っ暗な時分に起き出して、涙に鼻を啜りながら読経をしている。その脳裏に浮かんでいるのはほかならぬ姫君である。今まで自分の袖元を離さず愛育してきたかわいい盛りの女の子を、これからさき片時だって見ずにいられるものか……と入道は読経もそっちのけで思っている。

そして苦悩を打ち払うようにしてこう言うのだ。

「……よいか、わしが死んだと聞いたとて、葬式やら法事やらのことなど、なにも考えんでよいぞ。(中略)……この爺はな、死んで煙になるその間際《まぎわ》まで、姫君のおん行く末をな、毎日六度の勤行ごとに……祈っておるからの。未練、といえば未練かもしれぬ、それでもな……」

この心がけのけなげさが、私どもを泣かせてくれる。こうして入道は一人明石に残り、妻、娘、孫姫は京へ去った。入道の消息は、物語からしばらく消える。

そしてもうあの入道は死んだのだろうか、と読者が思うころ、ずっと後の「若菜上」の巻に至って、唐突に「その後の入道」の消息が知らされる。

入道の弟子の僧が京の尼君や明石の君のところへ、武骨な文体で記された遺言のような消息を齎《もたら》して、そのなかで、一切のことはすべて住吉の神に祈請《きせい》をかけたその御利益であったという驚くべき事実が明かされるのである。

この消息を書いたあと、入道は、人跡稀なる山奥に隠遁して、世俗との交わりを絶った、とその使いの僧が報告するところで、ふっと消息が消える。

つまり、入道はこうして生き仏になったのである。

かにかくに、最初は我執まみれの生臭坊主《なまぐさぼうず》のようにして物語に登場し、やがて源氏の目を通して、気品ある老人だったという実像を知り、さんざん読者を泣かせたあとで、生き仏となって消息を絶つ。入道の人物造形にはまったく揺らぎがなく、見事に劇的な展開を見せて間然《かんぜん》するところがない。明石の入道は一人の脇役に過ぎないけれど、だからといって、決しておざなりに造形してあるのでないことは、以上の消息を確認してみれば、よく諒知《りょうち》せらるるであろう。

そうして、かかる脇役に名優を配する、こんなところからみても、いかに『源氏物語』の作者の筆が非凡であったか、よくよく骨身に沁《し》みるのである。

第六章

垣間見の視線

垣間見の構造

ともかく、良家の姫君や北の方というものは、めったと人目に触れるようなことはなかった、それが平安時代の、いわば不文律であった。

では、どうやって、人目に触れぬように暮らしていたかということになると、まずは「寝殿造」という建築の概《おおむ》ねを窺《うかが》っておかなくてはならぬ。

現在、平安時代の寝殿造の遺構は一つも残っていない。したがって、その子細な趣については、残された絵図とか図面などによって推知するほか手だてもないのであるが、しかし、たとえば『類聚雑要鈔《るいじゅざつようしょう》』(十二世紀成立、編者未詳)に収められている、十一世紀後半藤原頼通造立《ぞうりゅう》の「東三条殿」の平面図などは、その内部構造を知る良い手がかりになる。

まず、いちばん外側には、簀子《すのこ》と呼ばれる、バルコニーのような通路がぐるりと四周を取り巻いている。そのすぐ内側には廂《ひさし》という部屋がある。これは近代の和風住宅の「縁側」

東三条殿平面図（「群書類従」所収『類聚雑要鈔』より）

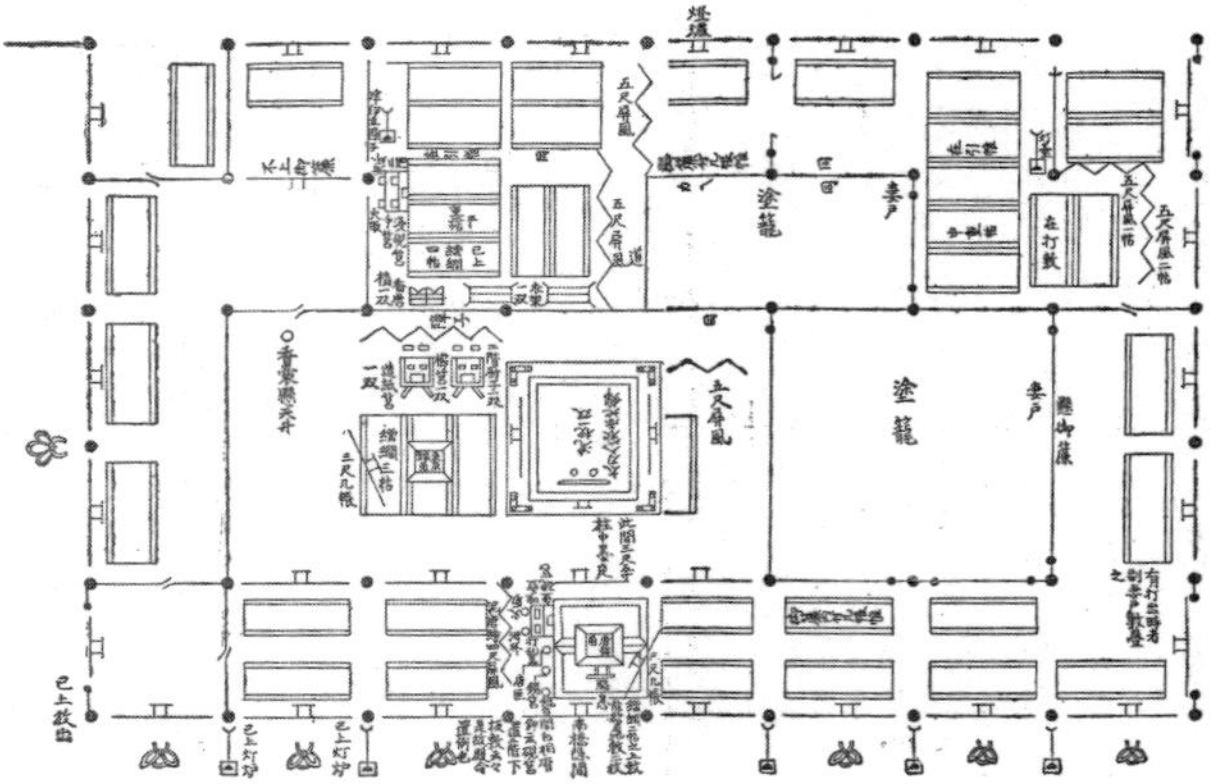

寝殿内部図

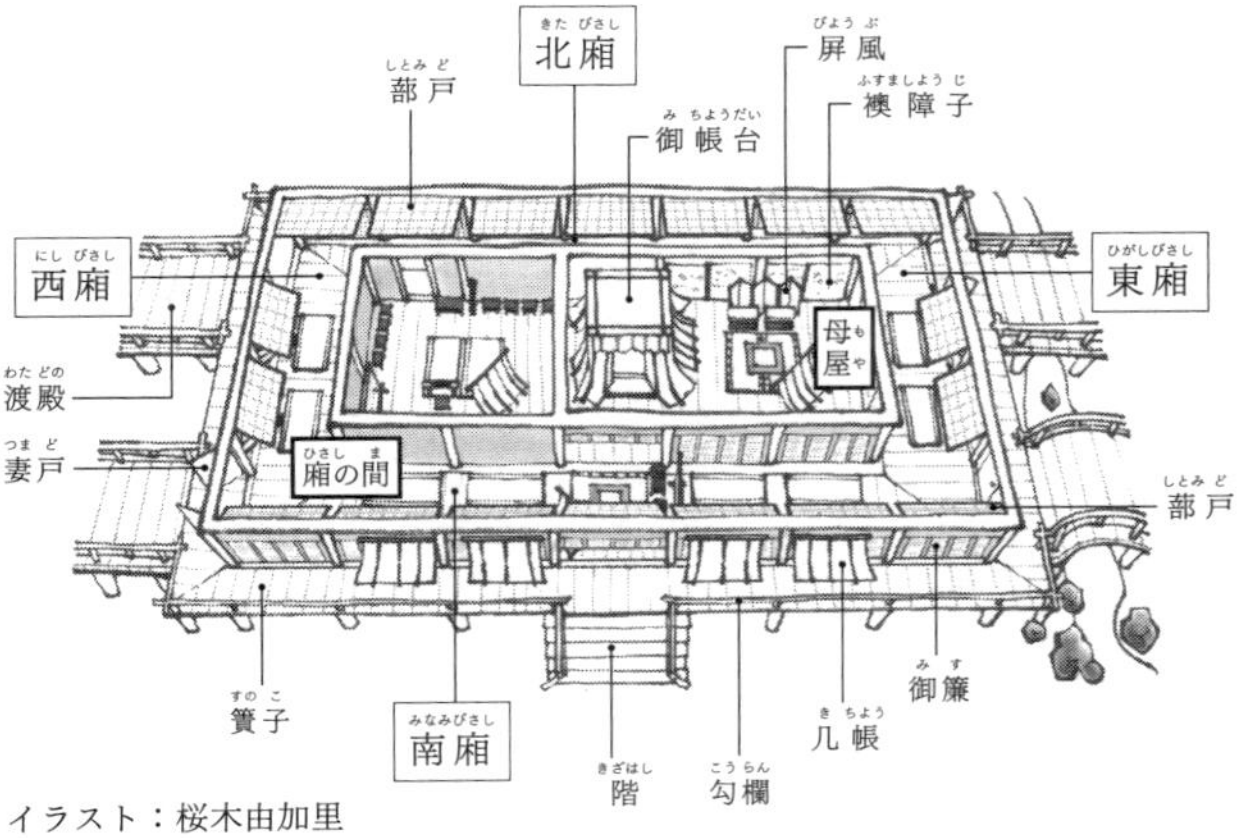

イラスト：桜木由加里

に相当する部分で、通常、親しい来客などはそこまで通される。

この簀子と廂の間には、御簾《みす》と蔀戸《しとみど》（格子戸）が下がっていて内外を仕切る。

さらに、その廂の内部には、母屋《もや》と呼ぶ部屋があって、これが居室部分である。この廂と母屋の間も御簾が下がっていて外からは見えない（御簾だから、暗い内部から明るい外部は、ある程度見通せたと思われる）。この三重構造は寝殿造には共通の結構で、中央の寝殿のほかに、渡殿《わたどの》とよばれる渡り廊下を通じて東、西、あるいは北に、対《たい》と呼ばれる別館が付属するのが普通であった。

しかし、内外を隔てるものは、蔀や御簾ばかりではなかった。長い横木に帷子《かたびら》と呼ぶ絹の幕を打ちかけた几帳《きちょう》というパーティションが随所に置かれて外からの視線を遮ることになっているほか、母屋の内部には、さらに帳台《ちょうだい》というものが設置されて四方を幕で覆って内部の人が見えないように図られていた。

それればかりでない、屏風《びょうぶ》というものもまた、内外の視線を遮る道具としてあちこちに立てられていたし、さらには小障子《こしょうじ》という名の衝立《ついたて》も、通路の随所に配置されて、外界と遮断している。

またもちろん壁もあるのだが、その面積は多くなく、かわりに壁代《かべしろ》というカーテン様のものが下がっている開口部もあったし、もっと確実に仕切る建具としては障子が用いられていたが、これは板戸に絵などを描いたものが多かったのであろう。さらに、簀子と廂を隔てる出入り口の扉として妻戸《つまど》というものが、廂の四方の角《すみ》に設けられ、これは内から外へ向かって開く開き戸であった。

と、こういうわけだから、いかにやんごとなき貴公子といえども、そうそう簡単に深窓の姫君の姿や顔など、見られるものではなかった。

しかし、まるで見られなくては、なかなか恋物語も進展しない。

そこで考えられたのが「垣間見《かいまみ》」という手法であった。

男は、なんとかして庭や簀子まで忍び入り、そこで内部を覗《のぞ》き見るという趣向である。

まずは、「空蟬《うつせみ》」の巻で、青年時代の光源氏が、紀《き》伊の守《かみ》の邸へ忍んでいって、空蟬の弟小君《こぎみ》の手引きで、二人の女を垣間見するシーンから読んでみよう。

御達《ごたち》、東《ひむがし》の妻戸《つまど》に立てたてまつりて、われは南の隅の間《ま》より、格子《かうし》たたきののしりて入《い》りぬ。

「あらはなり」

と言ふなり。

「なぞ、かう暑きに、この格子はおろされたる」

と問へば、

「昼より西の御方のわたらせたまひて、碁《ご》打たせたまふ」

と言ふ。

さて向かひゐたらむを見ばや、と思ひて、やをら歩《あゆ》み出《い》でて、簾《すだれ》のはさまに入りたまひぬ。

この入りつる格子はまださされねば、隙《ひま》見ゆるに、寄りて西ざまに見通したまへば、この際《きは》に立てたる屏風《びやうぶ》も、端《はし》のかたおし畳《たた》まれたるに、まぎるべき几帳《きちやう》なども、暑ければにや、うち掛けて、いとよく見入れらる。

火近うともしたり。母屋《もや》の中柱《なかばしら》にそばめる人やわが心かくると、まづ目とどめたまへば、濃き綾《あや》の単襲《ひとへがさね》なめり、何にかあらむ上《うへ》に着て、頭《かしら》つきほそやかに、ちひさき人の、ものげなき姿ぞしたる。顔などは、さし向かひたらむ人などにも、わざと見ゆまじうもてなしたり。手つき痩せ痩せにて、いたうひき隠しためり。

今一人は、東向《ひむがし》むきにて、残るところなく見ゆ。白き羅《うすもの》の単襲《ひとへがさね》、二藍《ふたあゐ》の小袿《こうちぎ》だつもの、ないがしろに着なして、紅《くれなゐ》の腰ひき結《ゆ》へる際《きは》まで胸あらはに、ばうぞくなるもてなしなり。いと白うをかしげに、つぶつぶと肥《こ》えて、そぞろかなる人の、頭《かしら》つき額つきものあざやかに、まみ口つきいと愛敬《あいぎやう》づき、はなやかなる容貌《かたち》なり。髪はいとふさやかにて、長くはあらねど、さがりば、肩のほどきよげに、すべていとねぢけたるところなく、をかしげなる人と見えたり。

源氏を、東の開き戸の口のところに下り立たせて、そのまま待ってもらっている間《あいだ》に、小君自身は、一計を案じて、わざと南側にまわり、源氏の姿の見えないところの戸口を大きな音を立てて叩《たた》き、格子戸《こうしど》を上げさせて入っていった。部屋のなかでは、女房たちが、

「戸をお閉めなさい、外から丸見えですよ」

と小言を言っているようだ。すると、

「この暑いのに、どうして格子戸なんか閉め切ってるの」

と聞く小君の声がする。

「昼から、西の対《たい》の姫様がいらっしゃって、碁を打っておられますからね」

女房のそう言うのを聞くと、源氏は、これはどうしてもその向かい合って碁を打っている、かの人を覗《のぞ》き見《み》たいと思い、そろそろと抜き足をして、小君が入っていった簾《すだれ》のはざまに身を忍ばせた。

すると、内側の格子戸はまだ閉めていないので、隙間《すきま》から内部が見える。そっと近寄って、西のほうを見通すと、間《あいだ》に立ててある目隠しの屏風《びょうぶ》も端のあたりを畳んであって、邪魔な几帳《きちょう》なども、暑いせいだろうか、垂れ絹が風通しのために横木にうち掛けてある。

源氏の目には、室内の様子が丸見えであった。

二人の女が対座して碁を打っているすぐそばには、お誂《あつら》えに灯火が灯《とも》っている。母屋《もや》の真ん中の柱に寄り添ってむこう向きに座している人が、あの我が思いをかけている人だろうか、と源氏は、じっと目を凝らして見た。すると、濃い紫の綾衣《あやぎぬ》の単襲《ひとえがさね》らしいものを着て、もう一枚何か羽織っている。頭の様子はほっそりして、小柄で、あまりぱっとしない姿に見える。肝心の面差しは、差し向かいになっている人にさえ、よくは見えないように袖《そで》で隠しているように見える。その手の様子は痩《や》せに痩せて、袖口からあまりあらわにならぬように注意深く引き隠している。

もう一人は、こちらの東のほうを向いているので、なにからなにまですっかり丸見えであった。白い薄物の単襲に紅《くれない》と藍《あい》とで二度染《にどぞめ》にした上着めいたものを、しどけなく着崩《くず》している。素肌に着《つ》けた紅の袴《はかま》の紐が腰のあたりで結んであるのまですっかり見えてしまうほど、上着の前をはだけているので、胸もあらわに、自堕落《じだらく》な着こなしをしている。しかし、肌の色は抜けるように白く、全体かわいらしい感じで、むくむくと肉付きもよく、また背も高いらしい。頭から額にかけての髪の様などもくっきりとしていて、目もと口もとは愛嬌《あいきょう》たっぷり、まことに華やかな容貌《ようぼう》である。髪はふさふさと豊かで、そう長いというのでもないけれど、肩に垂れたところもさらりとして、すべてについてねじけた様子もない、美しい人と見えた。

小君は、車で源氏を紀伊の守の邸まで案内すると、ひとまず、東の簀子の南端にある妻戸（開き戸）のあたりに待たせておいたとある。なにぶん垣間見は、そこに源氏が来ていることを内部の人に気づかれたらおじゃんである。もしそんなことになれば、女たちはみな奥へ逃げ込んで、姿を消してしまうだろう。といって、ある程度中まで踏み込んでいかなくては、何も見えないことは、上記のような十重《とえ》二十重《はたえ》の視線障壁が設けてある建物のなかでは当然のこと、さてそれをどこでうまく折り合わせるかが、作者の腕の見せ所である。

つまり、どうやって、その障壁を乗越えながら、源氏を隠しおおせて、しかもよろしく観察を成し遂げるか、ということだ。

そこでまず、源氏は妻戸の外、つまりそこには誰もいないし、妻戸には夜分鍵がかけてあるのが当然であるから、内部の人にとっては、いわば盲点のような場所なのだろう。で、そこに源氏を待たせて、手引き役の少年小君は、わざと簀子の南側に回ると、そこもぴたりと閉じてあった格子戸を、わざとどしんどしんと大きな音を立てて叩いた。室内の女房達の意識を東側に隠れている源氏から逸《そ》らしておこうという、いわば陽動作戦である。

だれかが内側から格子戸を開けてくれたと思《おぼ》しい。

それで小君は、御簾を潜《くぐ》るようにして室内に入っていったところで、中から女房の声がかかる。これは恐らく奥のほうにいた老女房が言ったらしく思われる。

「戸をお閉めなさい、外から丸見えですよ」

とでもいう注意である。たしなみある女衆にとっては、見られるのが何より怖いのだ。

すると小君は、聞こえよがしの大声を出して、

「この暑いのに、どうして格子戸なんか閉め切ってるの」

と抗弁するのである。これはむろん源氏に聞かせているのである。「この南側の戸は閉めずにおきますから、ここからお忍びください」というサインなのだ。

すると、中からまた声がする。

「昼から、西の対の姫様がいらっしって、碁を打っておられますからね」

どうやら、目的の空蟬だけではなくて、おまけに西の対の姫君という女まで垣間見できるらしい。こういう台詞を挿入することで、作者は、窃視者《せっししゃ》源氏のわくわくした期待を演出していることに留意されたい。

じつは、この空蟬の垣間見場面は、全体のなかでも名高いシーンなのだが、その割には、昔から源氏がどこからどのように見て、空蟬と西の対の姫君すなわち軒端《のきば》の荻《おぎ》がどんな位置関係にあるのかについて、諸説あって、いろいろやかましい議論がある。

しかし、私の読むところでは、別に難しいことはなにもないように思うのである。

ともあれ、源氏は、この声に惹《ひ》かれるようにして、まずは小君の入っていった南面《みなみおもて》の東端の御簾をかいくぐるようにして身を差し入れたと思しい。

そこに「この入りつる格子はまだ鎖さねば」というのだから、さっき老女房に小言を言われながら小君が入っていった格子戸が、まだそのまま上げてあったというのである。こういう書き方からすると、外側に御簾が下がっていて、その内側に内開きの格子戸が設けてあるらしいことがわかる。

蔀戸というと、すぐ思いつくのは、外開きのそれで、しかも上下二分割された半蔀《はじとみ》という形式のものだが、古くは一枚戸で内側に引き上げて開ける形の蔀のほうが普遍的であったかと思われる。

そういえば、「夕顔」と「末摘花《すえつむはな》」に、片や六条のなにがしの院で、片や常陸宮のボロ邸で、源氏が「格子手づから上げたまふ」というところが出てくる。これなども、格子戸は内側にあるのでないと、どうも都合が悪い。じっさい、そういう内開きの一枚蔀というものは、たとえば三井寺《みいでら》や吉野の水分《みくまり》神社などに今も現存しているのを見ることができる。

ともあれ、このシーンは、そうやって、源氏が東側の簀子から南に回り、御簾を上げて侵入してみたら、閉まっているはずの内側の蔀が引き上げたままになっていた（それが小君の機転として描かれている）ということであった。

そこから西のほうへ視線を放ったところ、屏風は一部畳んであるし、几帳の垂絹は風を通すために引き上げてあるしで、「いとよく見入れらる」という有様であったと書かれる。すなわち、これも小君がわざと見通せるように仕掛けていったと読むことも可能であろう。

すると、何が見えたか。

まず、母屋の中柱が見えた。どうやら、こういう垣間見のシーンでは、見られる女たちは、たいてい柱の陰に隠れているというふうに設定されるのが、一つの類型になっているらしい。ともあれ、その中柱に寄り添うようにして向こう向きに座っている人「母屋《もや》の中柱《なかばしら》にそばめる人」が、まず源氏の視線に捉えられる。

そこでこの女に「まづ目とどめたまへば」という文章を契機として、すぐに嘗《な》め回すような観察に入っていく。これはつまり、源氏の視線が単焦点のレンズではなくて、そこでズームしていくという感じである。おあつらえに、柱の近くに灯明がかかげてある。これならば光量に不足はない。

すると、この女、つまり空蟬は「濃い紫の綾衣の単襲《ひとえがさね》らしいものを着て、もう一枚何か羽織っている。頭の様子はほっそりして、小柄で、あまりぱっとしない姿に見える。肝心の面差しは、差し向かいになっている人にさえ、よくは見えないように袖で隠しているように見える。その手の様子は痩せに痩せて、袖口からあまりあらわにならぬように注意深く引き隠している」というふうに眺められたのである。

一種の焦らし技法のように、よく見えるような見えないような、どんなにズームしても、明かりで照らしても、しょせん顔まではは っきり見えないというふうに、読者を翻弄するのであった。

ところが、その向かいに座っている女のほうは「東向《ひむがしむ》きにて、残るところなく見ゆ」と

ある。それはそうだろう。中柱のすぐ向こう側に、一人は手前に座って向こうを向いてい

る、もう一人は向こうに座ってこちらを向いている。この後者が軒端《のきば》の荻《おぎ》にほかならぬ。

となると、この姫のほうは、なにからなにまで丸見えであった。しかも「白い薄物の単襲

に紅と藍とで二度染にした上着めいたものを、しどけなく着崩している。素肌に着けた紅の

袴の紐が腰のあたりで結んであるのまですっかり見えてしまうほど、上着の前をはだけてい

るので、胸もあらわに、自堕落な着こなしをしている」というだらしない風姿が、子細に観

察されてしまうのだ。

こうして、二人の位置関係をたくみに設定することで、源氏の垣間見視線は、対照的に二

人の女を捕捉するのであった。

その先、いよいよ源氏の窃視望遠レンズは冴《さ》えに冴えて、このよく見えるほうの姫を、そ

れこそ目で犯すかのように眺め回していく。

「しかし、肌の色は抜けるように白く、全体かわいらしい感じで、むくむくと肉付きもよ

く、また背も高いらしい。頭から額にかけての髪の様などもくっきりとしていて、目もと口もとは愛嬌たっぷり、まことに華やかな容貌である。髪はふさふさと豊かで、そう長いというのでもないけれど、肩に垂れたところもさらりとして、すべてについてねじけた様子もない、美しい人と見えた」

三井寺《みいでら》（園城寺《おんじようじ》）に現存する内開き蔀《じとみ》

滋賀県大津《おおつ》市にある園城寺（通称三井寺）の釈迦堂（食堂《じきどう》）。古くは、この写真のような一枚戸で、内側に引き上げて使う蔀戸が普通であったらしい。
（撮影：著者）

というように。

で、これだけ子細に目で嘗め回したあと、再び、観察は、かの向こう向きの空蝉その人に帰ってくる。

「いっぽうの、あの人は、袖ですっかり口元を引き隠して、はっきりとは見せないけれど、それでもジッと目を凝らして見てみると、自然と横顔が見えた。なるほど、まぶたはすこし腫《は》れぼったく、鼻などもくっきりと通っていないところはちょっとおばさんくさいし、とくに色っぽいという感じではない。酷評すれば、不器量《ぶきりよう》というに近いのだが、そこをたいそう注意深く取り繕《つくろ》って、この器量良しの娘よりはたしかに嗜《たしな》み深いところがあろう」

この「さやかにも見せねど、目をしつけたまへれば」というところ、源氏の視線レンズが、さらにさらにズームアップしていった感じである。この「目をし」の「し」は強調の助詞である。

ところが、そのちょっと前に、空蝉のことを指して「奥の人はいと静かにのどめて」などと書いてあるので、読者が混乱するのである。おやおや、空蝉は手前にいたはずではないか、と。

しかしこれは、思うに源氏から見た位置関係を示すのではなくて、意識の上でより見えにくい、奥まった感じの人とでもいうつもりなのではあるまいか。そこでわが『謹訳』では、あえて「差し向かいの人はおっとりと静かに、落ち着いた態度で」と解釈しておいた。

こうしてみると分かるように、『源氏物語』の垣間見シーンでは、視点も視線も固定された一点ではなくて、比較的自由自在にズームしたり旋回したりすること、あたかも映画のカメラワークに近いものを思わせる。

しかしそれでも、そういう「動き回る視線」を自然に意識させて読者に疑いを抱かせぬように、登場人物の位置関係、小道具大道具の配置、また視線の通るべき隙間などは十分に考え抜かれた書きかたになっていることに、私は注意しているのである。

最上のエロス——紫上への夕霧の視線

こうした周到な用意は、たとえばまた、「野分《のわき》」の巻で、嵐の翌朝に、庭の草花を案じて廂《ひさし》の端近《はしぢか》に出ていた紫上を、源氏の子息夕霧が垣間見るシーンでも同じようによく考えられている。

いや、むしろ、源氏が絶対に夕霧を近づけぬように厳重に警戒していた紫上の、その姿を垣間見させるためには、嵐に倒れるのを用心して、障壁になるような屛風や几帳が片づけられていた、という設定が必要だったのに違いない。

こうすれば、「若菜上」の巻で、まったくの不用意から柏木に姿を見られてしまう女三の宮のような見識なきウッカリを、紫上にさせなくてすむ。

三の宮は薄ぼんやりとした遅鈍《ちどん》の姫宮だが、紫上はその正反対で、才色兼備、この上ない教養とたしなみを身に付けた最高の女で居続けなくてはいけなかった。

だとすれば、野分という大非常時、しかも、紫上が端近にいたのは、庭の草花への思い遣りや気配りからであった、とどこまでも風雅のタームズのなかで、この垣間見を成功させることができるからである。

そのために、おそらく、「野分」という巻を作り設けたのではないか、とすら私には思える。

この周到精密な設定のなかで、紫上を垣間見させることに成功した作者が、次に、その天下無双の姿を夕霧の視線に見せることになるのは、「御法《みのり》」の巻、紫上の死後の姿であった。

最後にこの死体としての紫上を、源氏の肩越しに垣間見るシーンを見ておこう。

灯のいと明《あか》きに、御色はいと白く光るやうにて、とかくうち紛《まぎ》らはすこと、ありしうつつの御もてなしよりも、いふかひなきさまにて、何心なくて臥したまへる御ありさまの、飽かぬ所なしと言はむもさらなりや。なのめにだにあらず、たぐひなきを見たてまつるに、死に入る魂《たましひ》の、やがてこの御骸《から》にとまらなむと思ほゆるも、わりなきことなりや。

灯《とも》し火の光が明々《あかあか》としているせいか、顔色はたいそう白く光るように見えて、万事嗜み深く振舞っていた生前の姿よりも、いまこうして正体もなくなって、なんの嗜みもなく臥している今のありさまのほうが、一点非の打ち所もなく美しい……など言うにも及ばぬことであった。その美しさは、どこもここも、一通り美しいなどという程度のことではなくて、それはもう世に並ぶものとてもない麗《うるわ》しい姿……見ている夕霧は、もうこのまま自分の魂が体から遊離していってしまいそうな思いがして、〈いっそそれなら、我が身を離れた魂が、紫上の魂の抜け殻である骸《むくろ》のなかに、すーっと入って留まってほしい〉……とまで思えてくる……が、いやいや、それはしょせん叶わぬ願いというものであった。

死んでもなお生きているかのような、紫上の美しい肢体。そこに、夕霧は魂となって、入っていきたいというのである。タナトスと渾然《こんぜん》一体となった、物凄いまでのエロス的描写。源氏物語随一の官能的シーンもまた、こうして垣間見の視線のなかで描き出される。

もっとも、このところは解釈がまっぷたつに分かれているところで、「死に入る魂《たましひ》の、やがてこの御骸《から》にとまらなむと思ほゆるも」という一文を、「まさに今死のうとしている魂が、そのまままた亡骸にかえり鎮まってほしいと思われるのも」というふうに、紫上の死んで遊離している魂がもとの体に帰って甦《よみがえ》ってほしい、というふうに解釈する説も有力なのではあるが、「死に入る」という動詞は、必ずしも死ぬということではなくて、むしろ「魂が遊離して正体を失う」「気絶する」という意味に使うのがごく当たり前なのであって、ここは、死に入るのは夕霧のほうだと読む説が、もういっぽうにある。たとえば、『湖月抄《こげつしょう》』に「細面白き詞也。夕霧の心也。師夕霧のかなしく見奉るに死入心ちするも魂は紫の死骸にとまらんと也」とあるのなどがそれで、近代の注釈でも、吉沢義則《よしざわよしのり》博士の『対校源氏物語新釈』に「夕霧は見とれて死んでしまひさうに思はれる自分の魂が、その儘亡き御骸に留まれかしとまで思はれるが、それは無理な願ひだ」と注されている。私はこの後者の解釈に従いたいと思う。いや、そう読んだときに初めて、この一文はもっとも凄みとエロスに満ちて、紫上の最期、その死んでの後まで人を魅了せずにはおかない無双の魅力を叙するのにふさわしいと考えるのである。

されば、そのような意味で、よくよく味わいつつ、読者よろしく一読三嘆《さんたん》されよ。さすれば、この物語の凄さが、つくづくと腑《ふ》に落ちて感じられることであろう。

第七章 とかく夫婦というものは……

当時の結婚とはどんなものだったのか？

こんにち「夫婦」という関係は法律で手厚く守られているけれど、そもそも日本は古来、夫婦の絆《きずな》の、きわめて曖昧な、あるいは敢て言えば「いい加減」なところのある国であった。

その根底には、母系制の社会構造というものがある。

そこでは「後ろ見」が、とりわけ大切であった。

これには二つの意味がある。

一つは、たとえば、貴族の家の姫君が入内《じゅだい》する、あるいはどこかから聟《むこ》を迎えるという場合に、その姫を実家が経済的に支えるという意味である。葵上と源氏の結婚の場合、源氏は左大臣家の「聟」で、葵上自身は実家三条殿に住んでいる。そこへ源氏が通《かよ》っていく形なので、左大臣としては、せいぜい贅《ぜい》を尽くして源氏の世話をする、これが「後ろ見」ということの一つである。

もう一つは、妻となった女が、夫の装束を仕立てたり、調度を調《ととの》えたり、食事の世話をしたり、今の「夫の世話」に近い意味だ。しかし、姫君自身に経済力があるわけではないから、その世話焼きにしても、結局、実家筋の経済的力量に依拠するところが多いのであった。

そこでたとえば、『伊勢物語』立田山《たつたやま》の段に、

さて、年ごろ経《ふ》るほどに、女、親《おや》なくたよりなくなるまゝに、もろともにいふかひなくてあらむやはとて、かうち(ふ)の国、高安《たかやす》の郡《こほり》に、いきかよふ所出《い》できにけり。さりけれど、このもとの女、悪《あ》しと思《おも》へるけしきもなくて、出《いだ》しやりければ、おとこ(を)、こと心ありてか、ゝるにやあらむと思ひうたがひて、前栽《せんざい》の中にかくれゐて、かうち(ふ)へいぬる顔《がほ》にて見れば、この女、いとよう化粧《けさう》じて、うちながめて、
風吹《かぜふ》けば沖《おき》つ白《しら》波たつた山
夜半《よは》にや君がひとりこゆらん
とよみけるをきゝて、限りなくかなしと思ひて、河内へもいかずなりにけり。

まれ〳〵かの高安《たかやす》に来《き》て見れば、はじめこそ心にく(く)もつくりけれ、今《いま》はうちとけて手《て》づからいゐ《(ひ)》がひとりて、笥子《けこ》のうつわ《(は)》物に盛《も》りけるを見て、心うがりていかずなりにけり。さりければ、かの女、大和《やまと》の方を見やりて、

　君があたり見つゝを《を》居らん生駒《いこま》山
　雲《くも》なかくしそ雨は降《ふ》るとも

といひて見いだすに、からうじて、大和《やまと》人来《こ》むといへり。よろこびて待《ま》つに、たび〳〵過《す》ぎぬれば、

　君来《こ》むといひし夜ごとに過《す》ぎぬれば
　頼《たの》まぬ物の恋《こ》ひつゝぞふる

といひけれど、お《(を)》とこ住《す》まずなりにけり。

そんなふうにして何年かが経つうちに、女の親が亡くなり、とかく経済的な後ろ盾がなくなってしまって、このままでいっしょにいたのでは二人ともジリ貧になってしまう……そんなことで何の甲斐もない人生となってたまるものか、と男は思って、河内の国高安の郡に、あたらしく通うようになった女の家ができた。それでも、このもとの妻

は、男の仕打ちをひどいと思っている様子もなくて、いつだって快く高安へ送り出したのであった。すると男は、〈もしや、他に好きな男でもできたので、こうやって俺を快く送り出すのではあるまいか〉と思い疑って、一計を案じ、いつものように河内へ出かけるふりをして、庭の植え込みの中に隠れ、妻の様子を窺《うかが》っていた。すると、この妻は、たいそう美しく化粧をして、かなしくため息など吐《つ》き、

風吹けば沖つ白浪たつた山
夜半《よは》にや君がひとりこゆらん

こうして風が吹くと、沖にはきっと白浪が立つことでしょう、そんな夜半に、あのたつた山を、あなたは独りで越えて行くのでしょう

と、こんな懇篤な歌を詠じた。その声を聞いて男は、限りなく愛《かな》しく思って、とうとう河内へも行かずじまいになった。

その後、ごくまれに件《くだ》んの高安に来て見れば、最初のうちこそ心惹《ひ》かれるように化粧などしていたものだったけれど、今はすっかり気を許して、所帯じみて手づからしゃもじなど取って、椀《わん》に飯など盛ったりするのを見て、男はすっかりいやになり、とうとう

通わなくなった。
そこでこの高安の女が、大和の方角を見やって、

君があたり見つつを居らん生駒山
雲なかくしそ雨は降るとも

あなたの居る里のあたりを見ながら、こうしていましょう。だから生駒山を雲よ隠さないで、雨は降るとしても……

と歌いながら外を見ていると、そこにやっと大和の男から「来ようよ」という知らせが届いた。女は喜んで待っていたが、いつも空手形ばかりで男はちっともやってこない。そこで、

君来むといひし夜ごとに過ぎぬれば
頼まぬ物の恋ひつゝぞふる

あなたは来る来ると言って、その夜々ごとに空しく過ぎてしまったので、もはや頼みにはしませぬけれど、でも恋しく思いながら時を過ごしております

と、こんな歌を詠んでよこしたけれど、男はもはやこの女のところには寄りつかなくなった。

というようなところが出てくるのである。

女の実家の親が死んで経済的な後ろ見が失《う》せたために、このままでは、二人ともに「ジリ貧」となるを免れない。かくてはならじと、この男は、他の女、それもうんと経済力のある女のところへ通うようになったというのである。今ならさしずめ「甲斐性無しのヒモ男」だということになるだろうけれど、平安時代の人たちにとっては、しょせん男というものは、そういうあやふやなる存在なのであったし、じっさいそうやって女の親の経済力で後ろ見をしてもらうことができなければ、結句貧窮せざるを得なくなってしまう、それが当時の常識なのであった。

この段の終わり、

君来むといひし夜ごとに過ぎぬれば
頼まぬ物の恋ひつゝぞふる

といひけれど、おとこ住まずなりにけり。

というような使い方の「住む」というのは、通う男が夫と認知されて女の家に居続けるということを意味する。

ただ、男が受領階級の中級貴族の場合、任国に下って行くに際しては、妻もこれに随行したものであった。

だから夫婦といっても、母系制の通い婚を原則としつつ、同居婚もあり、婿が妻の実家に住み着いて事実上の相続をする場合もあり、と形はいろいろであった。

ただ、『令《りよう》』巻十「戸令《こりよう》」に「已《すで》に成ると雖《いへど》も、其の夫外蕃《ぐわいばん》に没落《ぼつらく》して、子有りて五年、子無くして三年、帰らざるとき、及び逃亡し、子有りて三年、子無くして二年、出ざる者は、並びに改めて嫁《か》すを許す」とあって、もとより夫は妻を置いてどこへ彷徨《さまよ》っていくも自由であったし、妻もまた、夫が三年来なければ他の男と結婚してよいことになっていたのである。

結婚といっても、往昔は、かように曖昧で緩やかな関係であったことを、まず確認しておかなくてはならぬ。

で、ここからが本論なのだが、では、『源氏物語』のなかの夫婦関係は、どのように描かれているだろうか。

源氏と紫上、夫婦のありよう

まずは源氏と紫上、この夫婦は、ちょっと異常な結びつきであった。まだ子どもであった紫上を、源氏が無理無体に拉致《らち》してきて、二条の邸に住まわせた、というわけだから、これは通い婚の原則からはかなりかけ離れている。この時、源氏には葵上という正妻がいて、紫上のほうは、いわば第二夫人の格である。

がしかし、葵上が亡くなってしまうと、紫上が、事実上の第一夫人となったが、前述の如く、妻というものは、その実家の権威や富がどうであるかというのが大事なところで、そういう意味では、兵部卿の宮の娘ながら、その母は夙《はや》く死んで父宮には後妻があったため、いわば父親サイドからは継子《ままこ》扱いであった。こうなれば、後ろ見をする実家が無いに等しいゆえ、妻としてはごく弱い立場に過ぎぬ。

そんな、危うい夫婦関係ではあったけれど、この物語のなかで、源氏が心底心を許して睦《むつ》まじくしていたのは、この紫上ただ一人であった。

「野分」の巻に、紫上と源氏が六条院の寝殿に共住みして、なにかしきりと語らったり、ふふと笑いあったりする睦まじさが、子息夕霧の垣間見《かいまみ》の視線・意識を通して、まことに官能的に描かれている。が、夕霧はついに紫上の声は死ぬまで聴くことが出来なかった。

ところが、その睦まじい二人の間にも、かつて夫婦の危機があった。「松風」の巻、かの明石の御方《おんかた》が、姫君を伴って大井川の邸へ引き移ってきた、その時のことだ。こうなると、子どもにも恵まれず、後ろ見もあやふやな紫上は、もはや安閑とはしていられぬ。いつこの明石に取って代わられるか、保証の限りではないのだ。

いっぽうの源氏は、どんな口実を設けて明石の住む大井の邸へ通おうかと、ソワソワと落ち着かぬ日々を送るようになってしまった。当時二人は、まだ二条の邸に住んでいたが、明敏な紫上が夫の変節に気付かぬはずもない。二人の間に俄然冷戦が起こってきた。


殿におはして、とばかりうち休みたまふ。山里の御物語など聞こえたまふ。

「暇《いとま》聞こえしほど過ぎつれば、いと苦しうこそ。このすきものどもの尋ね来て、いといたう強ひとどめしにひかされて、今朝《けさ》はいとなやまし」

とて、大殿籠《おほとのごも》れり。


二条の邸に帰って、源氏はしばし休息を取った。そして紫上に、大井の山里の物語などを話して聞かせる。

「いや、家を空けるについての約束の日限を過ぎてしまって、すまないな。なにしろ、いつもやってくるあの物好き連中が押しかけてきてね。私は帰ると言ったんだけれど、なんといってもあの者どもが強引に引き止めるのだ。それでついつい根負けして日限を過ぎた。ああ、それで今朝は疲れて気分がすぐれない」

などと言い訳をしながら、源氏はさっさと寝所に入ってしまった。


大井の邸で明石の君と濃密な閨事《ねやごと》を交わした翌朝、源氏は「アリバイ作り」の心もあって、近所に造営している桂殿《かつらどの》に立ち寄り、酒など飲んだりして遊んでいるうちに、ふと紫上の不機嫌な表情を思い浮かべる。そして、しまったと思い思い二条の邸へ戻ってきた。そこで、紫上に先手を取られないように、自分から大井のことなどを話し、つまりは、別に疚《やま》しいことはないのだよ、とでも言うつもりなのであろう。しかも、自分はすぐにも帰りたかったけれど、有象無象《うぞうむぞう》がやって来て引き止めるので迷惑をした、といわぬばかりのことをぶつくさいって、気分が悪いといって寝てしまおうとする。これすなわち、朝帰りして二日酔いの夫が、妻に何か言われぬ先に、自分から不機嫌にもてなして、妻の先手を取るという行き方、でもあろうか。

もちろん紫上のご機嫌が良いはずはない。

　例の、心とけず見えたまへど、見知らぬやうにて、
「なずらひならぬほどを、おぼしくらぶるも、わろきわざなめり。われはわれと思ひなしたまへ」
　と、教へきこえたまふ。

紫上は、またもやご機嫌うるわしくない。
しかし、源氏はそのことを見て見ぬふりをしつつ、

「まず、肩を並べるほどにもない者を、いちいち思い比べたりするのも、まあよろしくない思案と見えるぞ。あれはあれ、我は我と、おっとり構えていたらいいのだよ」

と、一生懸命に教え諭すのであった。

源氏は、しまった、やっぱり怒ってるな……と、妻の様子を「見て見ぬふり」をしながら、こんどは教訓を垂れるという策に出る。源氏の「いつもの手」なのだ。

「肩を並べるほどにもない者を、いちいち思い比べたりするのも、まあよろしくない思案と見えるぞ。あれはあれ、我は我と、おっとり構えていたらいいのだよ」

と、そんなことを言ったからとて、紫上のご機嫌が直るはずもない。しかも、それでいて、源氏は、

暮れかかるほどに、内裏《うち》へ参りたまふに、ひきそばめて急ぎ書きたまふは、かしこへなめり。側目《そばめ》こまやかに見ゆ。うちささめきてつかはすを、御達《ごたち》など憎みきこゆ。

そしてその日の暮れかかる頃に、源氏は内裏へ参上のため出かけようとして、なにや

ら、そっと隠すようにして急いで手紙を書いている様子である。さては、あの大井の明石の御方へ、なのであろう。それも、傍目《はため》にも、いかにも細々《こまごま》と心を込めて書いているように見える。

そして書き上げると、側近の者を呼んで、ひそひそひそひそと、何ごとか申し付けて、その手紙を託して出すようであった。それを見ると、紫上に仕えている女房たちなどは、どうしても憎らしがらずにはおかない。

なにやら参内前の忙しい時間を割いて、こそこそと隠しながら明石に宛てた手紙を一心不乱に書いている。それを女房たちは見ているのだから、愉快なはずはない。もちろん紫上が平気でいるわけもない。

その夜《よ》は内裏《うち》にもさぶらひたまふべけれど、解《と》けざりつる御けしきとりに、夜ふけぬれど、まかでたまひぬ。ありつる御返り持《も》て参れり。え引き隠したまはで御覧ず。ことに憎かるべきふしも見えねば、

「これ、破《や》り隠したまへ。むつかしや。かかるものの散らむも、今はつきなきほどになりに

けり」
とて、御脇息《けふそく》に寄りゐたまひて、御心のうちには、いとあはれに恋しうおぼしやらるれば、灯《ひ》をうちながめて、ことにものものたまはず。

その夜は、内裏に宿直《とのゐ》の予定であったが、どうしても紫上のおかんむりが解けないのが気にかかって、もう夜更けていたけれど、せっせと帰ってきた。

そこへ、さきほど大井へ遣わした家来が、明石の御方の返事を持って帰ってきた。

これではとても隠しおおせぬ。源氏は、敢えて紫上の目の前で読んで見せた。そして、文面にはこれといって差し障りのありそうなことは書いてないのを確認してから、

「これね、そなたが破いて始末しなさい。ああ、面倒面倒。こんなものが万一にも外に漏れたら、また大いに面倒なことになる、そういう年格好になってしまったよなあ」

などと嘯《うそぶ》いては、脇息《きようそく》に倚《よ》り掛かって、しかし、その内心に、やはり明石の御方のことばかりが恋しく思いやられる。

源氏は、ぼんやりと灯明《とうみよう》の火を眺めやって、これといってなにも話さずにいる。

内裏へ宿直《とのい》役に行ったはいいけれど、源氏は、あの不機嫌だった紫上の表情を思い出しては、おちおちしてもいられない。それで、ご機嫌取りのために予定を早めて帰ってくる。ところが、間の悪いことに、明石からの返事が、その気まずい空気のただ中に届けられてしまうのだ。

やや、参ったなあ、と源氏は思ったであろう。

こういうとき、あまり隠し立てなどすると、火に油を注ぐ結果となることを、源氏は心得ている。

かたがた、明石の君という人は、非常に嗜《たしな》み深い、聡明な女だから、やわか、あまり「ヤバイ事」は書いてないだろう……と、源氏はイチかバチかの賭けに打って出る。紫上の面前で、堂々と文を広げて読んで見せるのだ。で、「ことに憎かるべきふしも見えねば」……とくに差し障りのあるようなことは書いてないので……源氏のホッとした面持ちが彷彿とするようだ。

おそらく明石の文は非常に儀礼的な書き方で、用紙なども事務連絡よろしく殺風景なものを使ってあったと思《おぼ》しい。そういう形から、源氏はこういう賭けに出てみたのだろうけれど、思っていた通り、明石はエライ女であった。こういう一連の書き方には、詳しい描写はないけれど、おそらくそういう微妙な駆け引きや心の動きが自明的に込められているものと、私には読める。

で、あまつさえ源氏は、こんなことを言ってのける。

「これね、そなたが破いて始末しなさい。ああ、面倒面倒。こんなものが万一にも外に漏れたら、また大いに面倒なことになる、そういう年格好になってしまったよなあ」

じつに白々しい。語るに落ちるとはこのことである。

紫上が、こんなことを言われて白け返っている様子が手に取るように想像されるではないか。しかも、そんなことを言いながら、源氏は、脇息に凭《もた》れ灯明の火を眺めて、黙ったまま心中には明石のことを……つい今朝ほどまで閨を共にして、朝起きられないほどにかわいがっていた、その女のことばかり思っている、とある。

こういう書き方は、源氏に対して非常に厳しく、その心は紫上への同情に満ちていると読める。


文《ふみ》は広《ひろ》ごりながらあれど、女君、見たまはぬやうなるを、

「せめて見隠したまふ御まじりこそ、わづらはしけれ」

とて、うち笑《ゑ》みたまへる御愛敬《あいぎやう》、所狭《ところせ》きまでこぼれぬべし。

明石の御方の文は、そこらへんに広げて散らかしたままになっている。しかし、紫上は、それを見ようともしない。

「ははは、そのね、必死に見て見ぬふりをしている目つき、なんだか妙な按配《あんばい》だね」

源氏はそんなふうに言って、軽く笑った。その愛敬《あいきよう》たっぷりなありさまは、あたりにこぼれ散るようであった。

やはり紫上は、そんなことを言われたからとて、その文を破るようなはしたない女ではない。それを手に取るどころか、まったく見ようともしないのだ。それが、もっとも厳しい、そしてもっとも正しい女の応戦ぶりであろう。読者たる女房たちは、こういうところを読めば、みな紫上の凛たる態度に拍手し、源氏の良からぬ心を憎んだに違いない。

文は、そこらの床のうえに、だらりと放り出されたままになっている。その光景が、源氏の目には痛く突き刺さってくるのであったろう。

すると源氏は、ふと矛先を変えてこんなことを言う。

「そのね、必死に見て見ぬふりをしている目つき、なんだか妙な按配だね」

ここで、源氏は「うち笑みたまへる」とある。その場の緊張感を、ふっとほぐすような、えも言われず明るい笑みをふりまくのだ。その愛敬たっぷりなありさまは、あたり一面にこぼれるばかりであった。

こういう書き方で、その場の空気を、源氏の笑みが溶かしつつ、次の奥の手を出すところを描き出す。

さし寄りたまひて、

「まことは、らうたげなるものを見しかば、契り浅くも見えぬを、さりとて、ものめかさむほども憚《はばか》り多かるに、思ひなむわづらひぬる。同じ心に思ひめぐらして、御心に思ひ定《さだ》めたまへ。いかがすべき。ここにてはぐくみたまひてむや。蛭《ひる》の児《こ》が齢《よはひ》にもなりにけるを、罪なきさまなるも思ひ捨てがたうこそ。いはけなげなる下《しも》つかたも、まぎらはさむなど思ふを、めざましとおぼさずは、引き結《ゆ》ひたまへかし」

と聞こえたまふ。

源氏は、そっと紫上の近くに躙《にじ》り寄って囁《ささや》く。

「じつはね、かわいらしい、いじらしいような姫君を見てしまったよ。されば、やはりああいう子が生まれるということは、前世からの因縁が浅からぬというわけであろうね。とはいいながら、なにしろ母親がああした身分の者ゆえ、わが正式の娘として披露することも、いささか憚りがある。で、いろいろと思い煩《わずら》っているところなのだよ。そこでだね、どうだろう、そなたもひとつ、私と同じ心になってみて、どうしたらいいか、決めてはくれまいか。ああ、どうしたものであろうなあ。……おお、そうだ、そなた、ここであの姫を育《はぐく》みそだててはくれまいか。……うむ、その姫はな、あの伊邪那《いざな》岐《き》伊邪那美《いざなみ》の産みなさった蛭子《ひるこ》の年、三歳ほどにもなっているのだけれど、それはもう、罪のないあどけない子でね。とてもこのまま思い捨ててしまうということもできがたいのだ。それゆえ、そろそろ袴着《はかまぎ》の年頃でもあるわけなので、今のような頼りない腰つきのままにも捨ておけまいよ。そこでね、もしそなたが、心外で嫌《いや》だとお思いにもならぬのであれば、ひとつ着袴《ちゃっこ》の儀の腰結《こしゆ》いの役をつとめてやってはくれまいかな」

源氏は、そのまま、つっと紫上のそばへ躙り寄る。

そうして、あのかわいい姫君のことに話頭《わとう》を転じ、しかもその素性の卑しいことなどをわざとらしく嘆いて見せたあと、「同じ心に思ひめぐらして、御心に思ひ定めたまへ」……私と同じ心になって、どうしたらいいかは、君が決めてほしいな、というのだ。最後には、紫上に決定権を預けてしまって、自分を下風《かふう》に置く。源氏は、この紫上という人が、無双に良い人柄で、とくにかわいい子などには目のない、憎めない女だということを、ちゃーんと読み切っているのである。

「思はずにのみとりなしたまふ御心の隔てを、せめて見知らず、うらなくやはとてこそ。いはけなからむ御心には、いとようかなひぬべくなむ。いかにうつくしきほどに」とて、すこしうち笑《ゑ》みたまひぬ。児《ちご》をわりなうらうたきものにしたまふ御心なれば、得て、抱きかしづかばやとおぼす。

紫上は静かに答える。

「そうやって、いつでもわたくしが焼きもちを焼くものと、勝手に決めつけておしまいになる……そういう冷淡なお気持ちを、わたくしが強いて気付かぬふりをしているのもなんだかばかばかしくなってしまいます。それだから……。でもね、そのまだ幼い姫君のお心には、きっとお気に入って頂けましょう。さあ、どんなにかわいらしくおなりでしょうか」

こう言って紫上は、ほんのりと微笑んだ。日ごろから、小さな子どもを見ると、ともかくかわいがりたくなるという気性なので、もういっそちゃんと引き取って、こちらでしっかり抱いてかわいがってあげたい、と紫上は思っている。

さすがにしかし、紫上だって、そうそう源氏の言いなりにはなるまい、という意地がある。そこで彼女の応戦した言葉の心は、「いつだってあなたは、そうやって私を悪者にして、焼きもちを焼いてると決めつけてる。そんなことを言ってごまかそうとするあなたの冷淡な気持ちなど、みんな分かっているのですよ……もう、なんだかばかばかしくなっちゃった」とでもいうところであろうか。

そこまで言って紫上は、ふっと表情を和《なご》ませると、その姫君は、「どんなにかわいらしくおなりでしょう」と言って「すこしうち笑みたまひぬ」、かすかに、しかしにっこりと笑ったというのだ。この微妙な書き方の見事さに、私は心底感心する。

これで、紫上が明石の姫君を引き取るということは、事実上決定した。源氏が勝ったように見えて、実は、紫上のたぐいまれな寛闊《かんかつ》さ、懐の広さ、品格の豊かさ、心の柔らかさが、印象づけられる。まことに素晴らしい女君ではないか。源氏の嘘も裏切りもみんな飲み込んで、しかもその相手の女の産んだ姫を引き取って育てるといって微笑む人。理想の妻というのはこれである。

いかにせまし、迎へやせましとおぼし乱る。わたりたまふこといとかたし。嵯峨野の御堂《みだう》の念仏など待ち出でて、月に二度《たび》ばかりの御契りなめり。年のわたりには、立ちまさりぬべかめるを、及びなきことと思へども、なほいかがもの思はしからぬ。

が、源氏は、〈さあどうしたものであろう、迎えに行こうか、どうしようか〉、と迷っている。

理由もなく大井のほうへ通うということも、これでなかなか難しい。しかたないので、嵯峨野の御堂での念仏講などを口実にして、月に二度くらいは通って契りを結ぶように見えた。「玉かづら絶えぬものからあら玉の年のわたりはただ一夜のみ（あの延々たる蔓《かずら》のように二人の縁《えにし》は絶えぬとはいうものの、天の川を渡っての逢瀬は、あら玉の年の渡りとて、年に一回きりなのでございます）」と古歌に歌われた牽牛織女《けんぎゅうしょくじょ》の逢瀬よりはましのように見えるから、明石の御方としてみれば、これ以上を望むのはとても及ばぬ願いだとは思うけれど、それでもやはり物思いをせずにいられるものであろうか。いや……。

こうして源氏は、どうしようかなあと迷いながら、しかし、この紫上の態度に機先を制せられて、却って大井へは行きにくくなってしまった。まことに以て、紫上の完勝というべきである。

そこで嵯峨野の御堂の念仏だとか、やくたいもない口実を設けて、月に二回程度通うことで我慢した、ということになった。

どうであろう。たとえば紫上と源氏の、こうした夫婦喧嘩の一部始終を玩味精読してみると、紫上の気持ちの揺れ動き、そして源氏の、浅はかで愚かしい悪あがきのなかに、普遍的で千古不易《せんこふえき》な人心が、精緻《せいち》にいきいきと描き込まれていることが領得されるのではあるまいか。うーむ、まるで我が事のようだ。

しかも、男として私はこれを読むと、紫式部の筆致には、まったく男にしか分からないような、男心の動きが、これでもかこれでもかと書き込まれていて、女ながら、よくぞここまで冷徹に男を描き切ったと、この作者の両性具有的天才を、つくづく思い知るのである。

第八章　この巧みな語り口を見よ

栄華の絶頂と心の闇

光源氏という主人公には、圧倒的な「光」の部分と、それにちょうど呼応するように、おそるべき「影」の部分とが共存していて、いわばそれがこの物語を面白くしている重要な要素だと言うことができる。

光ばかりのお伽噺《とぎばなし》や、影ばかりのピカレスクでは、どうしたって文学として深まっていくはずもない。

いま、『源氏物語』の中段を彩る「初音《はつね》」と「胡蝶《こちょう》」の二帖に注目して、そのあたりの消息を窺《うかが》ってみようかと思うのである。

須磨から返り咲いて権勢をその手に掌握し、太政大臣《だいじょうだいじん》にまで昇りつめて、今や、誰も源氏の行く手を阻むものはないかに見える。

そうして、六条御息所の旧邸の跡地を含む形で、六条院と呼ばれる大邸宅を造営し、文字通りの「わが世の春」を源氏は謳歌《おうか》していた。

かくして光り輝く源氏の、その栄華の頂点の時代を描くのがこのあたりの巻々であるが、「初音」は、その六条の院に迎え住まわせている女君たちの一人一人に正月の挨拶をして回るという形で、あたかも顔見世興行のように、春夏秋冬の各町《まち》を経巡っていくのである。

その有様は、

年立ちかへる朝《あした》の空のけしき、名残《なごり》なく曇らぬうららけさには、数ならぬ垣根のうちだに、雪間《ゆきま》の草若やかに色づきはじめ、いつしかとけしきだつ霞《かすみ》に、木《こ》の芽もうちけぶり、おのづから人の心ものびらかにぞ見ゆるかし。まして、いとど玉を敷ける御前《おまへ》は、庭よりはじめ見所《みどころ》多く、磨《みが》きましたまへる御方々《かたがた》のありさま、まねびたてむも言《こと》の葉たるまじくなむ。

春の御殿《おとど》の御前《おまへ》、とりわきて、梅の香《か》も御簾《みす》のうちの匂ひに吹きまがひて、生ける仏の御《み》国《くに》とおぼゆ。

あらたまの年立ちかへる朝《あした》より待たるるものは鶯《うぐひす》の声

古い年が終わって、新しい年がまた立ち返ってくる、その朝から、心待ちにされるものは、うぐいすの初音《はつね》よと、古歌にそう歌われた元朝《がんちょう》の空の気配の、すみずみまで雲一つなく晴れ渡ったうららかさに、そこらの者の家の垣根にも、雪間に草が若々しく色づいてくる。昔の人が「野辺見れば若菜摘みけりむべしこそ垣根の草も春めきにけれ(野のあたりを見やると、若菜を摘んでいる人がいる。ああ、どうりで、わがつまらぬ家の垣根の草までも春めいてきたものよ)」と詠みおいたとおり、春の訪れはいつかいつかと待ち設けて、早くも立った春霞《はるがすみ》に、野山の木々の芽は萌《も》え出《いで》て、一面にぼうっと煙りわたるや、おのずから人々の心ものどかに見える。

ましてここは六条院、そこらの家とは格別、珠玉《たま》を敷き詰めたような源氏の邸《やしき》の御《お》前《まえ》には、庭をはじめとして見どころが多いところへ、ますます磨き立てた女君がたの住まいのありさまともなれば、筆にも言葉にも、とても描き尽くせるものではない。

春の御殿、紫上の住まいの前庭には、とりわけ季節柄とて、梅の香りの春風は御簾《みす》のうちまで吹き来たって、焚《た》きしめた薫香《くんこう》の匂《にお》いと渾然一体《こんぜんいったい》、まさに、目《ま》の当たりに極楽浄土を見る心地がする。

地上の極楽とも言うべき六条院、その絢爛《けんらん》をこれでもかこれでもかと称揚しながら、しかし、作者は、その明光の背後に、まるで地下水のように伏流する源氏の暗部をさりげなく描き出してゆくのである。

その源氏は、かつての頭中将《とうのちゅうじょう》が薄命の夕顔との間になした一人姫玉鬘《たまかずら》を求め得て、六条院に養っている。それも、みずからの娘という触れ込みで……。そこには、むろん色好みの魂から発する、邪《よこしま》なる思いが伏在しているのであった。

このとき、源氏は、玉鬘に対してどのような思いを抱いたのであったか。

正身《さうじみ》も、あなをかしげと、ふと見えて、山吹にもてはやしたまへる御容貌《かたち》など、いとはなやかに、ここぞ曇れると見ゆるところなく、隈《くま》なくにほひきらきらしく、見まほしきさまぞしたまへる。もの思ひに沈みたまへるほどのしわざにや、髪《かみ》の裾《すそ》すこし細りて、さはらかにかかれるしも、いとものきよげに、ここかしこいとけざやかなるさましたまへるを、かくて見ざらましかばと思ほすにつけては、えしも見過ぐしたまふまじくや。

かくいと隔てなく見たてまつりたまへど、なほ思ふに、隔たり多くあやしきが、うつつのここちもしたまはねば、まほならずもてなしたまへるも、いとをかし。

見るなり〈ああ、美しいな……〉と思われて、しかも、山吹襲《がさね》（表薄朽葉、裏黄）の鮮やかな色合いがよく映ってまさに山吹の花盛りにも喩うべき玉鬘の姿形、いかにも花々として、どこといって美しさの曇りとても見当たらない。まことに、すみずみまでその美しさは輝くばかり、これならば日がな一日、いやいや、いつまでもずっと見ていたいという思いがする。が、筑紫脱出以来散々に嘗《な》めた辛酸のゆえか、髪の裾《すそ》あたりが少し瘦《や》せて、はらはらと衣にかかっている、その様子さえも、まことに清らかな感じで、なにからなにまで、あざやかに目に立つ美しさなのを見て、源氏は、〈よかった、よかった、もしこのようにわが邸に迎えることがなかったら、それこそ残念至極なことであったろうな〉と思う。

……しかし、源氏がそう感じたとあっては、この親子という関係のままで無事済まされるとはとうてい思えないが、さてどうだろうか。

かにかくに、源氏の心のなかには、この姫を我が物にしてしまいたい……それも、「玉《たま》

鬘《かずら》」の帖に、

　好きものどもの、いとうるはしだちてのみこのわたりに見ゆるも、かかるもののくさはひのなきほどなり。いたうもてなしてしがな。なほうちあらぬ人のけしき見集めむ。

「……世の色好み連中が、変に真面目くさってここらあたりに顔出ししているのも、おもえば、こういう色めいた話の種になるような姫が、この邸にはいないからなのだ。だからこそ、私はあの姫をひしと心込めて世話してやりたいのだ。顔のほうは真面目らしくしていても、心は千々《ちぢ》に乱れて、とうてい平気ではいられなくなる男たちのどたばたぶりなどを、たくさん見物してやろう」

と、源氏が、紫上に打ち明ける台詞に見るように、ひとかどの男たちに懸想させて、恋の悩乱のうちに悶々《もんもん》とする彼らを尻目に見つつ、さっと自分のものにしてしまいたい、などという、まことにけしからぬ、怪しい欲望に源氏は囚《とら》われているのである。

こういう怪しい影をちらちらと見せながら、物語は、やがて三月二十日過ぎ、百花繚乱《りょうらん》、春たけなわの光景へと筆を進めていくのである。

思うに、上乗のドラマというものは、しばしば描きたいモチーフと反対の情景を見せることによって、当該のモチーフを際やかに感じさせるという筆法を用いる。暴力を描くためには、まず平和を、不幸を描くためには、まず幸福を、恐怖を描くためには、まず平安を、そういうふうに見せておいて、一転反対の情調に転じていくところに、ドラマツルギーの鍵がある。

たとえば、能『藤戸《ふじと》』の冒頭は、藤戸の渡りの先陣を切って功を挙げた佐佐木盛綱《ささきもりつな》が、桜《おう》花爛漫《からんまん》の景色のなか、凱陣《がいじん》を飾るという場面から始まる。

「秋津洲《あきつす》の、波静かなる島廻《しまめぐ》り、波静かなる島廻り、松吹く風も長閑《のどか》にて、げに春めける朝ぼらけ……」と、一見なんの屈託もない平和な春の朝の場面に、突如として恨めしげな面持ちの老女が登場する、とそういう仕組みになっている。そして、実際には後場《のちば》で、その盛綱によって理不尽に殺害された漁夫の亡霊が恨みを申しに出現してくるという、恐るべき展開となる。ここにおいて、冒頭の長閑《のどか》な景色が俄然効いてくるのである。

そこで、この「初音」から「胡蝶」へと、引き続き展開していく温かで絢爛で幸福そうな

六条院全体配置図

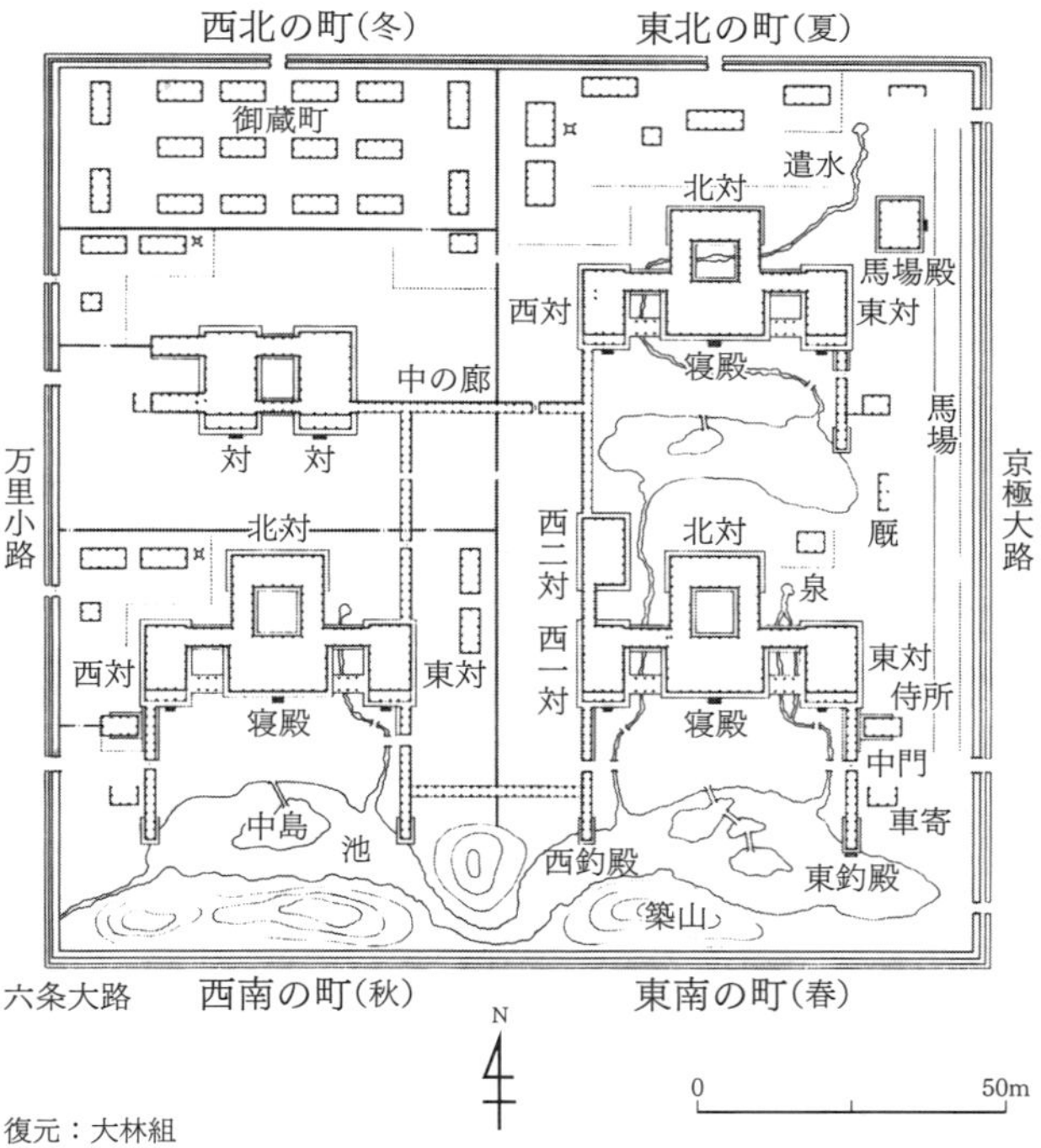

復元：大林組

地上の楽園とも言うべき絢爛たる大邸宅六条院は、六条御息所の旧邸を含む形で造られた。春の御殿には紫上と源氏、夏の御殿には花散里、秋の御殿には秋好む中宮、冬の御殿には明石の御方が住んだ。

春の景色は、いわば、源氏の心に巣くう暗部を際やかに描きだすための「装置」という働きをしていることに、まずは注目しておきたいと思う。

ただ惰性的にこんな幸福な六条院を描いたのでは決してない。紫式部の筆は、その先に、源氏の心の闇をぐんぐん抉《えぐ》っていくのである。

まずは、「胡蝶」の冒頭あたりの叙景。

中島の入江の岩蔭にさし寄せて見れば、はかなき石のたたずまひも、ただ絵に描《か》いたらむやうなり。こなたかなた霞みあひたる梢《こずゑ》ども、錦《にしき》を引きわたせるに、御前《おまへ》のかたははるばると見やられて、色をましたる柳、枝を垂れたる、花もえもいはぬにほひを散らしたり。ほかには盛《さか》り過ぎたる桜も、今盛りにほほゑみ、廊をめぐれる藤の色も、こまやかに開けゆきにけり。まして池の水に影をうつしたる山吹、岸よりこぼれていみじき盛りなり。水鳥《みづとり》どもの、つがひを離れず遊びつつ、細き枝どもを食ひて飛びちがふ、鴛鴦《をし》の波の綾《あや》に紋をまじへたるなど、ものの絵やうにも描《か》き取らまほしき、まことに斧《をの》の柄《え》も朽《くた》いつべう思ひつつ、日を暮らす。

中島の入り江の岩陰《いわかげ》に船をさし寄せて、見れば、ちょっとした石のたたずまいなども、まるで唐土《もろこし》の絵に描いてあるような美景であった。

しかも、遠く近くぼおっと霞《かす》み渡っている梢《こずえ》のありさまは、さながら錦《にしき》を引き渡したように色あでやかに、また、池を隔てた御殿の、紫上のいるあたりがはるばると見はるかされるのを見れば、青める柳は色を増して枝を垂れ、遅咲きの桜も、得《え》も言われず見事な花を粲々《さんさん》と散らしている。他の御殿ではもう盛りを過ぎた桜も、この御殿では今を盛りと咲《え》み誇り、渡殿《わたどの》のあたりを繞《めぐ》って咲く藤の花は、色も濃《こま》やかに、この時まさに開いてゆく気色《けしき》、それはさながら、唐土《もろこし》の白楽天が「高堂虚《かうだうそら》にして且迴《またはるか》なり、坐臥《ざぐわ》に南山《なんざん》を見る、廊《らう》を繞《めぐ》る紫藤《しとう》の架《まがき》、砌《みぎり》を夾《はさ》める紅薬《こうやく》の欄《らん》（棟高い御殿はがらんとしていて、またはるばると奥深い。そうして坐臥常住《ざがじようじゆう》に終南山《しゆうなんざん》を見る。廊下の繞《めぐ》りには、藤の棚が設けてあって、石畳を挟むようにして芍薬《しやくやく》の花壇の柵《さく》がある）」と歌うたところを彷彿《ほうふつ》とさせる景物である。まして、岸辺の山吹は、混じり気のない黄色の花を池の水に映し、なおほろほろと水面に散りこぼれて、今こそ盛りのなかの盛りと見える。

池には、水鳥どもが、雌雄《しゆう》つがいを離れず睦《むつ》まじく遊弋《ゆうよく》し、また口々に細い枝をくわえて飛び交っているものも見える。鴛鴦《おしどり》は、まるで綾織《あやおり》の「波に鴛鴦《おし》」の文様さながら、これらの美景を、装束などの絵柄にするためにも描《か》き写しておきたいほど、いや、まことに時の経《た》つのを忘《ぼう》ずるとは、このことであったろう。かの唐土《もろこし》に、昔、王質《おうしつ》という者が、木を伐《き》りに石室山《せきしつざん》に到り、数人の童子が囲碁に興じているのを見物するうち、夢中になって時の過ぐるのを忘れ果て、ふと気付くと持っていた斧《おの》の柄《え》が腐るほどの長い時間が経っていたという、名高い故事が思い寄せられるほど、すばらしいすばらしい春の日を、みな呆然《ぼうぜん》と暮らしたのであった。

こんな遊びの庭に参集する男たちは、噂に聞く玉鬘に、もう夢中になっている。源氏の思うつぼである。とくに源氏の異母弟兵部卿の宮などは、格好の当て馬として選ばれ、乱酔舞《らんすいぶ》踏《とう》、あきれるような姿で気色《けしき》ばんでいる……それを見て源氏は何といったか。

「大臣も、おぼししさまかなと下にはおぼせど」とあるのがそれで、つまり、「してやったり、かねて思っていたとおりの展開になったぞ」と、源氏はほくそ笑んだのである。じつに不思議な感覚であるが、分かる気もする。誰も相手にしない女を手に入れても、源氏のような男にとっては、面白くもなく、名誉にもならぬからだ。

さあ、ドラマはこの先である。
月が変わって、四月の更衣《ころもがえ》の時分。

人々の御文《ふみ》しげくなりゆくを、思ひしことをかしうおぼいて、ともすればわたりたまひつつ御覧じ、さるべきには御返りそそのかしきこえたまひなどするを、うちとけず苦しいことにおぼいたり。

どうやら、西の対の玉鬘のところへは、あちこちの男たちからの懸想文がしきりに到来するようになってきたのを、〈ふふふ、思ったとおりだ〉と源氏は思う。そうして、なにかにつけて、この西の対へやってきては、その恋文のあれこれを検閲して、しかるべき立場の男君に対しては、まず失礼のないように返事だけは書くようにと、諭し聞かせなどする。そういういちいちのことを、玉鬘は、なんだか気の許せない憂鬱なことと思うのであった。

すなわち、あちこちの男からの恋文が降るように到来するのを、思う壺だと源氏はひとり興がっている。そして、なにかと口実を設けては西の対の玉鬘の部屋へ現われて、それらの手紙をことごとく検閲し、返事の差配までもするのである。それも建前上は父親として娘の心配をしてやっているということなのだが、むろん本音はそんなことではない。

それらの懸想文のなかには、兵部卿の宮のそれもあって、見れば、

「ほどなくいられがましきわびごとどもを書き集めたまへる」

とあるから、すなわち、まだ懸想文を通わせていくらも経っていないのに、はやくも、なかなか思いの叶わぬ恨みを嘆く言葉を、これでもかこれでもかと、書き連ねているのであった。

それを源氏は十分に面白がって一読してから、玉鬘に、しかるべく返事を書くように唆《そそのか》すのだが、その時、

すこしもゆゑあらむ女の、かの親王《みこ》よりほかに、また言《こと》の葉《は》をかはすべき人こそ世におぼえね。いとけしきある人の御さまぞや。

「すこしでもたしなみある女としては、あの宮などは、他の誰にもまして、こうした歌

のやり取りなどをするのにふさわしい方だからね。たいそう面白いお人柄だよ、あの宮は」

などと、宮を妙に褒めあげるのである。すなわち、多少なりとも嗜《たしな》みのある女にとって、この宮こそ、恋文など通わすのにもっとも相応しい男だとやらなんとやら、脇で聞いている若い女房たちがウットリしてしまいそうなことを平然と言い立てる。

さらに、真面目で野暮天の髭黒の大将が、せいぜい色めかして背伸びをしたような恋文をよこしたのを見ては、「さるかたにをかし」と、すなわち「これはこれで面白いね」と批評し、柏木からの細々と書いて小さく結んだ文については、「いかなれば、かく結ぼほれたる」と冷やかしながら、「書きざま今めかしうそぼれたり」と高いところから批評を加えている。すなわち、その結び文の様躰《ようだい》から、さぞ心もむすぼおれているのだろうと笑い、しかし「その書風はいかにも今風でひとくせある」ぞ、と源氏の目には映ったのである。

こう男たちの懸想文を皮肉めいた視線で眺めながら、源氏は、しかし、女からの返事の心得を、とくとくと右近に諭して聞かせる。懸想文への応答として、女は、無下《むげ》にこれを無視黙殺してはいけないし、といって、季節の風物に事寄せてのさりげない文を黙殺されると、却って心惹かれることもある反面、大した内容のない文に対して、嬉しがって即座に返答するなどということは、はしたないことで、後の災難のもとともなる、とあれこれ論じたあとで、宮や大将などの人だったら、それなりにきちんと返事をせねばならぬ、などと教えて、玉鬘を閉口させるのであった。

やってきては、いちいち手紙を検閲し、返事のありようを指図する、玉鬘ほど聡明な女にとって、それは鬱陶しいだけのことであったろう。だから、「うちそむきておはする」という態度であった。そっぽを向いていたのだ。

ところが、「側目《そばめ》いとをかしげなり」とて、そのそっぽを向いた横顔を見て、源氏は「こういうところも美しげに見えるな」と見つめている。じつにいやらしい感じがする書き方である。

今や、田舎からぽっと出の娘でなく、六条院の人々に磨かれた姫君となった玉鬘を見つめながら、源氏はなんと思ったか。

「他人《ことびと》と見なさむは、いとくちをしかるべうおぼさる」というのがそれで、「これほどに磨き上げた娘を、人の妻にしてよそながら見るなんてのは、残念なことよな」と源氏は思うのだ。つまりは、人の妻でなくて、自分の妻として、眺めたいということにほかならぬ。

こうして、玉鬘の美貌を睨《ね》め回しながら、源氏は次に柏木からの小さな結び文に話題を戻し、「いといたう書いたるけしきかな」、こいつはずいぶんとまた心を込めて染め染めと書いた気配よなあ、と言いながらニヤリニヤリとしている。

そしてそれが柏木からのものだと分かると、「いとらうたきことかな」と源氏は言うのである。そいつはご苦労様なことだ、よくいたわってやりたいようなかわいい手紙じゃないか、というほどの口調である。柏木とわかれば、玉鬘は実の姉なのだから、恋の相手としては問題にならぬ。そこで源氏は、柏木の人となりをさんざんに褒め上げてから、この文の主に対しては、うやむやに言い紛らせと命ずる。

それからこんどは、玉鬘に対して、今すぐ父大臣《ちちおとど》と親子の名乗りなどするのでなくて、誰かしかるべき男の歴《れき》たる北の方にでもなってから、おもむろに名乗りなどしたほうがよい、と親切ごかしなことを源氏は言い、さらには、

かうざまのことは、親などにも、さはやかに、わが思ふさまとて、語り出でがたきことなれど、さばかりの御齢《よはひ》にもあらず、今は、などか何ごとをも御心に分《わ》いたまはざらむ。まろを、昔ざまになずらへて、母君と思ひないたまへ。

「……こうしたことは、実の親などにも、自分の思いはかくかくしかじかだと、はきはき話すこともできにくいことだけれど、ただ、そなたももうそう若いというご年齢でもなし、今となっては、なにごともご自分の心のうちに独りで分別なさることができるであろう。されば、私を今は亡き母君代わりに思いなされて、なんでも相談してくださったらよい……」

と諭すのであった。こんなことは実の親では話しにくいだろうが、そうもじもじとばかりしている年でもないから、自分をあの亡き母君（夕顔）と思って相談したらよい、というのである。

こういう図々しいことを、「いとまめやかにて」つまり、いかにも真面目らしい顔つきで源氏は言うのだが、玉鬘にしてみたら、こんな野心たっぷりの色好みの男を「母親代わり」になど思えるわけもない。

そこで聡明な玉鬘はなんと応じたか。

何ごとも思ひ知りはべらざりけるほどより、親などは見ぬものにならひはべりて、ともかくも思うたまへられずなむ。

「まだなにも物心のつかぬ時分から、親などは見たこともないという境涯《きょうがい》に慣れてしまいましたので、いまさら親代わりにと仰せになられましても、どのように考えたらよいものか見当もつきませぬ」

玉鬘は、こう答えたのだ。

源氏の言葉を逆手にとって、これ以上はないというような見事な反撃である。

源氏は一本取られた形だが、いやいやしかし、なお負けてはない。

「さらば世のたとひの、『後《のち》の親』をそれとおぼいて、おろかならぬ心ざしのほども、見あらはし果てたまひてむや」

「それでは、世の諺《ことわざ》にも『後《のち》の親も実《じつ》の親』とやら申すとおり、私をその後の親の実の親とでも思って、疎《おろそ》かならぬ私の厚意のほども、この後《のち》なおはっきりと見届けられてはいかがであろうかな」

と巻き返すのだが、あまりこうやって父親風《ちちおやかぜ》を吹かせると、それは源氏にとって、天に唾《つば》するようなもので、これ以上は男として露骨に言い寄ることが難しくなってしまうのであった。

こうして自縄自縛状態のなかで、源氏は、なにやらちららと色めいたことも仄めかすが、玉鬘は気付かぬ振りをしてやりすごす。

このあたりの虚々実々のやりとりは、まことにスリリングである。

と、そこまで際どいやりとりを書いたあと、式部の筆は一転して、外の庭の景色に向かう。

御前《おまへ》近き呉竹《くれたけ》の、いと若やかに生《お》ひたちて、うちなびくさまのなつかしきに、立ちとまりたまうて……。

外に立って前の庭を見ると、そこには、淡竹《はちく》が、たいそう若々しく伸びて、さわさわと風に靡《なび》いている。

まことに清爽な景色を一瞬点綴《てんてい》したあとで、源氏を、そこに立ち止まらせる。立ち去ると見せて、立ち去らない。

ちょうどよい、この竹にかこつけて、と源氏は歌を詠んで、御簾内の玉鬘に言い入れるが、その歌もまた、巧みに玉鬘によってはぐらかされる。

どこまでも聡明で、弱みを見せない玉鬘である。

この後源氏は、紫上のところへ戻ってきて、玉鬘のことを、なかなか魅力的で、聡明で世間の道理などもよく弁《わきま》えているようだ、などと奥歯に物のはさまったような表現で褒める。こんなことを言って女を褒めるときには、源氏が、必ずや色めいた興味で見ていることを、さらに聡明な紫上は察知して、こう言うのであった。

「ものの心得つべくはものしたまふめるを、うらなくしもうちとけ、頼みきこえたまふらむこそ心苦しけれ」

「そんなにご聡明ならば、ものの道理はすべて心得ておいでのように思えますけれど、それにしては、なんの警戒もせず気を許して、あなたをお頼りなさるのですね。なんだかお気の毒なような……」

と、紫上は言う。あきらかに皮肉まじりな口ぶりで、いわば当てこすりにほかならぬ。こうして源氏は、玉鬘にも跳ね返され、紫上には皮肉られ、どうも居所のない思いをしているのだが、そうあればあるほど、玉鬘への思慕は募って行くのが男心の道理であった。

と、ここでまた、

雨のうち降りたる名残《なごり》の、いとものしめやかなる夕つかた、御前《おまへ》の若楓《わかかへで》、柏木《かしはぎ》などの、青やかに茂りあひたるが、何となくここちよげなる空を見い出《だ》したまひて、「和してまた清し」とうち誦《ず》じたまうて、

雨がざっと降った名残に、たいそうしんみりとした、ある夕方のことであった。

庭前《ていぜん》の若楓《わかかえで》、柏木《かしわぎ》などが若葉して、青々と繁《しげ》りあっている気持ちのよい青空を、源氏は部屋のなかから見上げながら、ふと白楽天《はくらくてん》の漢詩《からうた》を誦《ずん》じている。

四月《しぐわつ》の天気《てんき》、和《わ》して且《ま》た清《きよ》し

四月の天気は、和やかに調和して、また清々しい

とて、四月の雨上がりの、木々も青々としたいかにも気持ちのよい景色を描写したあとで、源氏は、その清爽な空気のなかを、そっと玉鬘のもとへ忍んでいくのである。手習いなどして気を許していた玉鬘のもとへ、なんの前触れもなく闖入《ちんにゅう》する源氏。玉鬘はハッとして起き上がる。その気配が、亡き夕顔によくにている。源氏はもう我慢ができなくなった。

「見そめたてまつりしは、いとかうしもおぼえたまはずと思ひしを、あやしう、ただそれかと思ひまがへらるるをりをりこそあれ。あはれなるわざなりけり」

「初めて逢ったときは、これほどにまで母君を彷彿とさせるようにおなりになるとは思

いもかけなかった。が、自分でも納得できぬほど、もうまさにここに母君がいるのではないかと思う、そんな折々があるのだよ。ああ、ほんとうにたまらぬ、たまらぬ」

と口説きかかる。そんなことを言われても……というのが女心の正味のところであろうに。

そして源氏は、そこにあった橘《たちばな》の実を手に取って、

橘のかをりし袖によそふれば
かはれる身とも思ほえぬかな

かぐわしい橘の香っていた袖の、あの昔の人……そなたの母君だと思いなしてみれば、真実その橘の実(み)のようで、別の身(み)だとはとうてい思われぬことだね

と歌い、

「世とともの心にかけて忘れがたきに、なぐさむことなくて過ぎつる年ごろを、かくて見たてまつるは、夢にやとのみ思ひなすを、なほえこそ忍ぶまじけれ。おぼしうとむなよ」

「どんなに月日が経《た》っても、あの母君のことは、私の心にかかって忘れることがないゆえ、もうずっと心の慰むこともなくて過ぎてきた年月《としつき》……こうして、母君そっくりのそなたを目《ま》の当たりにするとは……、ああ、これは夢ではないかと強いて思いなそうと我とわが心に言い聞かせなどするのだけれど、それでもやはり、どうしても我慢することができそうもないのだ。な、どうか、私を疎《うと》んじないでおくれ」

と、こう言いざま、源氏は玉鬘の手を取った。実力行使に出た源氏の、あまりにもあからさまな行動。

ここは読者が、さぞハラハラとしたところであろう。

すると、玉鬘は「いとうたておぼゆれど、おほどかなるさまにてものしたまふ」という反応であった。

内心はいやでいやでたまらないけれど、おっとりとした様で歌を返すのである。

袖の香《か》をよそふるからに橘の

みさへはかなくなりもこそすれ

袖の香に橘の匂う昔の人に、わたくしをなぞらえなさるからには、その橘の実(み)……この身(み)もまた、昔の人同様に儚《はかな》く消えてしまうかもしれませぬ

このへたに騒ぎ立てることもなく、おだやかに歌を返すというところ、玉鬘という人の聡明さ、また一面、苦労人としてのしたたかさ、なども感じられる。

こうしてしかし、源氏は、「父親の仮面」を脱ぎ捨てて、俄然、一匹の男になった。

ここから、筆意は男の視線に同調《シンクロ》して、まるで嘗《な》め回すようなねっとりとした描写に移っていく。

むつかしと思ひてうつぶしたまへるさま、いみじうなつかしう、手つきのつぶつぶと肥《こ》えたまへる、身なり、肌つきのこまやかにうつくしげなるに、なかなかなるもの思ひ添ふことしたまうて、今日《けふ》はすこし思ふこと聞こえ知らせたまひける。

とんでもないことになった、と思って玉鬘は面《おもて》を伏せてしまったが、その面差しを

見れば、なんともいえず心惹かれるものがあって、手つきの白くぽちゃぽちゃとしたところなど、またその体つき、肌のすべすべとしてかわいらしい様子など、なんとしても源氏の理性を麻痺《まひ》させるものがある。なまじっかにこんな思いを打明けたがために、却って心の辛さがいや増しになった心地がして、源氏は、もう今日という今日は、わが思いの丈を、すこしはっきりと言い聞かせる。

うつ伏している玉鬘の姿を「いみじうなつかしう」つまり、ひどく心惹かれてどうにもならぬ源氏がいる。その目には、玉鬘の手のぽっちゃりと脂づいた色気、また女性的なまろまろとした肢体、と睨《ね》め回していって、さらに視線は細密な観察に至る。肌がすべすべとしていかにもかわいらしい……こんなに視線が接近して、毛穴の一つ一つまで嘗めるように見ている源氏は、「なかなかなるもの思ひ添ふここち」がした、とある。こんなに近づいて、かえって悩ましさは募るばかり……このあたり、ほんとうに式部は男かと思うくらい、男の性愛心理をよくよく捉え得ているのに感心せざるを得ぬ。

今やまさに、ルビコン河を渡ろうとする源氏！

これから濡《ぬ》れ場のなかの濡れ場になっていくのだが、ひとまずここまでにしておこう。

ともあれ、こういう源氏のやり口を眺めていくと、絢爛たる極楽世界のような六条院の裏面では、こんな色欲の地獄が焦熱の火を燃やしていたことが描かれている。ここまで来て、もう一度冒頭の百花繚乱の春景を想起するとき、光から闇へ、と転回してゆく語り口の妙に、はたと気付かされるのである。

こんなふうに見るとき、『源氏物語』という作品が、いかに精密に場面場面を組立て、読者心理を翻弄しながら、万全の小説的必然に従って書き進められているか、私は、ここで大きな大きなため息を吐かずにはいられない。

この緩急自在、そして男女の心理を綾《あや》なして進んでいく文章の力、これこそが源氏物語の真骨頂にして、古今独歩の世界なのであった。嗚呼！

第九章 女親の視線の「うつくしさ」

「うつくし」について

第七章に書いたとおり、「家族」といっても、平安時代のそれは、現代私たちが考えるところとはよほど違ったものであった。

そもそも結婚のありよう、それ自体が、当時はいわゆる招婿婚《しょうせいこん》であって、家付き娘のところへ婿として男が通ってくるという形をしていた。

やがて、娘に子どもが生まれると、その子どもも原則的には母親のもとで育てられる。別に一戸を構えて、夫婦共同の生活をするということも、むろんあったけれど、仮にそうならぬまま、夫＝婿が通ってこなくなるとしても、それはそれで問題とはならないのであった。

したがって子どもは、母親との血縁こそ強固な紐帯《ちゅうたい》として意識されていたけれど、父親とのそれは、どこか曖昧で希薄なものに留まっていたのである。

しかも、男があちこちの女のもとへ通っていくのが当たり前の社会にあって、女だけは貞淑に一人の男を守って他の男は寄せ付けなかった、などということがあるはずもなく、女のもとにも何人もの男が通ってくるのが常態であってみれば、果たして父親が誰であるのかということ自体、実はかなり曖昧模糊《もこ》とした推定事項に過ぎなかったのである。

それがために、父親が子どもを見る視線には、どうしても一定の距離があって、日々近々《ちかぢか》とした視線で子どもを観察するということはあまりなかった。

こういうことを前提として、『源氏物語』などを読み直してみると、そこに女親独特の細やかな視線を以て書かれているところが見出されてなつかしい。

ここでは、そんなところを、少しく精読してみたいと思うのである。

さて、『源氏物語』に入るまえに、第一着手として、私は『枕草子』の「うつくしきもの」の段を、ざっと一読しておきたい。

うつくしきもの（上略）二つ三《ふたみ》つばかりなるちごの、いそぎてはひ来《く》る道《みち》に、いとちひさき塵《ちり》のありけるを目《め》ざとに見つけて、いとをかしげなるおよびにとらへて、大人《おとな》などに見《み》せたる、いとうつくし。頭《かしら》はあまそぎなるちごの、目《め》に髪《かみ》のおほへるをかきはやらで、うちかたぶきて物など見たるも、うつくし。

おほきにはあらぬ殿上童《てんじやうわらは》の、さうぞきたてられてありくもうつくし。をかしげなるちごの、あからさまにいだきて遊《あそ》ばしうつくしむほどに、かいつきて寝《ね》たる、いとらうたし。

（中略）

いみじうしろく肥《こ》えたるちごの二《ふた》つばかりなるが、二藍《ふたあゐ》のうすものなど、衣《きぬ》ながにてたすき結ひたるがはひ出《い》でたるも、また、みじかきが袖《そで》がちなる着《き》てありくも、みなうつくし。八《や》つ、九《ここの》つ、十《とを》ばかりなどの男児《をのこご》の、声はをさなげにてふみ読みたる、いとうつくし。

（以下略）

愛らしいもの。（上略）二歳三歳ほどの子どもが、なにか大急ぎで這《は》い這いしてくる途中で、ふと、目の前に小さな塵が落ちていたりするのを、目ざとくみつけて、そのかわいらしい手にちゃーんとつまんで、ほらねっと大人に見せている、その様子のかわいらしさ。おかっぱ頭の女の子が、何か絵本などを見ているときに、ちょうど目のあたりに髪の毛の先が下がっているのを、掻き上げることもせず、器用に顔を傾けて毛先を除《よ》け、うつむいて見ている。なんてかわいらしいんでしょう。

大柄でない男の子が、殿上童となって、装束もりっぱに宮中を歩いている、これもかわいいものだ。また、姿のよい幼子を、ちょっと抱き上げて遊びかわいがっているうちに、抱きついてコトンと寝てしまった、そのときの様子のかわいらしいこと。

（中略）

ずいぶん色白でぷっくりと太った幼児、ちょうど二歳くらいだろうか、藍と紅とで染めた薄物の産着を着ていて、それが足先まですっかり覆うように長い。袖も長いけれど、それは襷《たすき》をかけてまくり上げてある、そんな姿の子どもが、這い這いして出てくるのも、また、小柄な子どもが、ちょっと大きな着物を着せられていて、袖ばっかり長い様子で、動き回っているのも、どれもみなかわいらしい。もう少し大きくなって、八つ、九つ、十、といったあたりだろうか、男の子が、まだまだ幼い声でいっぱしに漢籍などを朗読している、これも健気《けなげ》でかわいらしい。

まずは、この「うつくし」という形容詞の含意についておさらいをしておこう。

この形容詞は、昔と今とでは、ずいぶん使われ方が変わってしまっていて、古く遡ると、「愛《うつ》くし」と漢字を宛てたらよいような使い方の言葉であった。すなわち、『万葉集』巻十四東歌《あずまうた》に、こんな歌がある。

橘《たちばな》の古婆《こば》の放髪《はなり》が思ふなむ己許呂宇都久《こころうつくし》思いで吾《あれ》は行《い》かな

いま、たしかにこの歌の例が「うつくし」の使用例であることを示すために「こころうつくし」のところだけ、原典の万葉仮名で引用しておく。この歌の大意は「橘の郷の古婆の里にいる、振り分け髪の乙女が、俺を思ってくれる、その気持ちが愛《いと》しいので、俺はさぁ、通っていこうよ」というほどのところで、ここでは「うつくし」は、明らかに男が、恋人の心を愛しく思って詠んでいることがよく分かる。これは男から女への恋愛的愛着を示す用例である。またこんな歌もある。同じく『万葉集』巻二十、防人《さきもり》の歌のなかにある歌。

わが背《せ》なを筑紫《つくし》へ遣《や》りて宇都久之美《うつくしみ》帯は解かななあやにかも寝も

この歌は、今の横浜市郊外都築《つづき》のあたりに住んでいた服部於由《はとりべのおゆ》という男の妻なる呰女《あさめ》という女が、その夫との別離の思いを詠じた一首で、大意は「私の愛しい夫を筑紫へやってしまって、私はそのいとしさに帯は解かずにいたい。それでも恋しさに心みだれつつ寝ることだろうか」というところ。これは、反対に女から男への愛しさを言っているのである。

こういう男女間の愛慕の思いを表わす形容詞として「うつくし」は用いられたが、いっぽうでまた、親子間の愛着、とくに親が子をかわいいと思う心を表わす言葉としても用いられた。『万葉集』巻五に出ている「男子《をのこ》名は古日《ふるひ》に恋ふる歌三首」の長歌に、

「(上略) 夕星《ゆふつづ》の 夕《ゆふべ》になれば いざ寝よと 手を携《たづさ》はり 父母も 上《うへ》は勿下《なさが》り 三枝《さきくさ》の 中にを寝むと 愛久《うつくしく》 其《し》が語らへば 何時《いつ》しかも 人と成り出でて (下略)」


とあるのがその例で、この「愛久」は「うつくしく」が定訓となっているのだが、ざっと現代語訳をすれば「……宵の明星が出た夕方にもなれば、さあ寝ようと、手をつないで、『お父さん、お母さん、離れないで、僕は二人の真ん中に寝るからね』と、かわいらしくおまえが言うのを聞けば、これから何時《いつ》になったら、大きくなって……」というところ、これは古日というまだ幼い息子を喪《うしな》って嘆く歌である。

こういう例からみて、古代の「うつくし」は、男女・親子間の、しみじみとした愛着の心を言うのであったろう。そこから、平安時代になると、意味が子どものかわいらしさを愛で

るような方向に収束してくる。『枕草子』の「うつくしき物」は、まさにその意味である。

まずは二、三歳の子どもが、急いで這い這いをしてくる途中で、なにか塵のような小さなものを目ざとく見付けて、お人形さんのようにかわいらしい指につまみ上げては、それを得意がって親など大人たちに見せる様子、いかにもかわいらしい。二、三歳といっても数えだから、今でいう一、二歳、立って歩くか歩かぬか、というところだけれど、急ぎのときは歩くより這い這い、そういう細かな観察眼が活きている。で、這っているからこそ床の塵などを目ざとく発見するのである。

それから、ちょうど尼さんのような形の髪をしている女の子、ということは、いまのおかっぱのような姿を思い浮かべておけばよいのだが、それが、絵かなにかだろうか、床に置いたものを熱心に見ている。すると髪の毛が目のあたりへ下がってくるのだが、それを手で掻きやりもせずに、顔をあっちへ向けたりこっちへ傾けたりしながら見ている様子。この描写など、なんだか映像でも見ているようにリアルに思い浮かんでくる。とくに女の子のじつにかわいらしい様子である。

また、まだそれほど大きくない男の子が、殿上童《てんじょうわらわ》として御殿に上がるというので、大人たちがせっせと装束などを着せ、すっかりおめかしして歩いているのもかわいらしい。これは男の子のかわいらしさ。

もっと小さな幼児を、ちょいと抱き上げてあやしたりかわいがったりしているうちに、ひしと抱きついてふと寝てしまう、ああ、あるある、そういう感じ、と子どもを育てた経験のある人はきっと思い当たるだろう。

それから、色白でぽちゃぽちゃとした数え二歳ばかりの子どもが、藍と紅で染めたうすものの着物を着ているのだが、それが丈が引きずるほど長いので、たすきで端折りをしている様子、また丈に合わない大きな着物を着ているので、袖ばかり長いように見えるのもかわいらしい、などなど、清少納言の視線は、限りなく子どもに肉迫していて、すぐ目の前で子どもに接しつけた女親でなくては、とうていこういう観察は出来かねるという感じがひしひしとする。

清少納言は十六歳のときに橘《たちばなののりみつ》則光と結婚して男の子を産み、後には藤原棟世《むねよ》との間に女の子も儲《もう》けているから、中宮定子《ていし》のもとに出仕《しゅっし》したときには、十分に子育ての経験を積んでいたものと思われる。

さて、一方の紫式部はどうだろうか。式部もまた、若くして藤原宣孝《のぶたか》との間に女の子（後の大弐三位《だいにのさんみ》）を儲け、その後に中宮彰子《しょうし》のもとへ出仕するという経歴であったから、『源氏物語』を書いた頃には、たしかに女の子を育てた経験を有していたのである。

実際の宮廷生活のなかでは、互いの存在を意識しながら、むしろ反目しあっていた少納言と式部だが、その作品のなかに、こうした女親としての細心な描写を探しもてゆくと、意外なほどに共通した「見方」が発見されて面白い。

細やかで温かな母親の目線

まずは「若紫」。北山で、後の紫上となる少女を垣間見《かいまみ》によって発見する場面を見てみよう。

きよげなるおとな二人《ふたり》ばかり、さては童女《わらはべ》ぞ出で入り遊ぶ。中《なか》に十《とを》ばかりやあらむと見えて、白き衣《きぬ》、山吹《やまぶき》などのなれたる着て、走り来《き》たる女子《をんなご》、あまた見えつる子どもに似るべうもあらず、いみじくおひさき見えて、うつくしげなる容貌《かたち》なり。髪《かみ》は扇を広げたるやうにゆらゆらとして、顔はいと赤くすりなして立てり。

そこに、こざっぱりした感じの女房が二人ばかり仕えていて、ほかに女の子が何人か出入りして遊んでいる。それらのなかに、十歳ほどになるかと見えて、白い衣を着、上に着ている衣は山吹襲《やまぶきがさね》（表朽葉、裏黄）、それをもう糊気《のりけ》も失《う》せてしんなりとした様子に着て、走り出てきた子がある。この子は、そこに何人もいる女の子たちとは比べ物にならぬ。このまま成長して娘時分にもなったら、どれほどの美形になるだろうかというようなかわいらしげな容姿をしている。髪は扇を広げたように肩にかかってさらさらと揺れ、どうしたわけか、顔は泣いてこすったと見えて赤くなっている。

と、このように少女は見出される。垣間見しているので、そうそう詳しく見ることもできないのだが、一見して「うつくしげ」すなわち、いかにもかわいいらしげな姿形に見えたのである。少女だから、髪はおかっぱほどの長さ、それが肩にかかって末広がりの扇のごとく、ゆらゆらと揺れているのである。顔は泣いてこすったと見えて赤らんでいる。犬君《いぬき》という女《め》童《わらわ》が、いたずらをして少女の飼っていた雀の子を逃がしてしまったといって泣いていたのであった。少女の祖母に当たる尼君は、説諭せんとして少女を「こちや」と呼び寄せる。

「此方《こち》や」

と言へば、ついゐたり。つらつきいとらうたげにて、眉のわたりうちけぶり、いはけなくかいやりたる額《ひたひ》つき、髪《かむ》ざし、いみじううつくし。

「ここへ、いらっしゃい」

と呼ぶと、その女の子は、ちょこんと尼君の前に座った。その顔立ちはいかにもけなげな美しさで、眉《まゆ》のあたりはふわりと煙るようにやさしく、子どもっぽく髪を掻《か》き上げる様子は、その額の生え際、髪の色つや、いずれもたいそうかわいらしい。

ちょこんと尼君の前に座った少女の顔つきはたいそうかわいげで、眉のあたりはぼおっと煙るように見え（まだ眉を剃ったりしていないから、まるで春の若草の煙るように眉のあたりが見えるのだ）、その額髪を、小さな手で掻き上げると、額の様子といい髪の有様といい、たいそうかわいらしい、と、このように式部は少女のかわいらしさを描写してみせる。

尼君が泣きながら説諭するのを少女はじっと見つめていたが、やがて伏し目になって俯《うつむ》く。そこを、

をさなごこちにも、さすがにうちまもりて、伏目《ふしめ》になりてうつぶしたるに、こぼれかかりたる髪、つやつやとめでたう見ゆ。

幼心にも、なにか感ずるところがあるとみえて、女の子は、尼君の顔をまじまじと見つめ、またうつむきになるときに、髪がさらさらと肩からこぼれ落ちる。つやつやとしてすばらしく美しい髪だ、と源氏は思った。

と、このように式部は描き出している。さらさらと顔の前にこぼれかかる髪、そのつやつやと美しい黒髪の有様。

こういうところの描き方は、『枕草子』で、俯いて何かを見ている女の子の姿と不思議なほど符節を合しているように読みなされることであろう。

次に、「薄雲」の巻。明石の君と源氏の間に生まれた明石の姫君（後の明石の中宮）を、二条

の邸に引き取って紫上に育てさせようと源氏は図る。いずれは入内《じゅだい》させて、と思うゆえ、明石の君の手許で育てさせるわけにはいかないのだ。そしてとうとう、その姫君をむかえに源氏が大井の邸までやってくる。親子の悲しい別離の愁嘆場《しゅうたんば》である。

……この春より生《お》ほす御髪《みぐし》、尼《あま》そぎのほどにて、ゆらゆらとめでたく、つらつき、まみの薫《かを》れるほどなど、言へばさらなり。よそのものに思ひやらむほどの心の闇おしはかりたまふに、いと心苦しければ、うち返しのたまひ明かす。

「何か、かくくちをしき身のほどならずだにもてなしたまはば」

と聞こゆるものから、念じあへずうち泣くけはひ、あはれなり。

姫君は、何心もなく、御車に乗らむことを急ぎたまふ。寄せたる所に、母君みづから抱《いだ》きて出でたまへり。片言《かたこと》の、声はいとうつくしうて、袖《そで》をとらへて、

「乗りたまへ」

と引くも、いみじうおぼえて……（下略）。

この春あたりから伸ばしている髪の毛が、今ちょうど尼さんの髪のように背中あたり

まで伸びてゆらゆらと艶《つや》めき、また頬のやわやわとした感じや、目許《めもと》のふわっと匂《にお》い立つような美しさは、言葉に出して言うのも今さらという思いがする。

「人の親の心は闇《やみ》にあらねども子を思ふ道にまどひぬるかな（人の親の心がおしなべて闇だというのではないが、ただ、子を思うその恩愛の情のために、誰もみな道に惑うてしまっているのだ）」という名高い歌が、源氏の心に去来する。

〈いたいけなわが子を、よその家の子として遠くから思い遣るなど、さぞ親としては「心の闇に惑う」というものだろうな〉と、そんなふうに同情すると、源氏としても胸が痛む。そこで、大丈夫、二条の邸に迎え取っても、かならずかならず辛いことのないように、くれぐれも愛情深く育てるから、と繰り返し言い聞かせなどするのであった。

「わたくしは決して多くを望むのではございません。ただ、あの姫がわたくしのような取るに足りない身のほどでないようにだけしてくださいましたら、それで十分でございます」

明石の御方は、そんなふうに言いはするものの、やはり堪《こら》えきれずに嗚咽を洩《も》らして泣くありさまは、あまりにも哀れであった。

姫君は、しかし、なんの苦悩もない様子で、迎えの車に早く乗りたいと言う。

車が寄せられる。
母君みずから、姫を抱いて車寄せまで出て来る。
ちょうど片言をしゃべるようになった姫の、その声はたいそうかわいらしい。
車に乗ると、姫は母君の袖《そで》を摑《つか》んで、
「ねえ、乗って、いっしょに」
と、その袖を引く。母君は、この声を聞くと、もはや涙もせきあえず……（下略）。

実際に、こういうような親子の別れなど、当時の貴族社会ではいくらもあっただろうが、屈託のない子どもの姿や物言いなどに、女親ならではの切実なものが感じられる。思うに、こんなところを読み聞かされた女房衆は、わが身になぞらえて、さぞ紅涙《こうるい》を絞ったことであろう。

さらに、「横笛《よこぶえ》」に描かれる、若君薫《かおる》の描写を見てみよう。

若君は、乳母《めのと》のもとに寝たまへりける、起きて這《は》ひ出でたまひて、御袖を引きまつはれたてまつりたまふさま、いとうつくし。

白き羅《うすもの》に、唐《から》の小紋《こもん》の紅梅《こうばい》の御衣《おんぞ》の裾《すそ》、いと長くしどけなげに引きやられて、御身はいとあらはにて、うしろの限りに着なしたまへるさまは、例のことなれど、いとらうたげに白くそびやかに、柳《やなぎ》を削《けづ》りて作りたらむやうなり。頭《かしら》は露草《つゆくさ》してことさらに色どりたらむここちして、口つきうつくしうにほひ、まみのびらかに、はづかしうかをりたるなどは、なほいとよく思ひ出でらるれど、かれは、いとかやうに際離《きはばな》れたるきよらはなかりしものを、いかでかからむ、宮にも似たてまつらず、今より気高《けだか》くものものしう、さま異《こと》に見えたまへるけしきなどは、わが御鏡《おんかがみ》の影にも似げなからず見なされたまふ。

わづかに歩《あゆ》みなどしたまふほどなり。この筍《たかうな》の罍子《らいし》に、何とも知らず立ち寄りて、いとあわたたしう取り散らして、食ひかなぐりなどしたまへば、

「あならうがはしや。いと不便《ふびん》なり。かれ取り隠せ。食物《くひもの》に目とどめたまふと、もの言ひさがなき女房もこそ言ひなせ」

とて、笑ひたまふ。かき抱《いだ》きたまひて、

「この君のまみのいとけしきあるかな。小さきほどの児《ちご》を、あまた見ねばにやあらむ、かばかりのほどは、ただいはけなきものとのみ見しを、今よりいとけはひ異《こと》なるこそ、わづらはしけれ。女宮《をんなみや》ものしたまふめるあたりに、かかる人生《お》ひ出でて、心苦しきこと、誰《た》がため

にもありなむかし。あはれ、そのおのおのの生ひゆく末までは、見果てむとすらむやは。花の盛りはありなめど」

と、うちまもりきこえたまふ。

「うたてゆゆしき御ことにも」

と、人々は聞こゆ。

御歯の生《お》ひ出づるに食ひあてむとて、筍《たかうな》をつと握り持ちて、雫《しづく》もよよと食ひ濡《ぬ》らしたまへば、

「いとねぢけたる色好みかな」

とて、

憂《う》き節《ふし》も忘れずながらくれ竹の

こは捨てがたきものにぞありける

と、ゐて放《はな》ちてのたまひかくれど、うち笑ひて、何とも思ひたらず、いとそそかしう、這《は》ひおり騒ぎたまふ。

若君は、乳母《めのと》のところで寝ていたが、起きて這《は》い出てきた。そうして源氏の袖を引っ

張ったりして、まとわりついている様子は、まことにかわいらしい。

白い薄物《うすもの》の下着に、紅梅色《こうばいいろ》の表着《うわぎ》、これは唐渡《からわた》りの小紋地《こもんじ》で、その裾《すそ》をずいぶん長くゆるゆると後ろに引きずっている。そのせいで、すっかり前合わせがはだけて、着物はぜんぶ背中のほうに縒《よ》れてしまっている。こんなことは這い這いをする赤子には珍しいことではないが、なんだか壊れ物のようにふわふわして、肌は真っ白で、その上全体にすらりとして、まるで柳の木を削って作りなしたようであった。剃り上げた頭は、あたかも露草の花の汁で染めたように青々とし、口もとはかわいらしく朱をさしたようで、目のかたちはすっと一筋引いたように伸びやかだし、どこもここも、まだこんな赤ん坊ながら、見ているほうが恥ずかしくなるほど、匂うような美しさだ。

それにつけても、あの柏木のことがつくづく思い出される。

〈……いや、あの男はここまで際立って爽やかな美男というのでもなかったが、この子は、どうしてこのように美しいのであろう……といって母宮に似ているとも見えぬが……。こんな幼い時分から、これほど気品のある立派な風采を具《そな》えていて、とても常人とも見えぬ素晴らしさ……これなら、鏡に映った私自身の面影に似ていないともいえぬ……かもしれぬな〉と、源氏の心中には、強いて自分の子として見ておくのも悪くないような気がしているのであった。

生まれて一年が経ち、やっとよちよち歩きなどもする時分であった。

若君は、この筍を盛った漆塗りの高坏《たかつき》に、何心《なにごころ》もなく立ちよると、めちゃくちゃに取り散らかして、夢中で口にいれたりしている。

「おやおや、なんとまあお行儀の悪いことかな。こういうことをさせておいてはよろしくないぞ。その筍はすぐに片づけよ。『若君は意地汚く食いいい物に目をお付けになる』などと口さがない女房どもが、面白可笑《おか》しく言いふらすにちがいないからな」

そんなことを言って源氏はからからと笑った。

そうして、若君を抱き上げると、

「ふむ、この子の目許《めもと》には、なにやら色気があるようだぞ。こんな小さな子をそうそうたくさん見たこともないから、そう思うのかもしれないが、このくらいの年ごろであれば、ただただあどけないだけかと思っておったがな、いやいや、この子ときたら、こんな時分からまるで他の子たちとは様子が違う。うーむ、これはちと心配な……。この近くには年ごろの近い女宮もおいでのように見えるというに、こんな男の子が生まれてきてしまっては、さてさてなにが起こるか、いずれ、なにやら胸の痛むことが、どちらの君にもあるやもしれぬ。ああ、しかしな、この子たちの成人してゆく先までは、とても生きて見届けることは難しかろう……。さてさて『花の盛りはありなめど……』というところかな」

源氏は、「春ごとに花の盛りはありなめどあひ見むことは命なりけり（春の来るたびに花の盛りはあるだろう、けれどもそれを見られるかどうかは、さてわが命があるかどうかによるのだが）」という古歌の心を引き事にして、この若君や、紫上の許に養育されてきた明石女御腹の女一の宮が成人して花の盛りを迎えるのを、とても見ることはできまいと嘆いてみせながら、若宮をじっと見守っている。

「まあ、なんて不吉なことを仰せになって……」

と女房たちは、口々に訴える。

若君は、ちょうど歯の生えるところで、なにか堅い物をその歯のあたりに噛み当てようというのであろうか、筍をぐっと握って、よだれをタラタラ垂らしながら齧《かじ》ろうとしている。

「おお、おお、この若君は、筍姫にご執心と見えるぞ。なかなか変わった色好みよの」

源氏は、そんな戯《ざ》れ言《ごと》を言いながら、若君を女房の手から引き離して、みずからの膝に抱き上げ、一首の歌を歌いかける。

憂き節《ふし》も忘れずながらくれ竹の
こは捨てがたきものにぞありける

あの心憂き一件は、忘れることはできないが、この呉竹のタケノコ、子というものは捨て難いものであったよなぁ

若君は、ただキャッキャと笑って、なんの屈託もなく源氏の膝から滑り下りると、ちょこちょことせわしなくそこらを動き回っている。

ここでの薫は、まだ乳飲み子で、乳母と添い臥ししていたが、目覚めて源氏の姿を見付けると、その袖にはいまつわってきた……その姿が「いとうつくし」とある。白い薄物の下着の上に唐渡りの紅梅色の小紋の上着、それが身の丈よりもだいぶ長いのを着て、後ろに長々と引きずって、しかももう前合わせがはだけて肌も露《あら》わになってしまっている、そういうしどけないはだけ姿は、赤ん坊にはありがちなことだけれど、思わず抱きしめたくなるようなかわいらしさ（いとらうたげ）で（このあたりのながめ方も、前述の『枕草子』の描写とよく通うもの

があることに気づく)、すらりと色白の体つきが、まるで柳の枝を削って作ったようにしなやかに見え、剃り上げた頭は、あたかも露草の花の汁で染めたように青々とし、口もとはかわいらしく朱をさしたようで(口つきうつくしうにほひ)、目のかたちはすっと一筋引いたように伸びやかだし、どこもここも、まだこんな赤ん坊ながら、見ているほうが恥ずかしくなるほど、匂うような美しさだ……と、こういうかわいらしく愛すべき姿ながら、どうしてもそこに柏木を思い出さざるを得ないというところに、複雑な感情が動く。

この赤ん坊の薫が、そこに置いてある漆塗りの高坏に盛られていた朱雀院からの贈り物の筍に、むちゃくちゃに取り散らし、いきなり齧り付いたりするのであった。なんでも気のついたものは口に入れではやまぬ、この時期の赤ん坊の生態を、よくよく見据えた描写であろう。

そうして「御歯の生ひ出づるに食ひあてむとて、筍をつと握り持ちて、雫《しづく》もよよと食ひ濡らしたまへば」とて、ちょうど歯の生える頃に、堅いものに齧り付いて、むずがゆいらしい歯茎に当てては、そこらじゅうに涎《よだれ》を垂れこぼす、などなど、それといい、これといい、母親の視線がまことにいきいきと躍如している記述で、男の作者ではまず考えられぬ。

これに対して、源氏が放った言葉は「いとねぢけたる色好みかな」……ずいぶん風変わりな色好みだね、という男らしい眺めかたというか、子どものかわいらしさとは距離を置いて、そこに筍に執心する色好みだとする……たぶん『竹取物語』などを念頭に置いた「批評」であった。子どもをめぐる男と女の立場と視線の違いがここに明確に描きわけられていることに留意したい。

ここにおいて、頑是《がんぜ》無い子どもの生態を、すぐ目と鼻の先で見据え、その手で抱きしめて愛育してきた母親の目ということを補助線に引いて眺めると、『枕草子』に描かれる子どもと、『源氏物語』のそれとが、あたかも同一の作者の一続きの場面かと疑われるほどに近似していることに、よくよく注意したいのである。

『枕草子』は、作者の意識が生の形で描かれている随想であるのに対して、『源氏』は、物語として客体化・虚構化された文学なのだが、そういうカテゴリーとしてのうわべの皮をめくってみると、中には、まったく同じように、温かな血の通った「母親の目と心」が通底していることに、今さらながら驚くのである。

第十章

奥深い名文の味わい

名文、紫上逝去の場面を読み解く

『源氏物語』が、千古不易の大文学である所以《ゆえん》は、もちろんその雄大な構想と見事な人物造形、また精緻《せいち》な心理描写など、作品それ自体に内在する、さまざまの要素が複合的に関連しあってのことなのだが、ここでは、特にまた「文章家」としての紫式部の凄さを、ほんの少しばかり覗いてみることにしたい。

私が『源氏』を読むとき、いつも感心するのは、語り口の巧みさということである。面白いところは突き抜けるような諧謔《かいぎやく》を弄し、エロス的な場面は玄妙幽艶なる省筆《しようひつ》を以て、そこはかとなく読者に想像させる行きかた、そんなところを読むと、つまらぬ三文小説が露骨な性描写などをこってりと書き募っているのよりも、百倍も千倍もエロティックなものを感じずにはいられぬ。

どんな露骨な文言よりも、読者が各自の胸裏に悩ましく想像する情景のほうが、かならずエロスの色彩は濃厚であるに決まっているのである。

そうして、たとえば、男女のもつれ合った懊悩《おうのう》のやりとりが暫く続いて、空気が煮詰まってきたな、と思うとその刹那に、ふっと空気の熱さを冷ますように、はたまた苦悶の深さを慰めるように、筆はスーッと庭の秋景や涼やかな月の景色などに転じて、ほれぼれとするような文章で描写していく……というような、その緩急自在な筆運びは、真の天才にあらずしては能《よ》くなし得るところでない。

さて、本章は「御法《みのり》」のなかから、哀切極まる名文を一つ、読者諸賢とともに味読してみたいと思うのである。

この巻は、いうまでもなく、かの紫上が逝去するという物語全体のなかのクライマックスと言ってもいいところなのだが、その直前の巻「夕霧《ゆうぎり》」では、まったく筆遣いの違う世界が展開される。すなわち、夕霧が柏木の遺妻落葉の宮に、野暮天《やぼてん》そのものの恋をしかけて、それでも野暮天は野暮天らしく、無理やりに思いを遂げるのだが、いっぽうで、恋女房の雲居《くもい》の雁《かり》には、手痛い反撃を受ける。その下手くそな口説きの場面やら、散々な夫婦喧嘩やら、全体にユーモラスな場面が描かれた後で、打って変わって「御法」は、憂愁の雲に蔽《おお》われてしんみりと語り進んでいくのである。この急転直下の筆のメリハリのつけかたは、読む人の心を揺さぶる仕掛けなのだと言ってもよい。ちょうど、シェークスピア劇で悲劇的場面の前に軽妙なコミックリリーフが置かれるように……。

さて、ではいよいよ、「御法」における、紫上逝去の場面をじっくりと読んでみることにしよう。

秋待ちつけて、世の中すこし涼しくなりては、御ここちもいささかさはやぐやうなれど、なほともすればかことがまし。さるは、身にしむばかりおぼさるべき秋風ならねど、露けきをりがちにて過ぐしたまふ。

ようやく待ちに待った秋が来て、世の中が少し涼しくなってみれば、紫上の気分もいくらかは爽《さわ》やかになる時もあるようだが、なお油断するとまたぶり返すということの繰り返しであった。

「秋吹くはいかなる色の風なれば身にしむばかりあはれなるらむ（秋に吹くのは、いったいどんな色の風なのであろう。こんなに身に沁みるほどしみじみと感じることよ）」と名高い歌にあるような、しみじみと身に沁みる秋風でもなかったのであるが、それでも、哀しみの涙に湿りがちな日々を紫上は送っている。

こうして、いよいよ紫上の逝去の場面が幕を開ける。

もともとこの巻は、冒頭から、

紫上、いたうわづらひたまひし御ここちののち、いとあつしくなりたまひて……

紫上が命にかかわるほどの大患《たいかん》に苦しんだのは、はや四年前のことになるが、またこのごろはだいぶ体調を崩して……

と、語り始められるのであって、もういきなり空気に死の匂いが漂っているような書きかたである。

それが、一進一退を繰り返しつつ春から夏、その酷暑に苦悩する様などが描かれて、そのあとやっと秋が来たというのがこの所である。

「秋待ちつけて」というのは、病身で暑気に苦しむ日々を経て、待ちに待った秋風が吹いた、とそういう気分である。

健康な人でも暑さにはずいぶん閉口して、涼しくなると生き返ったような爽やかさを感じるものだが、ましてや冷房などない昔、しかも死病に取り憑《つ》かれた身には、どれほど秋が待たれたか。それゆえ、すこしばかり気分が持ち直したのだ。「なほともすればかことがまし」というのはやや分かりにくい言い方だけれど、「かこと」というのは「かこつけごと」という意味であって、要するに、なにかにかこつけて嘆く……なんだといっては嘆き、かんだといっては悲しむ、とでもいうことらしく、たびたび症状が悪化することをいうのであろう。

その次のところは、「秋吹くはいかなる色の風なれば身にしむばかりあはれなるらむ」という和泉式部の名高い歌を引き、そこから反転して、とくに寂しい哀しい風が吹いたわけでもないが、ただもうひたすら哀しい思いに涙がつきない、と紫上の心の悲愁《ひしゅう》を描く。風景としては哀しくないけれど、心が哀しい、そういう対比のなかに、女君の哀しさはより増幅されて伝えられるのだ。


中宮は、参りたまひなむとするを、今しばしは御覧ぜよとも、聞こえまほしうおぼせども、さかしきやうにもあり、内裏《うち》の御使《おほむつかひ》の隙《ひま》なきもわづらはしければ、さも聞こえたまはぬに、あなたにもえわたりたまはねば、宮ぞわたりたまひける。

中宮は、そろそろ宮中へ帰らなくてはならない。そこを、もう少しこちらに居ていただきたい、と紫上は申し上げたいとは思うのだが、そんなことを言うのは差し出たことのようにも思うし、また内裏からお迎えのお使者がひっきりなしにやってくるのも気にかかるしで、結局そのことを口に出しては言うことができないでいる。とはいえ、もう衰弱して東の対まで行くことも叶わないから、中宮のほうから西の対まで見舞いに来てくれた。

明石の中宮は、養母紫上の重篤な病床を見舞うために特に許しを得て里下がりしてきている。しかし、このまま万一紫上が死去することになれば、それは死の穢《けが》れに触れることにもなることゆえ、中宮という立場上、内裏のほうからは、しきりと帰参を慫慂《しようよう》する勅使が下ってくるのである。

が、中宮は帰らない。帝の御意《ぎよい》に逆らってでも愛する養母の側を離れたくないというところにまた、中宮は中宮としての悲しみが点綴《てんてい》される。

紫上の身になってみれば、これで中宮が帰参してしまったら、おそらく今生《こんじょう》ではもう二度と逢えないだろうという覚悟がある。それだけに、帰したくないというのが本心だけれど、そんな恐れ多いことは言えないから、せいぜい我慢している。しかも、帰参を促す勅使は依然としてしきりに下されてくる。それなら、自分のほうからせめて今生の見納めに中宮のいる東の対まで訪ねて行きたいけれど、もうその体力が残されていない。
そんな養母の気持ちを察するように、中宮は、立場もなにも無視して、わざわざ紫上の臥《ふ》せっている西の対までやってきてくれたのであった。

かたはらいたけれど、げに見たてまつらぬもかひなしとて、こなたに御しつらひをことにせさせたまふ。こよなう痩せ細りたまへれど、かくてこそ、あてになまめかしきことの限りなさもまさりてめでたかりけれと、来《き》し方あまりにほひ多く、あざあざとおはせし盛りは、なかなかこの世の花のかをりにもよそへられたまひしを、限りもなくらうたげにをかしげなる御さまにて、いとかりそめに世を思ひたまへるけしき、似るものなく心苦しく、すずろにもの悲し。

かくてはいかにも恐懼《きょうく》すべきことだけれど、といってじっさい中宮の顔を拝まずにいるのも生きる甲斐のない思いがするゆえ、結局、この西の対に中宮のための御座所を急ごしらえして迎えたのであった。

中宮が見舞ってみると、紫上は、もうすっかり痩せ細っていたが、そうなってみれば、なるほど、貴《あて》やかに飾らぬ美しさの限りない魅力もますますまさって、ほんとうに素晴らしいと中宮は思う。これで、かつてまだ若かった頃……あまりに色香も輝くばかりで、その美しさが鮮やかに匂い立っていた盛りには、なまじっか、現世《うつしよ》の花の色香にも喩《たと》えられていたものだったが、今となっては、そういう華やかさは影をひそめて、代わりに、限りなく可憐で弱々しい美しさに彩られ、もはやほんとうに現世を仮の宿りと悟道しているような様子も、またとないくらい痛《いた》ましくて、ただただわけもなく悲しい思いに中宮は打たれる。

この「かたはらいたけれど」というのは、「居心地のわるい、いても立ってもいられない」という気持ち、つまり、わざわざ中宮に足を運ばせることに恐懼して身の縮むような思いをしている紫上の心中である。それでも、遠慮してお断わりしたら、もう二度と会えないとなれば、そんなことも言っていられず、恐れ入りながらも、病床の傍らに特に御座《おまし》をしつらえたのである。

この「こよなう痩せ細りたまへれど、かくてこそ、あてになまめかしきことの限りなさもまさりてめでたかりけれ」というのは、そうやって病床近くまで見舞った紫上の姿を、中宮の目から見て、中宮の心として描いているのである。

もうすっかり痩せ衰えている。しかし、それが病み窶《やつ》れているというのではなくて、「痩せ細っているけれど、だからこそ」と逆接的に述べていく。読者は、だからこそ、どうなんだろうと、興味津々で先を知りたく思うことであろう。「あてに」は貴《あて》やかなる美しさで、しばしば「なまめかし」と連続して使われる。この「なまめかし」は、生身の人間の掛け値なしの美しさ、とでも言ったらいいだろうか。ごてごてとした虚飾を去って、それでも生身の人間として内発してくるほんとうの美、だと私は考えている。今や死にそうになっている紫上は、化粧もなにもなく、まっさらのまま横たわっている。それがしかし、「気品に満ちて飾らぬ美しさ」だというのだ。しかも、その「限りなさもまさりて」というのだから、いよいよますます、どこまで美しいのか限りもない様子なのであって、それを「めでたかりけれ」と感動して見ている。ああ、これこそは、この御方のほんとうの美しさであった、とそう中宮は今さらながらに発見しているのである。

そこで、「来し方あまりにほひ多く……」以下のところは、その目前の痩せ細った紫上を目にしながら、かつての女の花盛りであった時分をつい想起する。ここは、「野分」で、

気高《けだか》くきよらに、さとにほふここちして、春の曙《あけぼの》の霞《かすみ》の間《ま》より、おもしろき樺桜《かばざくら》の咲き乱れたるを見るここちす。

気高く、純粋な美しさが、あたりに光り輝くばかりの心地がして、あたかも、春の曙《あけぼの》の霞《かすみ》のあいだから、彩り美しい樺桜《かばざくら》が残りなく咲き誇っているところを見るような……そんな気分であった。

と、野分の朝、垣間見た夕霧の視野に映った紫上の美しさが、花に喩《たと》えられているところなどが思い合わされる。そういうふうに、花の色に喩えるなどということ自体が「なかなか」すなわち生半可なることで、実は紫上のほんとうの美しさを分かっていなかったのだ、とそういう述べかたである。いわゆる筆舌に尽くしがたい美しさが、この虚飾を去った姿に

よって初めて知れるということである。

しかもそれが、「らうたげにをかしげなる」というのだから、なんだか弱々しく労《いたわ》しい感じにかわいらしく、魅力を満身に湛《たた》えながら、しかし、もうこの世の中をかりそめの儚《はかな》い世だと諦観している紫上の、寂しくも静かな相貌が彷彿《ほうふつ》とするように描かれているではないか。

そこで場面がフッと動く。源氏が現われたのだ。

風すごく吹き出でたる夕暮に、前栽《せんざい》見たまふとて、脇息《けふそく》に寄りゐたまへるを、院わたりて見たてまつりたまひて、

「今日は、いとよく起きゐたまふめるは。この御前《おまへ》にては、こよなく御心もはればれしげなめりかし」

と聞こえたまふ。かばかりの隙《ひま》あるをも、いとうれしと思ひきこえたまへる御《み》けしきを見たまふも、心苦しく、つひに、いかに思し騒がむ、と思ふに、あはれなれば……。

やがて、風がぞっとするように吹き出した夕暮れに、紫上が庭の植込みを見たいとい

って、脇息《きょうそく》に寄り掛かっているところへ、源氏が渡ってきて具合を見る。

「今日はだいぶ具合が良くて起きているようだね。この中宮様の御前《おまえ》では、だいぶお心も晴れ晴れとされるように見える」

源氏はそんなことを言った。この程度でも小康を得たことを、たいそう嬉しく思っている様子を見るにつけても、紫上は胸を痛め、〈ああ、こうして自分が死んだら、この君はいったいどんなに動揺されることだろう〉と思うと、悲しみが心に満ちてくる。

それまでの弱々しい紫上の様子も知らぬげに、源氏はやってきて、「中宮様の御前では御気分も晴れ晴れとするようで、お元気に見えますね」などと軽口のようなことを言う。読者の側から見ても、紫上・中宮の気持ちになってみても、源氏の言いぐさは些《いささ》か無神経だ。するると、紫上は、「つひに、いかに思し騒がむ」、自分がこのまま死んでしまったら、この殿はどんなに悲しみ懊悩されることだろう、と源氏の身の上を案じるのである。どこまでも源氏の第一夫人としての思いやりと矜持《きょうじ》を、そこに読むべきである。そこで、その夫を案じて、紫上はやっとの思いで歌を詠んだ。

おくと見るほどぞはかなきともすれば
風に乱るる萩《はぎ》のうは露

「起(お)く」とご覧になっておられますけれど、それもまことにあてにならないことでございます。露が置(お)くと見たところで、しょせんは儚い露、ともすれば、ふとした風に当たっただけでもほろほろと乱れて落ちてしまうものですから……萩の上の露など

というほどの意味の歌だが、さすがに、こうして、女君のほうから切実な様子で詠みかけられては、さすがに鈍感なる源氏もハッとする。

げにぞ、折れかへりとまるべうもあらぬ、よそへられたるをりさへ忍びがたきを、見出だしたまひても、

ややもせば消えをあらそふ露の世に
後《おく》れ先だつほど経《へ》ずもがな

とて、御涙を払ひあへたまはず。宮、

秋風にしばしとまらぬ露の世を
たれか草葉のうへとのみ見む

と聞こえかはしたまふ御容貌《かたち》ども、あらまほしく、見るかひあるにつけても、かくて千年を過ぐすわざもがなとおぼさるれど、心にかなはぬことなれば、かけとめむかたなきぞ悲しかりける。

〈なるほど……ああして風に吹かれて折れ返っては、ほろほろとこぼれて留《とど》まらぬ露の玉、……今しもこんなふうに命を露になぞらえた折も折だが……〉と、源氏は堪《た》えがたい思いで、庭の植込みのほうを見やる。

ややもせば消えをあらそふ露の世に
後《おく》れ先立つほど経《へ》ずもがな

ややもすると、誰が先立つかを争っている露のような無常の世の中に、
そなたとはいずれが先か後か分からぬけれど、いずれ間《ま》をおかず一緒に消えてゆきたいものだね

源氏は「末の露本《もと》の雫《しづく》や世の中の後れ先立つためしなるらむ（葉末の露が先に落ち、や

がてまた本の雫が滴って葉末から落ちる、そのように順序よく命を終えていくのが世の中の順逆の例でもあろうが、先後はあれ、いずれ儚《はかな》い露雫のようなもの、それが命なのだ）」と詠じた古歌を引いて歌を返しながら、こぼれ落ちる涙を拭いきれない。

中宮もまた、

秋風にしばしとまらぬ露の世を
たれか草葉のうへとのみ見む

秋風が吹けばたちまちこぼれ落ちてしまう露のように儚いこの世を、誰がいったい草葉の上のこととのみ見るでしょうか、誰の命も同じことでございます

と唱和する。その中宮といい、紫上といい、顔立ちはどこにも不足のない美しさで、見るほどにしみじみと心を動かされる。それにつけても、〈このまま変わらずに千年も見ていたい〉と源氏は思うけれど、そんなことはいかに願っても思いのままにはならぬことゆえ、命ばかりはこの世にずっと留《とど》めておく手だてのないことが、つくづく悲しいのであった。

庭を見ていた源氏の目には、紫上が今歌に詠んだとおりに、萩の葉の露がこぼれ落ちるのが見えた。なんという不吉なことであろう。もしや、と胸騒ぎを覚えて、せめて慰めのような心を詠んだのが、次の返歌である。

「ややもすると、誰が先立つかを争っている露のような無常の世の中に、そなたとはいずれが先か後か分からぬけれど、いずれ間をおかず一緒に消えてゆきたいものだね」

こんな歌がどれほどの慰めになったことであろう。物語の筆致からは、どこか紋切り型で、少しも慰めになどなりはしない、というような感じがする。

中宮もこれに唱和して、「秋風が吹けばたちまちこぼれ落ちてしまう露のように儚いこの世を、誰がいったい草葉の上のこととのみ見るでしょうか、誰の命も同じことでございます」という歌を詠んだのだが、これもやや類型的である。

この歌の贈酬が、いわば今生の別れの挨拶であったのだろう。紫上の容態は俄《にわか》に悪化し、もう起きていることができなくなった。

「今はわたらせたまひね。乱りごこちいと苦しくなりはべりぬ。いふかひなくなりにけるほどといひながら、いとなめげにはべりや」

とて、御几帳《みきちやう》引き寄せて臥《ふ》したまへるさまの、常よりもいとたのもしげなく見えたまへば、いかにおぼさるるにか、とて、宮は、御手をとらへたてまつりて、泣く泣く見たてまつりたまふに、まことに消えゆく露のここちして、限りに見えたまへば、御誦経《みずきやう》の使《つかひ》ども、数も知らず立ち騒ぎたり。さきざきも、かくて生き出でたまふをりにならひたまひて、御もののけと疑ひたまひて、夜一夜《よひとよ》さまざまのことをし尽くさせたまへど、かひもなく、明け果つるほどに消え果てたまひぬ。

「どうぞ……もう……あちらへ……お帰りくださいませ。ああ……気分がひどく悪くなってしまいました。もう……なにを申し上げる甲斐もないほど……弱ってしまいましたこととは申せ、まことに……ご無礼をいたします」

紫上は、そう言うと、すぐに几帳を引き寄せて臥《ふ》してしまった。その様子は、常にもまして、ひどく頼りなくみえて、〈どんなご気分でいらっしゃいましょうか〉と案じた中宮が、そっと紫上の手を取る。

そうして、泣く泣く見ているうちにも、まことにすーっと消えていく露のような様子で、命も今が限りと見えた。

さては、僧どもに誦経《ずきよう》を頼みにいく使者たちが、おびただしい人数立ち騒ぐ。先年も、こんなことがあって、一度は絶えた息が高僧の祈りによって蘇生《そせい》したということがあった……あのときは物《もの》の怪《け》の祟りであったから、こんどもそういうことがありはせぬかと、一縷《いちる》の望みを託して、その夜は一晩中手を尽くし肝胆《かんたん》を砕《くだ》いて祈らせてはみたけれど、なんの甲斐もなく、ほのぼのと夜が明けてくる時分に、紫上の命はすっかり消え果ててしまった。

とて、源氏と中宮に別れを告げた直後、紫上の意識が消える。そうして、そのまま、明け方近いころに、ついに帰らぬ人となってしまうのであった。

四年前に仮死状態に陥ったとき（「若菜下」に出る）は、六条御息所の死霊の祟《たた》りであったから、加持祈禱《かじきとう》も効果があった。しかし、今度という今度は、定命《じようみよう》が尽きるのであるから、いかなる誦経《ずきよう》も加持祈禱も、なんの効果もありはしない。紫上の命は、まるで火が消えるように、フーッと尽きてしまう。

おそらく、こんなふうに多くの人を見送ったであろう作者が、ここはほんとうにリアルな筆致で、この物語のなかで最も大切な女君の最期を描き切った、と、私は思う。大げさでなく、作り事でなく、淡々として、惻々《そくそく》と胸に迫るではないか。

こうして、一つ一つの行文を、子細に考え、味わいながら読み進めて行くと、この物語の奥深さが、なるほどなあ、と納得される。

じつは、かかる名文は、この長大なものがたりのそこここに限りなく多く鏤《ちりば》められている。私は訳業を進めながら、何度「素晴らしい文章だなあ」と感嘆のため息を吐《つ》いたか知れぬ。されば読者諸賢願わくは、現代語訳を一読された上は、さらに一歩を進めて、宜《よろ》しくその原文のもつ、名文の味わいを玩味されんことを……。

第十一章 源氏物語は「死」をいかに描いたか

「死」を描くことの意味

前章、紫上の死去の場面を巡って、すこし詳しくその文章を味わってみたのであるが、この「御法」の紫上の死の場面は、『源氏物語』全体のクライマックスと言っても、まず言い過ぎではあるまい。

紫上という人は、源氏が妻として真剣に愛した唯一の人であった。あの須磨明石へ蟄居《ちつきょ》の折に、いつだって源氏の脳裏に浮かび来たのは紫上であったし、帰京後、また共に暮らすようになった折の叙述に、

かつ見るにだに飽かぬ御さまを、いかで隔《へだ》てつる年月ぞと、あさましきまで思ほすに、とりかへし、世の中もいとうらめしうなむ。

（「明石」）

こんなふうに逢い語るほどにますます愛《いと》しく感じられるこの女君の様子を見ていると、〈いったいどうやって平気で何年も逢わずにおられたものであろう〉と、我ながら驚くほどであった。そうして、今さらながらに、つくづくあの頃の世の中の仕打ちが恨めしく感じられた。

とあって、源氏は、この君の魅力が天下無双のものであることをつくづくと再確認し、「いったいどうやって平気で何年も逢わずにおられたものであろう」と我ながら訝《いぶか》しくさえ思ったとある。それほどに源氏が心を込めて愛した人が、物の怪の祟りでもなく、まったくの定業《じょうごう》によって「消えゆく露の」ようにも儚く死んでしまうのを、源氏はいかんともできなかった。

そしてその死のあと、源氏は腑抜けのようになってしまって、ただ茫然として鬱々として一年を過ごし、やがて出家して死ぬであろうと予見させるような書き方で、この物語から退場するのである。

しかるに、この物語をずっと通読してみると面白いことに気がつく。それは、柏木を唯一の例外として、「死」の場面が描かれるのは女たちばかりで、男たちの死はほとんど全く描かれないことだ。

それは何故だろうか。

ここでは、紫上以外の人々の死去の場面を通覧し、そこから何が見えてくるかを考えようと思うのである。

そこでまずは、「葵」に於ける、葵上の死去から再検討していくことにしようか。

葵上の死

葵上の死についてはすでに第二章に書いたが、ここではもう少し詳密に再読してみることにしよう。

いとをかしげなる人の、いたう弱りそこなはれて、あるかなきかのけしきにて臥《ふ》したまへるさま、いとらうたげに心苦しげなり。御髪《みぐし》の乱れたる筋もなく、はらはらとかかれる枕のほど、ありがたきまで見ゆれば、年ごろ何ごとを飽かぬことありて思ひつらむと、あやしきまでうちまもられたまふ。

すなわち、もともと源氏が何の興味も抱かなかった四つ年上の「添い臥しの妻」葵上は、常に高飛車でかわいげのない名家の令嬢然とした存在として描かれるのだが、そのお産に当たって瀕死の状態に陥る。ここは、その場面。
「いとをかしげなる人」すなわち、外見的に頗《すこぶ》る美しげな女君がひどく病み弱って、生死のほども定かでないような、つまりほとんど意識不明に陥ったときに、「いとらうたげに心苦しげなり」と源氏は感じる。すなわち、なんとかしてやりたい、労ってやりたいと思うようなかわいげを感じて、同時に心中に痛切な痛みを感じたということである。「らうたし・らうたげ」などの形容は、葵上については、この重病に陥るまで一度も用いられることがなかったのだが、ここへ来て、やっと源氏は取り返しのつかぬ思いで、「らうたげ」に感じたというわけである。そのあとの源氏のセリフ。

「院などに参りて、いととうまかでなむ。かやうにて、おぼつかなからず見たてまつらば、うれしかるべきを、宮のつとおはするに、ここちなくやと、つつみて過ぐしつるも苦しきを、なほやうやう心強くおぼしなして、例の御座所《おましどころ》にこそ。あまり若くもてなしたまへば、かたへは、かくもものしたまふぞ」

ちょうど秋の司召《つかさめし》があるというので、源氏は、瀬死の妻を置いて、院の御所へ出向くというのだ。しかも、その人に対して、「日頃から、こんなふうに隔てもなくお目にかかれましたら嬉しいところでございますが、母宮さまがいつもお側《そば》においでになりますのに、私ごときが押しかけてまいりますのは、かえって気の利かぬしわざかと、そんなふうに遠慮してまいりました。それは私として、いかにも辛いことでございましたものを……」と言い聞かせる。そこには、己《おのれ》の不行跡《ふぎょうせき》に対する反省などはこれっぽちもなく、さらに、そなたが母親に甘えているからこういうことになるのだと、批判がましいことまで言い添えて、さっさと出かけようとするのである。そのところ、

いときよげにうち装束《さうぞ》きて出でたまふを、常よりは目とどめて、見いだして臥《ふ》したまへ

り。

と書かれている。言いたいことを言い放つと、それこそござっぱりと美しく正装して、すたすたと出ていこうとする、その源氏を、葵上は、いつにも増して、じーっと見つめたまま臥せっていたというのである。これは、なかなか凄い描写だと思うのだが、つまり、表面上はいかにも労り深いような様子を見せながら、しかし、平気で正装して出ていく夫に対して、何も言わず瀕死の病床から睨みつけている妻、その無量の悲痛と恨めしさ。このところ「いときよらに」ではなくて「いときよげに」と描写しているのにも注意したい。本当にすっきりと美しいという賛美ではなく「うわべばかり、そんなにきれいに飾りたてて」というほどの批判的な気分がこの「きよげに」には含まれていよう。

やがて、男たちがこぞって参内してしまうと、

殿《との》の内人少《ひとずく》なにしめやかなるほどに、にはかに例の御胸をせきあげて、いといたうまどひたまふ。内裏《うち》に御消息《おほむせうそこ》聞こえたまふほどもなく、絶え入りたまひぬ。

とて、がらんと人気《ひとけ》の失せた御殿に一人取り残された葵上は、急に発作を起こして、あっという間に死んでしまうのである。

つまり、源氏に看取らせずして独り死んでいくことで、妻は最大の復讐をしたのではなかったか。

六条御息所の死

さて次に、その葵上を生霊《いきすだま》となって取り殺した六条御息所は、どのように死んだであろうか。

巻は「澪標《みおつくし》」。朱雀帝から冷泉帝に譲位があり、それに伴って、伊勢の斎宮も交代があって、母子ともども六条へ戻ってきた。源氏はそれを知って、またもや懇《ねんご》ろに文など通わせるが、御息所は取り合わない。源氏も、身分柄そうそう通うこともならぬ。しかし、あの娘、前斎宮のほうは、今はどんなに良い女になっているだろうかと色好みの心が蠢動《しゅんどう》しているということである。
そうこうするうちに御息所は重い病を発し、出家して尼になってしまう。これを知った源氏は驚いて六条へ見舞いにやってくる。御息所はもうひどく衰弱して、やっと御簾を隔てて応対する。そこで御息所が口にしたのは、ひとえに娘の斎宮の行く末であった。もう恋を思い切った御息所にとって、唯一の心配は娘の将来であったろう。そこでそのことを源氏に訴えると、源氏は、

「かかる御ことなくてだに、思ひ放ちきこえさすべきにもあらぬを、まして、心の及ばむに従ひては、何ごとも後見《うしろみ》きこえむとなむ思うたまふる。さらに、うしろめたくな思ひきこえたまひそ」

「そんなことを仰せ置き下さらなくても、わたくしは決して決して、姫君のことを見放《みはな》し申し上げるつもりもございませぬものを、まして、こうして御意《ぎょい》を承《うけたまわ》った上は、わたくしの思いの及ぶかぎり、何ごとも後ろ楯となってお世話しようと思います。どうか、もう無用のご心配はなされますな」

と請け合うのであった。そんなことは念を押されずとも、万事承知しているので、大船に乗ったつもりで安心してほしい、とでもいうところであろう。ところが、御息所は、その源氏の言葉に、こう応ずるのである。

「いとかたきこと。まことにうち頼むべき親などにて見ゆづる人だに、女親《をんなおや》に離れぬるは、いとあはれなることにこそはべるめれ。まして、思ほし人《びと》めかさむにつけても、あぢきなきかたやうち交《まじ》り、人に心も置かれたまはむ。うたてある思ひやりごとなれど、かけてさやうの世づいたる筋に思し寄るな。憂《う》き身を抓《つ》みはべるにも、女は思ひのほかにてもの思ひを添ふるものになむはべりければ、いかでさるかたをもて離れて見たてまつらむと思うたまふる」

「そうおっしゃって頂くのは、ありがたいことでございますけれど、……でも実際は、難しいことで……これが本来頼りにするべき実の父親にお願いするのでも、女親に……先立たれた子は、それはもう、かわいそうなことでございますものね。……まして、あなたは、きっとあの子を、女として寵愛でもしているような……お扱いをなされますでしょう。そうなったら、ご正室の方やらなにやら、無用の軋轢《あつれき》も……出来《しゆったい》いたしましょうし、他の方にも、なにかと……冷たくされたりするかもしれません。こんなことを申し上げるのは、親としてほんとうに……嫌らしい気の回しようかもしれませんけれど、どうか決して、あの子のことを、そのような色好みめいた筋に……お思いくださいますな、ね。わたくし自身の、憂きことばかりの日々を思い出してみましても、……女というものは、どんなに自分が平静でいようと思い、誰の恨みも受けまいと思ってみても、男のかた次第で、結局辛い思いをしなくてはならなくなるものでございます。……なんとかして、あの子だけは、そういう憂き目を見ることがないように……と、そればかりを……念じております」

母親が死んで娘を父親に頼むという場合でも、継母に育てられるなど苦労が多い、まして父のいない娘にとって唯一の係累《けいるい》である自分が死んだら……母の心配はそれだけではない。後見を頼む源氏が「思ほし人めかさむ」とすること、つまり、御息所は源氏の好色な魂の蠢動を見抜いていて、新しい愛妾《あいしょう》の一人とでもいうふうに源氏は娘を披露するであろう、そこを案ずるのだ。されば、他の夫人がたの嫉妬沙汰など、娘が苦労をするに違いないから、「かけてさやうの世づいたる筋に思し寄るな」、つまり、決してそのような男女の色めいた方面に思い寄ってくださるなよ、とくれぐれも釘を刺すのであった。

源氏は、このあまりにもあからさまな苦言に閉口しながら、暗い灯影《ほかげ》にほのぼのと見透かされる斎宮の様子をじっと凝視すると、「はつかなれど、いとうつくしげならむと見ゆ」、つまり、ほのかにしか見えないけれど、それでも、なんとかわいらしげな、と思ったというのだから、源氏の「世づいたる筋」は抑えることが出来なかったのである。

それから御息所がどうなったかは、詳しく描かれていないが、ただ、

七八日《なぬかやうか》ありて亡《う》せたまひにけり。

とあって、あっさりと舞台から去ってしまう。

ここで御息所という人の死を考えてみるに、彼女は、生きている間じゅう、源氏との恋情に懊悩して、なんとかしてその生き地獄から抜け出したいと悪戦苦闘し、揚げ句に伊勢まで下って行きもした。しかし、それでも源氏は、また言い寄って来ようとする、その厭《いと》わしさ

と、年ごろの娘にまで源氏が手をつけはせぬかという心配で、ひたすら苦悩のうちに世を去るのだと見てよい。

藤壺の最期

では、源氏にとっての最も大きく深い罪の根源でもあった恋の相手、藤壺はどうだったであろうか。巻は「薄雲」。

藤壺が、見舞いに訪れた源氏に言い残した最後の言葉は、こういうことであった。

「院の御遺言《ゆいごん》にかなひて、内裏《うち》の御後見《うしろみ》つかうまつりたまふこと、年ごろ思ひ知りはべること多かれど、何につけてかは、その心寄せことなるさまをも漏らしきこえむとのみ、のどかに思ひはべりけるを、今なむあはれにくちをしく」

「……桐壺院さまのご遺言どおりに、……内大臣の君（源氏）が、陛下のご後見をなさってくださること、そのことを、わたくしはもう何年ものあいだ、ずっとありがたいことと思っておりました。……が、その嬉《うれ》しく思っている気持ちを、いったいどうやって、……何につけてお知らせしようかと、のんきに構えておりましたのが、……ああ、今こんなことになってしまって、残念でなりません」

言う心は、源氏との恋のことではなかった。不義の恋によって生まれた冷泉帝の身の上が、彼女にとって最大の関心事であったのだが、源氏は内裏で帝の後見役としてせいぜい力を尽くしている。藤壺はなんとかしてその嬉しく思う気持ちをも源氏に伝えたいと思ってきた、しかしそれが果たせぬままに死んでしまうのが、心残りだというのである。冷泉帝は、源氏との愛の形見でもあり、同時に罪の明徴《めいちよう》でもあった。この愛と罪と、二つの感情に挟まれて、藤壺はひたすら懊悩していることが、この言葉から読み取れるであろう。源氏は、その藤壺の言葉を、かすかに耳にして、泣き崩れる。そして、

「かくおはしませば、よろづに心乱れはべりて、世にはべらむことも、残りなき心地なむし

はべる」

「……今また、こうして宮さままでも例《れい》ならぬご体調でいらっしゃる……わたくしはもう、なにもかも心が乱れ果てまして、こんなことでは、もはやこの世に長くは生きておられないような気持ちがいたします」

と、泣き言を言い続けているうちに、藤壺は、

灯《ともしび》などの消え入るやうにて果てたまひぬれば、いふかひなく悲しきことをおぼし嘆く

とあって、あたかもかすかな灯火が、ふっと燃え尽きるように死んでしまった、というのであった。いわば、未練がましいことをあれこれと言い続けている源氏の存在を黙殺するように、藤壺の定命は尽きるのであった。その死は釈迦の入滅《にゆうめつ》のように静かで、源氏は、かくしてただ一人哀痛の巷《ちまた》に取り残される。

夕霧、薫の関わった女たちの死

源氏ばかりでない、その子息夕霧もまた、一条御息所《いちじょうのみやすどころ》の死に深く関わる。次にこの一条御息所の逝去場面を見てみよう。巻は「夕霧」。

一条御息所は、若くして悶死《もんし》した柏木の正妻、女二の宮の母親である。二の宮は、「落葉の宮」という名でも呼ばれる、ちょっと影の薄い内親王である。これが柏木の妻となったこと自体、内親王としてはあまり喜ばしくはないことなのであった。ところが柏木は、こともあろうに、その二の宮の妹で、源氏の正妻となった三の宮に横恋慕して、ついに不義を働き、罪の子薫を孕《はら》ませてしまう。藤壺に不義の子をなした源氏は、こういう形でその罪の報いを受けるのであった。

そして柏木は、事を察した源氏の陰湿な圧力に屈してついに落命する。

そこで、残されたのが二の宮であるが、柏木は最期に親友の夕霧に二の宮の後見《うしろみ》を頼んで死んだ。そこから、夕霧の二の宮への「裏切りの恋」が始まるのだが、根っからの野暮天である夕霧は、いとも不器用に宮に言い寄り、そして何度も思いを果たさぬまま帰ってくる。ところが、その帰るところを出入りの僧に見られたために、母一条御息所に知れてしまう。母はもう二の宮が夕霧の手に落ちたものと思い込んでひたすらに苦悩し、ついに自ら恨む気持ちを込めた文を夕霧に送るのだが、夕霧の邸では、正妻雲居の雁との夫婦喧嘩が勃発して、その手紙は取り上げられなどして、なかなか返事を書くことができぬ。

小野《おの》の山荘で病床に就いている御息所は、夕霧からの返事が来ないことに苦悩し、やはり娘二の宮は捨てられて恥をかかされるのだと、さらに煩悶《はんもん》は募る。かくて息も絶え絶えのところへ、ちょうど夕霧からの返事が届いたという声がほの聞こえる。こんな時間に文を寄越すというのであれば、もう今夜夕霧は来ないのであろうと思い込むと、御息所の苦悶は一段と募る。

心憂く、世の例《ためし》にもひかれたまふべきなめり、何にわれさへさる言《こと》の葉《は》を残しけむ、とさまざまおぼし出づるに、やがて絶え入りたまひぬ。

……嗚呼、情けない、こんなことでは、いよいよ世の笑い種《ぐさ》として後々《のちのち》まで言いそやされるであろうと思うと、そんな折になんでまた自分までが恥の上塗りのような恨みの文など書き送ったものかと、恨みに悔恨が加わって、それから間もなく息が絶えた、というのだ。

恨みと悔恨のうちに、物の怪のたたりで死んでしまうのが、この一条御息所の死で、まことに救いがない。そうして、その苦悩や憂悶を齎《もたら》したものは、夕霧の自分勝手な恋なのであった。

そしてまた、その柏木の残した罪の子薫も、宇治の八《はち》の宮《みや》の姉姫大君《おおいぎみ》との恋の駆け引きの後、彼女を死に追いやるということになる。

宇治の大君の死去の場面は、「総角《あげまき》」に描かれる。

もともと薫という男は、「俗聖《ぞくひじり》」とあだ名されてひたすら後世《ごせ》を願う八の宮への尊敬と憧憬《しょうけい》から宇治の山荘へ通うようになったはずなのだが、しかし、その心中には救いがたい矛盾が渦巻いている。

口には、厭離穢土《おんりえど》の志を述べて、それゆえに出家往生の障《さわ》りとなるような女性《にょしょう》への執心などは捨てているようなことを言いながら、実際には、宇治の大君、中君《なかのきみ》、さらには浮舟《うきふね》と、つぎつぎに胸を焦がしてはウロウロするという、まことにしまりのない人間性を露呈するのである。

しかも実際には、大君への執心は、しだいに募りゆくばかりで、それなのに恋の行動としては、煮えきらぬまま
うじうじと話が進んでいく、というわけで、薫の心のなかでは、果てしない矛盾が解決せぬ葛藤を続けているのであった。

しかし、一方の大君という姫は、幼い頃に母君に死別して、父宮一人の手で育てられたという、たぐいまれな生い立ちをした姫宮ゆえ、父八の宮の影響は、のっぴきならず強い。そうして、父宮は、いよいよ俗世を離れて阿闍梨《あじゃり》の住する山寺に隠遁し念仏専一《せんいつ》の暮らしに入る直前に、こう姫たちに諭していった（「椎本《しいがもと》」）。

「世のこととして、つひの別れをのがれぬわざなめれど、思ひなぐさまむかたありてこそ、悲しさをもさますものなめれ。また見ゆづる人もなく、心細げなる御ありさまどもを、うち捨ててむがいみじきこと。されども、さばかりのことにさまたげられて、長き夜《よ》の闇にさへまどはむが益《やく》なさを、かつ見たてまつるほどだに思ひ捨つる世を、去りなむうしろのこと知るべきことにはあらねど、わが身ひとつにあらず、過ぎたまひにし御面伏《おもてぶ》せに、軽々《かるがる》しき

心どもつかひたまふな。おぼろけのよすがならで、人の言《こと》にうちなびき、この山里をあくがれたまふな。ただかう人に違《たが》ひたる契《ちぎ》り異《こと》なる身とおぼしなして、ここに世を尽くしてむと思ひとりたまへ。ひたぶるに思ひしなせば、ことにもあらず過ぎぬる年月《としつき》なりけり。まして女は、さるかたに絶え籠りて、いちじるくいとほしげなるよそのもどきを負はざらむなむよかるべき」

などのたまふ。

「現世《うつしよ》というものは、無常なものじゃ。そなたたちとも、永《なが》の別れということは、どうしたって逃《のが》れることができぬものと見ゆる。さりながら、たとい死別したとしても、その後《のち》に心を慰むるなにごとかがあるならば、悲しさもやがては薄皮を剝《は》ぐように癒《い》ゆるであろう。……さて、そこでじゃ。私のほかには、そなたたちの後ろ楯として頼む人もないままに、このように心細げな様子の二人を後《あと》に残して逝《ゆ》くことは、なんとしても辛《つら》い。といって、たかがそればかりのことが障碍《しょうがい》となって、往生《おうじょう》の素懐《そかい》を遂げることがかなわなければ、結句《けっく》、無明《むみょう》の長夜《じょうや》に永劫彷徨《えいごうさまよ》うという苦《く》を受けなくてはならぬ。それは、なんとしても無益《むやく》なことじゃ。しかるに、こうしてそなたたちを育《はぐく》みまいらせている間《あいだ》とても、俗世には執着《しゅうじゃく》せぬよう思い切ってきたほどなれば、これから死して後のことなど、なんのかのと申すべきでもあるまいが……いや、これは私一人だけのことでない、そなたたちの亡き母君にとっても不面目《ふめんぼく》となるような軽々しい考えで行動してはなるまいぞ。よほどしっかりした人との御縁でもなければ、簡単に人の口車に乗って、うかうかとこの山里から浮かれ出るようなことをするでないぞ。そなたたちは、ただただ、このように、そこらの人たちとはよほど格別の運命に生まれついた身の上なのだと思い定めて、この邸で命を終えようと、きっぱりそう思い切るがよい。ひとたびそのように決心してしまえば、案外とさしたることもなく過ぎてゆく年月なのだからね。男の私だって、そのように、この山里で過ごしてきた。まして女は、こんなふうに俗塵《ぞくじん》を去って引き籠り、はなはだ厭《いと》わしげな非難をば、世間の者たちから受けぬようにして生きていくのが、望ましいことなのじゃ」

こんなふうに宮は懇々《こんこん》と諭《さと》し教えた。

この父宮の教訓は、その後の姫君の人生に決定的な影をおとした。すなわち、男というものに対して、終始否定的な意識を持って、この山里に命尽きるまで隠れているのが正しい生き方なのだと、そういう恐るべき呪縛を、最後の最後に姫君たちに懸けて宮は去ったのだ。そのままあっという間に死んでしまって、姫君たちは二度と会うことはできず、死に顔を拝むことすらかなわなかった。そうなると、この父宮の遺言の重さは並々ならず、この呪縛を解くべき人など存在しようもなかったのである。

たしかに、薫も匂宮《におうのみや》もそこらの凡庸な男ではない。しかし、この父の呪縛が生きている限り、きちんとした仲立ちの仲介で求愛されるのでないかぎり、誰の愛も受け入れることができぬのは、自明のところであった。

こうして姫君たち就中《なかんずく》大君は、生きていくということに関して、またその生の発動としてのエロス的衝動に関しては、常に後ろ向きでいることを余儀なくされ、その「死への希求」はついに覆《くつがえ》ることはなかったのである。

だから大君は、薫からどんなに求婚されても、それを受け入れるのを拒み、むしろ薫には自分の身代わりとして妹中君を愛してくれるようにと願ったのであった。

つまりは、最初から成就しないことが約束された恋が薫と大君の関係なので、薫が積極的に接近すればするほど、大君は「死による救済への欣求《ごんぐ》」に傾いていくのであった。

こうして、大君が薫に中君と結ばれて欲しいと願ったのも薫は受け入れない。そんな簡単に心変わりするような不実な男ではない、ということを見せたくて、自分はその大君の願いを黙殺して、かえって匂宮を手引きして中君に引き合わせるなどということまでもしてのけるのであった。これがますます大君を絶望の淵に立たせる結果となって、ために死に向かって急速に衰えていくことになる。何の病ということもわからぬが、ひたすら物も食べずに衰弱していくのだから、つまりは慢性的な自殺にほかならない。

そうなれば、薫にどのような引き留める手だてがあろう。かくてついに「総角」の巻末近く大君は世を去るのであった。

「つひにうち捨てたまひては、世にしばしもとまるべきにもあらず。命もし限りありてとまるべうとも、深き山にさすらへなむとす。ただ、いと心苦しうてとまりたまはむ御ことをなむ思ひきこゆる」

と、いらへさせたてまつらむとて、かの御ことをかけたまへば、顔隠したまふ御袖を少しひきなほして、

「かく、はかなかりけるものを、思ひ隈《ぐま》なきやうにおぼされたりつるもかひなければ、このとまりたまはむ人を、同じことと思ひきこえたまへ、とほのめかしきこえしに、違《たが》へたまは

ざらましかば、うしろやすからましと、これのみなむうらめしきふしにてとまりぬべうおぼえはべる」

とのたまへば、

「かくいみじうもの思ふべき身にやありけむ、いかにもいかにも、異《こと》ざまにこの世を思ひかかづらふかたのはべらざりつれば、御おもむけに従ひきこえずなりにし。今なむ、くやしく心苦しうもおぼゆる。されども、うしろめたくな思ひきこえたまひそ」

などこしらへて、いと苦しげにしたまへば、修法《ずほふ》の阿闍梨《あざり》ども召し入れさせ、さまざまに験《げん》ある限りして、加持《かぢ》参らせさせたまふ。われも仏を念ぜさせたまふこと限りなし。

世の中をことさらに厭《いと》ひ離れねとすすめたまふ仏などの、いとかくいみじきものは思はせたまふにやあらむ、見るままにものの枯れゆくやうにて消え果てたまひぬるは、いみじきわざかな。ひきとどむべきかたなく、足摺《あしずり》もしつべく、人のかたくなしと見むこともおぼえず。限りと見たてまつりたまひて、中の宮の、後《おく》れじと思ひまどひたまふさまもことわりなり。あるにもあらず見えたまふを、例の、さかしき女ばら、今はいとゆゆしきこと、とひきさけたてまつる。

中納言の君は、さりとも、いとかかることあらじ、夢かとおぼして、御殿油《となぶら》を近うかかげて見たてまつりたまふに、隠したまふ顔も、ただ寝たまへるやうにて、変りたまへるところもなく、うつくしげにてうち臥したまへるを、かくながら、虫の骸《から》のやうにても見るわざならましかばと思ひまどはる。

「しまいにわたくしを見捨てて先立たれてしまったなら、もうこんな世の中、ほんのしばらくだって生きていたいとも思いませぬ。が、この命に、もし定まる寿命というものがあって、心ならずも生き残ってしまったとしても、その時は、深い山奥に彷徨《さまよ》い入って世を捨ててしまおうと思います……。いや、わたくしのことなどはどうでもいい……ただ、あのたいそう心を痛めながら後に残される、もうお一方のお身の上のことを、わたくしはなんとしてもお案じ申しているのです」

薫は、こう言い掛ければ、きっと大君の返答を聞けるのではないかと思って、かの中君のことを口にする。

すると、顔を隠していた袖を少し引きはずして、大君が答えた。

「もとよりわたくしは、こんなにも儚い命でございましたものを、そんなわたくしを、御身さまは、まるでなんの思いやりもないような者とお思いになっておられました……

それはほんとうに生きている甲斐もない思いがいたしました。そのため、この……後に残るはずの妹を、わたくしと同じようにお思いくださいませと、いつぞやちらりと申し上げましたものを……もしあの時に、わたくしがお願いしたとおりにしてくださってい たら、今ごろは、さぞ心やすく旅立つことができましたろうにと、ああ、それだけが恨めしいことにて、そのゆえに執心が残って成仏できぬような気がいたします」

こう言われて、薫はまた、

「いえ、きっとわたくしは、こんなふうにひどく物思いをするように運命づけられた身であったのでしょう……どのように仰せられましても、わたくしの心は、決して他のかたに思いを変えて関わろうというようなこともございませんでしたから、お諭《さと》しの趣《おもむき》には従い申すこともできずじまいになりました。今になれば、そのことが悔やまれもし、また胸の痛む思いもいたします。……ですが、どうか、中君のことは、くれぐれもご案じなさいますな」

などなど、言葉を尽くして言い慰める。

すると大君がたいそう苦しそうにするので、薫は、修法《ずほう》の阿闍梨をはじめとする祈禱の僧侶どもを呼び込ませて、さまざまな功験《こうげん》のある僧ばかりに命じて、加持祈禱をさせるのであった。そうして、薫自身もまた、仏を念じること限りもない。〈こんな俗世を厭離《おんり》せよと、ことさらにお勧めくださる仏などが、その機縁として、これほどまでにひどく辛い物思いをさせてくださるのであろうか……ああ、こうして見ているうちに、まるでものの枯れゆくように、お命が消え尽きてしまわれる……こんな辛いことが……〉。もはや引き留めるすべもなく、目《ま》の当たりに死に奪われていく大君の姿を見守りながら、薫は、足を地に摺りつけでもしそうな悲しみようで、そんな赤ん坊のような有様を見れば、人はさぞ頑愚《がんぐ》な者だと見るだろうことなども、もう意識にない。

いよいよこれが限りと見るほどに、中君は、姉の跡を追いたいと思い悩乱《のうらん》する様子だが、それも道理というものであった。そうして、ついに中君が前後を忘れたようになってしまうのを、いつもながら、賢《さか》しらぶった女房どもが、不吉な、今という今ここにいては死の穢《けが》れに触れてしまうとばかり、床の辺から無理にも引き離すのであった。

薫は、こんなありさまながら、〈まさかこんなことがあるはずはない、きっと夢ではないか〉とまで思って、灯明を近く掲げて見てみれば、袖で隠していた顔も、ふつうに眠っているようで、平生《へいぜい》とかわるところもなく、かわいらしい風情で臥せっている。〈ああ、こんなかわいいお姿のまま、蟬の抜け殻のように、ずっと見ていることができたらなあ〉と、あらぬことまでも思って薫の心は乱れる。

と、こんなやりとりのあと、めずらしく、大君は薫に看取られて死ぬのである。そのことは一見すると幸いなことのように見えるけれど、いや実際には、その薫の存在ゆえに……薫の存在そのものが父宮の遺戒に背くことにもなり、また中君を身代わりにして幸福にしてやって欲しいと願ったことを無にする所以《ゆえん》でもあり、結局、薫の中途半端な求愛が、彼女をかくも頑なな死に向かわせたのであったのだから……しかも、そのことに一向に自覚も反省もなく、加持祈禱などにのみ心を砕く薫の、いわば無神経さ、見識のなさ。

あえて申せば、薫のかかる身勝手さ加減が、この死を齎《もたら》したのであった。

しかも、そういう己《おのれ》の不見識を一向に自覚することもなく、能天気に「蟬の抜け殻のように、ずっと見ていることができたらなあ」などと思っている薫の心のありようは、女たちから見れば、まさに言語道断ともいうべきところがある。

そうやって、大君は、言うべくんば薫に殺されてしまったのである。

かくて、女たちの死を描いている場面を抽出し比較してみると、そこには、必ずや源氏、夕霧、薫など、男たちの身勝手な恋に躍らされて、懊悩の果てに死を遂げる女という姿があぶり出されてくる。

夕顔も、葵上も、藤壺も、六条御息所も、一条御息所も、宇治の大君も、そういうふうに眺めてみれば、みな同じである。

ひとり紫上だけは、第十三章で詳しく述べるごとく、他の女君とは違って、死そのものは幸いな形で迎えたのであるけれど、といって、その人生は、つねに苦悩と二人連れであったことは動かない。

男の死を描く唯一の例外、柏木の死についていえば、この人だけは、重い罪の意識と、光源氏に睨まれたための苦悩、それは彼自身が引き起こした恋の煩悶には違いないが、それでも源氏への恐怖と抑鬱のために病臥した柏木を、睨みつけ、恫喝《どうかつ》的な皮肉を投げつけ、酒を無理強いしなどして、結局死に追いやったのは源氏であった。

かくのごとく総括してみると、柏木の死は、光源氏によって齎されたもので、よろずの女たちが、男の身勝手による苦悩のうちに死んでいくのと、いわば同じことなのであった。

つきつめれば、この物語の作者は、「女にとって、死とは何か」ということを考え、そして問うたのであって、そこでは男たちは、つねに女を苦しめ死に追いやるあちらがわの存在でしかなかった。

されば、男たちの死は、いわば対岸の火事のようなもので、そこには作者にとっての、何ら切実なものを含まなかったと言うも可であろう。

光源氏の死を、ついに描かなかったと見られるのも、畢竟《ひっきょう》そこに根本の理由があるのかもしれない。

第十二章 濡れ場の研究

そこに「実事」はあったか？

恋の文学である『源氏物語』に、後世にいわゆる「濡れ場」の出てこないわけはない。なぜなら、日本では「恋」というものには一定の「形」があったからだ。

夜暗くなると男が通ってくる、そして女の閨《ねや》に迎えられて一夜を共にし、暁のまだ暗い時分に帰っていく、とそれが日本の「恋の形」であった。

そこには、したがって、常に肉体性が伴っていたのは当然で、男女が閨を共にしてなお何もしない、などというのは奇々妙々なることであった。男と女は、共寝をして、肉体的に結ばれて、そして以て、恋という感情を共有する、それが当たり前であった。なかにはしかし、「絵姿女房《えすがたにょうぼう》」のような説話やら、「見ぬ恋に憧れる」などという形もあるけれど、それとて、やがては閨のうちで睦《むつ》みあうということを自明のこととして承認した上での憧憬《しょうけい》にほかならなかった。

ところが、『源氏物語』では、当たり前のことは書かない、ということが一つの原則としてある。

なぜなら、この物語は、時代・階級・空間・常識・教養・生活体系と、さまざまなものを共有する人々の間で楽しまれた「仲間内《なかまうち》」の文学であったからだ。そこで、たとえば、寝殿造の御殿がどういう構造になっているのか、というようなことはほとんど省略されてしまっている。となれば、当時の宮廷サロンの人たちには自明に分かったかもしれないが、私どもには一向に理解のほかだということになるのである。

たとえばまた、日々の食事は、いつどのようなものを食べていたのか、ほとんど何も書いていない。

つまりは、分かり切ったことは書かない、それがこの物語の叙述の大原則である。

となると、恋に肉体的な交わりが前提されていることは自明のこと、みんなが分かり切ったこととして共有している以上、その「行為」を微細に露骨に書いたりしなかったのは、これまた理の当然というものであった。

そこで、実際に『源氏物語』を読み進めていく時には、どこでその肉体的な交渉（これを「実事《じつじ》」と呼ぶ）を持ったかということを、具体的に「想像」しながら読んでいかないといけない。

そこで、その「実事」のありようを、少しだけだけれど読んでみたい。

さて、まずは光源氏と紫上が、最初に結ばれる場面。「葵」の終わりのほうに、それは出てくる。

紫の君との新枕

姫君の、何ごともあらまほしうととのひ果てて、いとめでたうのみ見えたまふを、似げなからぬほどにはた、見なしたまへれば、けしきばみたることなど、をりをり聞こえこころみたまへど、見も知りたまはぬけしきなり。

さて、紫の君は、いまではもうなにもかも理想的な姿に成長して、たいそう美しい「おんな」の体つきに見える。

〈よしよし、こうなれば、もうそろそろ男と女の契りを結ぶことも似合わぬという感じではないな〉と見做《みな》して、源氏は、折々につけてその男と女がどういうことをするのかというようなことなど、小出しに話して聞かせるけれど、どうやら姫君は、そっちのほうは丸っきり知らないらしい。

このようにさりげなく書いてあるところが曲者《くせもの》である。要するにここで、姫君すなわち紫上が、少女から大人の体になって、美しさも一段と花が咲いたように整ってきた……と、こう源氏は舐《な》め回すように見ているのである。で、「似げなからぬほどにはた、見なしたまへれば」というのは「実事を交わすのに似付かわしくないということはないな」と見なしたということなのだ。この「はた」は、現代語では「また」に当たるので、美しさや風情が整ったばかりでなく、「その方面でも、また良い頃合いになったな」と、源氏のなかの「男」が見ている。非常にエロティックな書き方であろう。

そこで、「けしきばみたること」すなわち、男女の睦みごとについて、折々に教えるべく気を引いてみるけれど、紫上は、まったくなんの興味も示さない。

「男」の源氏と「子ども」の紫上、さて……。

つれづれなるままに、ただこなたにて碁《ご》打ち、偏《へん》つきなどしたまひつつ、日を暮らしたまふに、心ばへのらうらうじく愛敬《あいぎやう》づき、はかなきたはぶれごとのなかにも、うつくしき筋をしいでたまへば、おぼし放《はな》ちたる年月こそ、たださるかたのらうたさのみはありつれ、しのびがたくなりて、心苦しけれど、いかがありけむ、人のけぢめ見たてまつりわくべき御仲にもあらぬに、男君《をとこぎみ》はとく起きたまひて、女君はさらに起きたまはぬ朝《あした》あり。

参内もせず、通いごともせず、源氏は所在ない日々のなかで、ただこの西の対へやって来ては、紫の君を相手に碁を打ったり、漢字の当てっこをして遊んだりしながら、何日も過ぎていった。

そうやって身近に見れば見るほど、この姫は心ざまがまことに聡明《そうめい》な上に、もうその態度にも女らしい愛嬌《あいきよう》が出てきて、さりげない遊びのなかにも、いかにもかわいらしい仕草《しぐさ》などをして見せるので、源氏は急に姫を女として意識するようになった。思えば、この数年、とくに女としては見てこなかった年月《としつき》というもの、ただただ労ってやりたいかわいらしさは感じたものの、それ以上のことは考えたことがなかったのであった。

けれども今という今、源氏はもう我慢ができなくなった。ちょっとかわいそうな気もしたのだが……。

さてどういうことがあったのであろうか、毎日のように床を共にして、よそ目にはもうずっと夫婦同然のような生活にみえたのだが、ある朝……。

男君が早く起き出してきたのに、女君は、いつまでも寝床から出てこない、そういう朝《あした》があった。

しかたないので、源氏は、機会を窺いながら、碁や漢字当て遊びなどに興じて所在なさを紛らしている。すると、まだまだ姫は無邪気で、源氏が〈そろそろ女にしてしまおうか〉と考えていることなど夢想だにしていない気配で、かわいい仕草や言葉遣いを見せる。

エロスの鬼になろうとしている男と、なにも知らない女の子と、その温度差の極限に達するところ、源氏は、〈この数年、とくに女としては見てこなかった……ただ労ってやりたいかわいらしさは感じたものの、それ以上のことは考えたことがなかった……〉と、ここまで思って、とうとう「しのびがたく」、つまり我慢も限界に達して……こんな子を手にかけるのは、やや胸の痛む思いはしたけれど……。

と、ここで突然に文脈が飛躍する。つまり、「さてどういうことがあったのであろうか、毎日のように床を共にして、よそ目にはもうずっと夫婦同然のような生活に見えたのだが、ある朝……。男君が早く起き出してきたのに、女君は、いつまでも寝床から出てこない、そういう朝があった」と、翌朝の場面に飛んでしまうのだ。

すなわち、この「我慢ができなくなった」というところと、翌朝、起きてこない姫君ということの間に、くだんの「実事」があったのだとわかる。

この物語では、実事をなした後、女はほとんど必ず起きられない。

そういう描写のなかに、前夜の房事《ぼうじ》の熱烈なありようが仄めかされているのである。なにも知らなかった少女は、突然に体を割って侵入してきた「男」に驚愕し、恐怖し、呆れ、ただもう恥ずかしいことをされたという怒りに震える。その少し先に、

かかる御心おはすらむとは、かけてもおぼし寄らざりしかば、などてかう心憂《う》かりける御心を、うらなくたのもしきものに思ひきこえけむと、あさましうおぼさる

とあるのは、まさにその野獣のような振舞いに及んだ源氏に対して、〈どうして……どうして、あんな嫌らしいことをするようなお心の人を、私は疑いもせず、頼もしく思っていたのでしょう、ああいやいや〉と、自問自答し自己嫌悪する紫上の心事を描いているのだ。

で、その結果、

……まことにいとつらしと思ひたまひて、つゆの御いらへもしたまはず。

……（中略）……

日一日《ひひとひ》入りゐて、なぐさめきこえたまへど、解けがたき御けしき、いとどらうたげなり。

……もう心底から源氏のしたことをひどいと思っているので、一言も口を利かないのであった。

……（中略）……

その日一日じゅう、帳台の中に入っては、宥《なだ》めたり賺《すか》したり言葉を尽くしてみたけれど、紫の君の頑《かたく》なな態度は、いっこうにほどける様子もない。その思い詰めたようなありさまを見るにつけても、源氏は、この人を労ってやりたいという気持ちになるのであった。

紫上は、ショックと羞恥と困惑とで、ひたすら憤慨して、源氏がなにを言い拵《こしら》え慰め賺《すか》そうとも、ただの一言も口をきかぬ。おそらく目も合わさず、全身で拒絶軽蔑の心を表現しているのであろう。しかたなく源氏は、その日一日、ひたすら脇に座って、宥めたり賺したりしたけれど、どうやっても姫の怒りと悲しみは解けない。……その拒絶して憤慨している様子がまた、「いとどらうたげ」つまり、どうしても労ってやりたいなと思うようなかわいらしさであった、というのである。

こう読み進めて来ると、このところも実事そのものは一切書かずにあるけれど、その前後のヴィヴィッドな描写によって、もう充分すぎるほど生々しく読者の脳裏に想像されたことであろう。

色好みの「おとこ」の源氏と、純真で無知で、まだ幼い「むすめ」の紫の君との、痛々しいばかりの新枕、その想像上の濡れ場は、実際に露骨に書かれるそれより遥かにエロティックであることに注意せよ。

次に、「若菜下」に描かれる、柏木の衛門《えもん》の督《かみ》と、女三の宮の密通の場面を読んでみよう。

柏木と女三の宮の密通

よその思ひやりはいつくしく、もの馴れて見えたてまつらむもはづかしくおしはかられたまふに、ただかばかり思ひつめたる片端《かたはし》聞こえ知らせて、なかなかかけかけしきことはなくて止《や》みなむ、と思ひしかど、いとさばかり気高うはづかしげにはあらで、なつかしくらうたげに、やはやはとのみ見えたまふ御けはひの、あてにいみじくおぼゆることぞ、人に似させたまはざりける。

さかしく思ひしづむる心も失《う》せて、いづちもいづちも率《ゐ》て隠したてまつりて、わが身も世に経《ふ》るさまならず、跡絶《あとた》えて止みなばや、とまで思ひ乱れぬ。

ただいささかまどろむともなき夢に、この手馴《てな》らしし猫の、いとらうたげにうち鳴きて来たるを、この宮にたてまつらむとて、わが率《ゐ》て来たるとおぼしきを、何しにたてまつりつらむと思ふほどに、おどろきて、いかに見えつるならむと思ふ。

女三の宮を、よそながら見ている分には、なにぶんにも朱雀院の姫宮にして二品内親《にほんないしん》王《のう》、そして源氏の正室とあれば、威儀厳然《いぎげんぜん》たるものに見え、そこらの者が馴《な》れ馴れしくお近づきになるなど、さぞ気が引けることであろうと推量されるのであったが、衛門の督は、そのように馴れ馴れしくなど思いもかけず、ただこれほどに思い詰めた思慕の情の、ほんの片端だけでも申し上げて、中途半端に色めいた振舞いなどには及ばずにおこうと、そう思っていたのだった。が、いざ、じっさいに逢うてみると、さまで気品高く気の引けるほどの様子ではなくて、むしろ親しみを感じるような、それでいてどこか労《いたわ》ってあげたくなるようなかわいさもあって、やわやわとした感じが目に立つ、そういう様子をした、しかも貴《あて》やかでたいそうすばらしく思われるところは他に似ている人とてない感じなのであった。

男は、もはや理性的に自重する心も失《う》せ、〈ええい、もうどうなってもよい、どこへでもいいから、このまま連れて逃げて隠してしまいたい。我が身も、世間当たり前の暮らしなんか捨ててしまって、いっそ行方をくらましてしまおうか……〉と、ただただ我を忘れて、欲望に身を任せた。

そのあと……。

いつしか、うとうととまどろんだ刹那《せつな》に、衛門の督は夢を見た。

……あの手に馴らした唐猫《からねこ》が、たいそうかわいらしげに鳴き声を立てながらやって来た……あ、これは三の宮にお返ししなくては、と思って、たしかに自分が連れてきた……ような気がするのだが、……さてさて、なんだってまたお返ししてしまったのだろう……と思っているところで、目が覚めた。

よほど取りつく島もない高嶺《たかね》の花かと思っていた三の宮が、実際にこうして逢ってみれば、ずいぶん親しみ深くかわいらしい人であることを知って、柏木の理性は吹っ飛んでしまう。

そうして、もう我が身などどうなってもいい、いっそあの『伊勢物語』の「鬼一口《おにひとくち》」の物語さながら、この女を盗みだして、どこかへ逃げてしまおう、などといかにも理性が崩壊してしまった男の妄念を描きだしたあとで、話は、突然にまた飛躍して、微睡《まどろ》むともなき眠りの内に猫の夢をみる柏木を描く。

じつはこの時代、獣の夢を見ると、それは懐妊の前知らせであるという俗信があって、子どもを産み育てるという重い任務を負わされた女達の間では、皆に共有されている関心事であったに違いない。

だから、原文の「とまで思ひ乱れぬ」というところと、次の「ただいささかまどろむともなき夢に」という一文との間にくだんの実事があったのだということが自明に示されているものと読み得る。

しかも、結果としての懐妊が示唆されるわけだから、その原因となった実事の物理的結合の有様までが、のっぴきならず具体的に想像されるという寸法であった。

夕霧と落葉の宮

さて、次にもう一つ。

「夕霧」の帖で、主人公夕霧が、親友柏木の残した妻、落葉の宮の世話をする内に、次第に恋心を抱き、何度も何度も口説きよってははぐらかされ拒絶され、すごすごと空しく帰っていくということを繰り返した後、ついに本懐を遂げる場面である。

かうのみしれがましうて出で入《い》らむもあやしければ、今日はとまりて、心のどかにおはす。かくさへひたぶるなるを、あさましと宮はおぼいて、いよいようとき御けしきのまさるを、をこがましき御心かなと、かつはつらきものの、あはれなり。

塗籠《ぬりごめ》も、ことにこまかなるもの多うもあらで、香《かう》の御唐櫃《からひつ》、御厨子《みずし》などばかりあるは、こなたかなたにかき寄せて、気近《けぢか》うしつらひてぞおはしける。うちは暗きここちすれど、朝日さし出でたるけはひ漏り来たるに、うづもれたる御衣《おんぞ》ひきやり、いとうたて乱れたる御髪《みぐし》かきやりなどして、ほの見たてまつりたまふ。

いとあてに女《をんな》しう、なまめいたるけはひしたまへり。男の御さまは、うるはしだちたまへる時よりも、うちとけてものしたまふは、限りもなうきよげなり。

これで朝になって帰っていって、また夕べに来るということを繰り返しても、それが能無しのように振られては出入りしているばかりなのだから、いかにも馬鹿げている。そんなことなら今日は一条の宮に留《とど》まって過ごすに如《し》くはないと夕霧は決心して、その日一日心のどかに過ごすことにした。

〈朝になっても帰らないなどと、無茶ななされようは、なんという呆れたことだろう〉と宮は思って、心緩むどころかますます厭わしい思いが募る。それをまた、夕霧のほうでは、〈まったく愚かしい意地を張るものだ〉と、ひどい人だと思いもし、かわいそうな人だとも思う。

その塗籠には、とりたてて細々《こまごま》としたものがたくさん置いてあるというわけでもなく、ただ香《こう》を含ませるための衣装箱やら、厨子《ずし》やら、多少の家具類があったが、それらは適宜部屋の片側に引き寄せて、全体を住みやすいようにしつらえてある。

周囲にはろくに開口部がないから、内部は薄暗いけれど、朝日が空に昇ってくる気配が隙間から漏れてくる。

その時、夕霧は、宮が引き被った衣を一気に引きのけた。

…………

やっと思いを遂げて後、わが腕のうちの宮の、それはもうひどく乱れてしまっている髪の毛を、やさしく手で掻き上げなどしながら、夕霧は、初めて宮の顔をちらりと見た。

すると、貴《あて》やかで女らしくて、飾り気のない生《き》のままの美しさを持った人だ……と思えた。

いっぽう、男の風姿は、きちんと正装した時よりも、ゆったりと打ち解けた姿に魅力があって、どこまでも汚なげのない美男ぶり、と女の目には見えた。

いつまでも無為に出たり入ったりしていてもしかたない。意を決した夕霧はそのまま「居続け」を決め込んだ。しかし、そのとんでもない夕霧の心に宮は呆れ果てて、無論言うことをきかぬ。この拒絶を夕霧は、愚かしい意地だとも思い、またひどい人だとも可哀想な人だとも思う。

塗籠というのは、壁で囲んだ納戸のような部屋であるが、そこに身を隠している宮の許《もと》へ、女房の手引きで夕霧は押し入って来ている。塗籠の内部は、それほど雑然ともしていなくて、衣装箱など多少の家具が脇に寄せて置いてあるに過ぎなかった……と、こう夕霧の目に見えたのは、さしも光の乏しい塗籠の内部にも、どこからか朝の光が漏れてきているからであった。

もうこれ以上は猶予がならぬ。すっかり朝になってしまっては遅きに失するからだ。夕霧は、宮が引き被った衣を一気に引きのける。

……と、そこに乱れに乱れた宮の髪が現われ、次の文節では、もう夕霧は宮の髪を手で掻き上げなどしている。女の髪は、その性の象徴である。いつの間にか抱きしめて髪を掻き上げているとすれば、そこに実事が既定の事実となっていることが想像される。

そこで、朝の光のなか、夕霧は宮の顔を初めてチラリと見た。と、それは「いとあてに女《をんな》しう、なまめいたるけはひしたまへり」というふうに見えたのだ。気品があって、女性的で、しかも「なまめいたるけはひ」すなわち飾り気のない美しさを持った人、そのように見えたのである。女も下着姿で濃い化粧の気もない。そこに男の目は新鮮な驚きとエロスを捉える。

ところが、さらに次の行になると、こんどは、女の目から見た夕霧が描かれるのである。「うるはしだちたまへる時よりも、うちとけてものしたまふは、限りもなうきよげなり」というのは、厳然と正装している時よりも、いまこうして下着姿に打ち解けて気を許している夕霧の姿のほうが、限りもなく清げな美しさだ……と女はポーッとした思いで感じ入っている。すでにこの男と実事を持って後は、女の、男を見る目が変わったのだ。そこには、抱かれて愛《いと》しく思い初《そ》めた女心が点綴《てんてい》される。

こういうふうに、いつの間にか実事が遂行されて、気がつくと、もう事後になっている曖昧な描叙法で書かれた濡れ場もあるが、それとて、実事以後は急に視線が接近し、描写が具体的になることで、濃厚な肉体性とエロスが感じられる。

『源氏物語』の濡れ場は、決して露骨ではないが、ひとたびそこに「想像」の力を借りて読むと、のっぴきならぬエロスが光芒《こうぼう》を放って見えてくる。

それはひとえに読者の読む力、想像する力に依拠《いきょ》するのだから、まったく恋の実事の経験を欠くような人やら、文章に対して想像力の乏しい人が読む限りは、この物語がほんとうの相貌を見せてくれることはまったく期待されないのである。

第十三章　救済される紫上

最も源氏に愛された人

さてさて、最も源氏に愛された人は誰かとなると、これは論を俟《ま》たずして紫上その人である。

ところが、その紫上を、少女時代から、その死後に至るまで、ずっとトレースして、ひとつの連続した物語として見ていくと、この物語がいかに注意深く構想されているかがよくわかる。

紫上という人は、光源氏がほとんど唯一、生涯心を許して愛した女君であった。

ただし、この物語の構想の卓抜なところは、そういう本当に生涯をかけて愛情を注いだ紫上が、正妻ではなかったこと、しかも、子どもが生まれなかったという設定になっていることである。そうして、ひとつの文学作品として、このあたりが非常に用意周到なところと観ずることができる。

どうして紫上が正妻になれなかったか。

父親は兵部卿の宮だけれど、母親は按察使《あぜち》の大納言の娘ながら、側室に過ぎなかったうえに、紫上を産んでまもなく身罷《みまか》った。それゆえ、祖母の尼に引き取られて育てられていたのだが、父宮はこの側室腹の紫上にごく冷淡であった。そこで、源氏の目前に、はじめて現われた十歳前後の時分、紫上は、北山の山荘に祖母の尼君とともに住んでいる、という形で描き始められる。

源氏はそれを、正式に親の許しを得た上で自分の妻としたわけではなくて、無理無体に、いわば「誘拐」してきたに等しいのであった。これは、すこぶる異常なやり口であって、源氏の、この身勝手なルール違反のゆえに、彼女は永遠に、世間に承認された正妻にはなれなかったのである。

さて、妻ということについては、「雨夜の品定め」に左馬頭《さまのかみ》が、こんなことを言うところがある。

「ただひたぶるに子めきて、やはらかならむ人を、とかくひきつくろひては、などか見ざらむ」

すなわち、「結局、いちばん良いのは、ただひたすらおっとりと子どもっぽい女で、しかも心の従順な人をね、なにかにつけていろいろと教育して、妻として育てていくのが良いのかもしれません」と、どうやら一番の訳知りであるらしい左馬頭が、かく結論めいて申し立てたのが、源氏の心に深く刻み付けられたのだ。それゆえに、この少女を発見したときに、源氏がこれを自分好みに育ててみようと思ったという構想なのであろう。

かくて、紫上をば、それこそ十歳の子どものころにさらってきて、自分の屋敷でおままごと遊びなどしながら念入りに育てる。ひとつの壮大なる実験とでもいうところである。そこで、この「若紫」の巻で、紫上がどのように登場するか、そのところをもう一度読んでみる。

日もいと長きに、つれづれなれば、夕暮のいたう霞みたるにまぎれて、かの小柴垣《こしばがき》のもとに立ち出でたまふ。人々は帰したまひて、惟光《これみつ》の朝臣《あそむ》とのぞきたまへば、ただこの西面《にしおもて》にしも、持仏《ぢぶつ》すゑたてまつりて行ふ尼なりけり。簾《すだれ》すこし上げて、花たてまつるめり。中の柱に寄りゐて、脇息《けふそく》の上に経を置きて、いとなやましげに誦《よ》みゐたる尼君、ただ人と見えず。四十余《よ》ばかりにて、いと白うあてに痩せたれど、つらつきふくらかに、まみのほど、髪のうつくしげにそがれたる末も、なかなか長きよりもこよなう今めかしきものかなと、あはれに見たまふ。

きよげなるおとな二人《ふたり》ばかり、さては童女《わらはべ》ぞ出で入り遊ぶ。中《なか》に十《とを》ばかりやあらむと見えて、白き衣《きぬ》、山吹《やまぶき》などのなれたる着て、走り来《き》たる女子《をんなご》、あまた見えつる子どもに似るべうもあらず、いみじくおひさき見えて、うつくしげなる容貌《かたち》なり。髪《かみ》は扇を広げたるやうにゆらゆらとして、顔はいと赤くすりなして立てり。

春の日はたいそう長い。源氏はつれづれのままに、その夕暮れ、深い霞《かすみ》に紛れて、あの眼下に見えた僧坊の小柴垣のあたりに出かけていった。ほかの供人はみな帰してしまって、ただ気心の知れた惟光《これみつ》だけを連れて小柴垣に近づくと、二人して中を覗《のぞ》き見《み》してみた。

するとこの坊舎の西向きの部屋に念持仏《ねんじぶつ》を安置して行ない澄ましている尼の姿が見えた。簾《すだれ》を少し巻き上げて、仏に花を供養するらしい。中ほどの柱に寄りかかって、脇息《きょうそく》の上に経典を置き、ひどく苦しそうな様子で経を読んでいる尼君は、ただの人とも見えない。年は四十余りだろうか、ひどく色白で身は上品に細いけれど、頬《ほお》のあたりはふっくらとして、目もとも涼やかに、また髪を可憐《かれん》な感じに削《そ》ぎ揃《そろ》えたのも、中途半端に長くしているよりもかえって今様《いまよう》の風儀に適《かな》っている、と源氏は感心して見つめている。

そこに、こざっぱりした感じの女房が二人ばかり仕えていて、ほかに女の子が何人か出入りして遊んでいる。それらのなかに、十歳ほどになるかと見えて、白い衣を着、上に着ている衣は山吹襲《やまぶきがさね》（表朽葉、裏黄）、それをもう糊気《のりけ》も失《う》せてしんなりとした様子に着て、走り出てきた子がある。この子は、そこに何人もいる女の子たちとは比べ物にならぬ。このまま成長して娘時分にもなったら、どれほどの美形になるだろうかというようなかわいらしげな容姿をしている。髪は扇を広げたように肩にかかってさらさらと揺れ、どうしたわけか、顔は泣いてこすったと見えて赤くなっている。

例の、垣間見によって、紫上は発見される。

垣間見された尼君が、どこか可憐《かれん》な感じに見えたというのは、その人品の貴きことにもよるけれど、それよりも髪形の故であろう。すなわち、女はずっと背丈に余るほどの黒髪をだらだらっとしているのに対して、尼さんは、尼そぎといって肩のあたりまでに短く切り揃える。つまりおかっぱのような形になるために、少女の髪のスタイルに近い。したがって四十過ぎのおばあさんだけど可憐な感じがするのだ。

このあと、その少女の飼っていた雀の子を、犬君《いぬき》という女の童《めのわらわ》が逃がしてしまったという小事件を巡ってのやりとりがあって、紫上の少女時分の容姿顔立ちが、次のように描写される。

つらつきいとらうたげにて、眉のわたりうちけぶり、いはけなくかいやりたる額《ひたひ》つき、髪《かむ》ざし、いみじううつくし。ねびゆかむさまゆかしき人かなと、目とまりたまふ。さるは、限りなう心を尽くしきこゆる人に、いとよう似たてまつれるが、まもらるるなりけり、と思ふにも涙ぞ落つる。

その顔立ちはいかにもけなげな美しさで、眉《まゆ》のあたりはふわりと煙るようにやさしく、子どもっぽく髪を掻《か》き上げる様子は、その額の生え際、髪の色つや、いずれもたいそうかわいらしい。〈この先成人していけば、どんなに麗《うるわ》しい人になるだろうか、見届けたいものだ〉と、源氏はじっと見ている。それも、じつは、源氏が限りなく胸を焦がして思い続けている藤壺《ふじつぼ》の御方……、〈あの方に、瓜《うり》二つの顔立ちのゆえに、自然に目を引かれてしまうのだな〉と思うにつけても、はらはらと涙が落ちた。

こういう邂逅の仕方、しかもそれを親の承諾も得ずに自分のところに連れてきてしまうこと、いずれも珍しいありようであって、ほかにはそういう連れて来方をした女君はいない。むろんそれは、いとけない少女の紫上にとっては災難である。ここで見つけられたが百年目という不運でもある。

かにかくに、見も知らぬ男のところに、いきなり連れて行かれて、それまでの生活から隔離される……女の子にとっては、どうみても異常な不運に違いない。

しかしその不運なことのために、紫上は源氏の一生涯を通じた愛を受けるという最高の幸運を手にするのである。ここに紫上という人の、独特の人生がある。

言ってみれば、このことに象徴されるように、紫上という人は、非常に不運であり、同時に非常に幸運であるという、極めて鋭い矛盾の中に存在しているのである。

その後も、愛されているということに関しては幸福だけれど、しかし源氏は紫上に対して、必ずしも安穏な人生を与えなかった。かれこれ、ほかの女のところに通ったり、また玉鬘のような姫君を連れ込んだりしている。そういうことを紫上は逐一見聞きしながら生きていかなくてはならなかったのである。

しかも、「若紫」の終わりのところに、この時分の源氏と紫上との「関係」がどんな様子であったかが、ちらりと書かれている。

ものよりおはすれば、まづ出でむかひて、あはれにうち語らひ、御懐《ふところ》に入りゐて、いささか疎《うと》くはづかしとも思ひたらず、さるかたに、いみじくらうたきわざなりけり。さかしら心あり、何くれとむつかしき筋になりぬれば、わがここちもすこし違《たが》ふふしも出で来《く》やと、心おかれ、人もうらみがちに、思ひのほかのこと、おのづから出で来るを、いとをかしきもてあそびなり。女《むすめ》などはた、かばかりになれば、心やすくうちふるまひ、隔てなきさまに臥《ふ》し起きなどは、えしもすまじきを、これは、いとさまかはりたるかしづきぐさなりとおぼいためり。

源氏が外出から戻ってくると、真っ先に出迎えて、しみじみと打ち解けて語らい、またその懐に抱かれて、すこしも疎ましく思ったり恥ずかしがったりもせず、実際いまだにまったく夫婦という関係ではないけれど、それはそれとして、源氏から見れば、なんとしても世話をせずにはいられないほどかわいい人なのであった。

〈……もっとも、これでだんだん大人になり、知恵がついて嫉妬の心から面倒なことを言うようになると、自分としても、またすこし違う目で見るようになるかもしれないし、心の隔てが生じたり、向こうもまたこちらを恨んでみたりと、思ってもみなかったような軋轢《あつれき》が、それからそれへと起こってくるかもしれないが……今のところは、ほんとうにかわいらしいおもちゃ……だな。……ふふふ、仮にこれが自分のほんとうの娘だったとしても、女の子というものは、このくらいの年ごろにもなれば、そうそう父親と打ち解けて振舞ってもくれぬし、まして子ども時分のように何心もなく一緒に寝たり起きたりなど、とてもとてもできはすまいけれど、この子は、まったく一風変わった「箱入り娘」だな〉と、源氏は思っているらしいのであった。

この時分は、まだ源氏もほんとうの意味で紫上を「愛する」ようになっているとは言えないということが、こういう記述から窺われる。いわば藤壺に似ているのが取り柄で、将来を楽しみに遊んでいるだけの「お遊びの相手」なのである。それにしても、やがて嫉妬やら恨みやら、そういう心が芽生えてからが、いわばほんものの愛なのだと、言わぬばかりの口吻《こうふん》ではないか。そしてやがて、事実そういうふうになっていくのだが……。

紫上はそういう色好みの夫に対して苦悩するように運命づけられている。

全然愛されていない末摘花や花散里《はなちるさと》などの人たちにとっては、源氏の色好みぶりなど、まあどうということもないけれど、本当に源氏に愛されて、また源氏のことを心から愛するようになった紫上にとっては、源氏のそういう不行跡は、非常に辛いものがある。

では、その人となりはどうであったか。

「葵」の巻を見てみよう。

そもそも十歳ぐらいで誘拐してきたわけだが、それから四年ほど経って、紫上は十四歳くらいの年になっている。

しかし紫上は大変純情可憐な人ではあり、しかも親や乳母、女房などに取り囲まれて、いろいろな情報を与えられながら育ったのではなく、源氏の手でいわば隔離され、情報を遮断された中で育てられてきたのである。

この間源氏は、もっぱら漢字を当てる遊びをしたり、碁を打ったり、日々紫上と遊んでいる。ところが、今でいえば中学校の一、二年生くらいの年頃になると、これがだんだん女らしくなっていく。子どもから娘になるちょうどそのあたり、女の子の一番美しいときかもしれぬ。折しも源氏は、正妻の葵上に死なれて、心身ともに寂しい頃おいでもあったのだが……。

少女から「女」へと変貌しつつあった紫上と源氏の新枕の場面については、すでに第十二章で縷々《るる》述べておいたので、ここでは再記しないが、ともあれ、そういう無理やりの形で紫上は源氏と心身ともに結ばれて、ほんとうの意味での「夫婦」となったのであった。

それは、源氏にしてみれば、どうということもない行為であったに違いないが、もとより純情無垢《むく》な少女のままの紫上にとって、男の振舞いは、野獣といおうか、乱暴といおうか、ともかく驚天動地のことであった。

源氏は、なんとかして、起きてこない女君の機嫌を取ろうと、歌を詠んで結び文にして置いておいたりしつつ、しばし席を外し、やがてまた戻ってくる。いつまでも起きてこない女君が気になってしかたないのだ。ところが、紫上のほうは……。

かかる御心おはすらむとは、かけてもおぼし寄らざりしかば、などてかう心憂《う》かりける御心を、うらなくたのもしきものに思ひきこえけむと、あさましうおぼさる。

昼つかた、わたりたまひて、

「なやましげにしたまふらむは、いかなる御ここちぞ。今日は碁も打たで、さうざうしや」

とて、のぞきたまへば、いよいよ御衣《おんぞ》ひきかづきて臥《ふ》したまへり。人びとはしりぞきつつさぶらへば、寄りたまひて、

「など、かくいぶせき御もてなしぞ。思ひのほかに心憂くこそおはしけれな。人もいかにあやしと思ふらむ」

とて、御ふすまをひきやりたまへれば、汗におしひたして、額髪《ひたひがみ》もいたう濡れたまへり。

「あなうたて。これはいとゆゆしきわざぞよ」

とて、よろづにこしらへきこえたまへど、まことにいとつらしと思ひたまひて、つゆの御いらへもしたまはず。

「よしよし。さらに見えたてまつらじ。いとはづかし」

など怨《ゑ》じたまひて、御硯あけて見たまへど、ものもなければ、若《わか》の御ありさまや、とらうたく見たてまつりたまひて、日一日《ひひとひ》入りゐてなぐさめきこえたまへど、解けがたき御けし

き、いとどらうたげなり。

姫君は、まさか源氏さまが、あんなひどいことをする心を持っているなど、まったく思いも寄らなかったことなので、〈どうして……どうして、あんな嫌らしいことをするようなお心の人を、私は疑いもせず、頼もしく思っていたのでしょう、ああいやいや、呆れたわ〉と姫は思っている。

やがて昼になる頃、源氏は再び西の対に戻ってきた。

「なんだか加減が悪いそうだね。いったいどうしたっていうのかな。そんな調子じゃ、きょうは碁も打てそうにないし、つまらないな」

などと言いながら床を覗いた。姫君は、恥ずかしさも恥ずかしいし、こんなふうに平気な顔をしている源氏にますます憤慨《ふんがい》するしで、頭から衣を引きかぶって寝たまま何も答えない。女房たちは、あえて姫君からは遠いところに退《しりぞ》いている。そこで、源氏は姫君の側に寄ってくると、また話しかけた。

「さてさて、どうしてこんなに無愛想な応対なのですか。思いもかけぬ冷淡な人柄だったのでしょうか。さ、こんなことばかりしていては、あの女房たちだって変に思いますよ」

と言いざま、源氏は、姫君が被《かぶ》っていた衣を引きのけた。すると、姫君は全身汗みずくになって、額髪も汗でびっしょりと濡れている。

「おやおや、こまった、これは。こう大汗をかいているというのは、不吉なことだからね」

などと言って、源氏はなんとか姫君の気を引き立てようとするけれど、姫君のほうでは、もう心底から源氏のしたことをひどいと思っているので、一言も口を利かないのであった。

「あーあ、よしよし。それならね、もう決して逢いには来ないことにしよう。私のほうが恥ずかしくて合わせる顔もないことだし……」

と、源氏はそんなふうに拗《す》ねたふりをしつつ、しかし、もしかして、さっき置いておいた結び文の歌への返歌でも書いてあるかもしれないと、硯箱を開けてみるけれど、そこには何もなかった。

〈やれやれ、幼いことだな、これは〉と、源氏はまた姫をかわいらしい者と思い直して、その日一日じゅう、帳台の中に入っては、宥《なだ》めたり賺《すか》したり言葉を尽くしてみたけれど、紫の君の頑《かたく》なな態度は、いっこうにほどける様子もない。その思い詰めたようなありさまを見るにつけても、源氏は、この人を労ってやりたいという気持ちになるのであった。

ここでもまた、「いとどらうたげなり」が一つのキーワードである。弱々しくて頼りないというか、つい抱きしめてやりたくなる、ナデナデしてやりたくなるようなかわいげをいう「らうたげ」という形容が源氏の心事を十分に描きとっている。

こうして源氏と紫上は真実の夫婦となったのだが、とはいえ、源氏は紫上を無理やり力ずくで犯したわけで、しかも相手はまだなにも知らない。紫の君の無知からくるショックと憤慨は、その一日とうとう解けなかったけれど、それもいつしかちゃんとした夫婦になってゆく。

子をなせなかった不幸の意味

しかし、一向に子どもができない、ここがこの作者の構想の卓抜なところである。

子どもができないということは、現象的には確かに不幸なのではあるが、とはいえまた、反転してこれを考えてみると、自分の子どもがいないからこそ、たとえば明石の姫君、女一の宮、匂宮など、ほかの女君が産んだ子どもを、紫上は、分け隔てなく心安らかに育てることができるということでもある。自分が産んだ子どもがいたら、乳母《めのと》じゃあるまいし、ほかの子どもを心安らかに育てることなど、基本的にはありえない。

つまりそれは、不幸は不幸、気の毒は気の毒なのだけれども、しかし紫上は大変愛情深い人で、子どもを見るとついついかわいがってやりたくなるような優しい心がけを持った人だと書かれていて、そういう愛情豊かな人によって、明石の姫君や匂宮が育てられたわけである。そこには自分の子どもがいないから、分け隔てをする心が生じない。自分の子どもがいて、ほかの子どもを育てさせられたら、やっぱり継子《まま こ》だから、継子いじめ的な感情の齟齬《そご》がどうしても表われてくるのが人情の自然というものだ。でも子どもがいないからこそ、継子らに対して紫上は決して何の悪い感情も抱かず育て上げることができた。つまりは、ここでもまた、不幸と幸福が裏表になっているというふうに設定されていることに重々留意してほしいのである。

紫上を手元に引き取っての後も、源氏の色好みの行動が収まるわけもなく、ために、六条御息所の生霊《いきすだま》によって正室葵上が取り殺されたりもする。これは紫上には直接関係しているわけではないけれど、このことによって、源氏は正室を失うという痛手を被り、また六条御息所に対しては、ひたすら疎ましい気持ちを持つに至る、というわけで、結果的には、紫上にとって次々と対抗すべき女君たちが姿を消したり、恋の場から去って行くというふうに描かれて行く。

こうして、次第次第に、紫上は源氏の唯一の愛妻という立ち位置にむかって進んでいくのである。

とはいえ、その後も、たとえば朧月夜との逢瀬……これは弘徽殿女御の妹ゆえ、源氏にとっては敵対する側の女君であるにもかかわらず、その恐ろしい弘徽殿の妹を無理矢理にわが物にするなどということも起こる。

かかる色好みの行ないの果てには、必ず「をこ」すなわち愚かしくも滑稽な失敗が招来《しょうらい》されるというのが、物語世界の一つの約束事なのだが、朧月夜との密会の場合も、案の定、父親の右大臣に発見され、弘徽殿にも知られてしまうという、大失態をしでかしたのであった。

いかになんでもこれはまずい、とさすがの源氏も考え込む。このままだと何が起こるかわからない。敵から処罰されないうちに、いっそ自分から身を引こうというわけで、須磨明石という微妙なところに退くのである。いわば自発的流謫《るたく》とでもいおうか。

その当時でも実際の謫刑《たくけい》は、それこそ四国の土佐、鬼界島《きかいじま》など、とんでもないところに流して、決して自力では帰れないようにした上で、うやむやのうちに殺してしまう、というようなことがいくらもあった。

そこへいくと、須磨明石は微妙な距離感である。確かに都からは遠いし、辺鄙《へんぴ》なところだけれども、しかし地続きではあり、強いて行かれない距離ではない。そういうところに自ら身を引くのである。

そこに、明石の入道がいて、その一人姫、明石の君と関係ができる。
しかもこの姫君は、大変に美しい人であったこと、父入道譲りの古風な琵琶奏法の名手であったこと、そして奥ゆかしく大変教養深い人であったこと、と並々ならぬ姫君であったように書かれている。

だから女君として明石の君はたしかに一級の人なのだが、いかにも中流貴族の地方官（受《ず》領《りょう》）の娘であることは動かせない。

ただし、この明石の君と関係を結ぶに当たって、源氏は決して自分から積極的に動いたのではなかった。あくまでも父明石の入道が、自家の再びの繁栄への、いわば道具として秘蔵の娘を源氏に差し出したというわけなのであった。

かくして源氏は明石の君と契りを結ぶ結果になるのだが、そのところに、こんなことが書かれている。

　二条の君の、風のつてにも漏り聞きたまはむことは、たはぶれにても心の隔てありけると思ひうとまれたてまつらむは、心苦しうはづかしうおぼさるるも、あながちなる御心ざしのほどなりかし。かかるかたのことをば、さすがに心とどめて怨みたまへりしをりをり、などて、あやなきすさびごとにつけても、さ思はれたてまつりけむなど、とりかへさまほしう、人のありさまを見たまふにつけても、恋しさのなぐさむかたなければ、例よりも御文こまやかに書きたまひて……。

二条の邸の女君が、万一にも風の便りにこのことを漏れ聞いたりしたら、それは一大事である。〈かりそめの戯《たわむ》れにもせよ、心に隔《へだ》てを置いて隠し事をしたとて、紫上《あれ》に疎《うと》まれるというのも、心苦しいし、また恥ずかしいことでもあるし……〉と源氏は思う。まことに、なみなみならぬ愛情の強さである。

〈……思えば、色好み沙汰《ざた》のことは、いままでもいくらもあったが、さすがに紫上が真剣な顔で恨みごとを言ったりする折々は、しまった、なんだってまた、かかるろくでもない戯《たわむ》れごとで、こんな嫌《いや》な思いをさせてしまったんだろう、すまぬ、なんとかこれは無かったことにして時間をもとに戻したいくらいだ、なんて思ったものだったが……〉と、源氏は内心そんなことを思う。

いや、明石の君のことは、決して戯れごとではないし、その容姿にも人柄にも気品にも心は惹《ひ》かれる。しかし、だからといって紫上に対する思慕の念は少しも減ずることがない。明石の君への愛情が深まるほどにまた、紫上への愛情も良心の呵責《かしやく》もいっそう深まるのであった。

源氏は、いつにも増して、心を込め、情《じよう》も細《こま》やかに紫上への長い文を書いた。

見よ、源氏はたしかに紫上を裏切るのだが、その裏切りによって却って自省を深め、紫上への愛を自己確認しつつ、いっそう愛しく思うようになった、というふうに書かれているのである。

とはいいながら、源氏は明石の君との契りを思い切るわけではない。

それはどうしてかというと、この女君との契りは、神の意思だからである。

明石の入道は、自分が明石くんだりへ都落ちしてきて、何とかしてもう一回家を興したいと思っている。そこで住吉大社を信じて、何とか再びの家運隆盛をと祈っているのであった。その御利益で、源氏がここへ下ってくるということになっているのだから、このへんのところはファンタジー的な展開である。

そうして、いわゆる住吉明神への「申し子」のような形で、明石の君が姫君を身ごもるわけだから、すなわち住吉の神意によってもたらされた子どもである。だから、この契りは、一人の人間である源氏には決して逆らうことのできぬ因縁で結ばれているのであった。

この住吉への祈請のことは、もっと後のところで明かされるのであるが、いずれにしても、この明石での「裏切り」が、たんなる浮気心の発露ではなくて、神意のしからしむるところであったとなれば、これは紫上が恨んだり嘆いたりするにも当たるまい。それゆえ、このことが明かされることによって、紫上としても圧倒的に救済されるところがあるであろう。源氏は悪くないのだ。現にこうして、反省もし、紫上への思慕も募らせながら、神意黙《もだ》しがたく、やむことを得ずして通ったのだと、そう書くことによって、ここでもまた紫上は、紫式部の筆によって救われているのである。

こういうふうに一事が万事、源氏の不行跡によって紫上は傷つくのだが、その傷つくことに対してのなにらかの救済が、どの場合にも用意されていることに、重々注意しなくてはならぬ。

こうして生まれてきた明石の姫君を、源氏は引き取って育てる。

ここがまたよく構想されているところなのだが、源氏には他に一人も姫君がいない。

そもそも源氏は子どもが少なく、たった三人しかいない。

そのうち一人は、藤壺と密通してできた不義の子、すなわち後の冷泉帝だから、まさかこれを我が子と公けにすることはできぬ。もう一人は夕霧、これは正室葵上の産んだ正真正銘の嫡男だが、しょせんは臣下の家の跡取りであるに過ぎぬ。そうして、たった一人の姫君が明石の姫君なのであった。

この時代、女の子を持つことは非常に大きな意味があった。源氏にしてみれば、正真の自分のせがれを天皇にするなどということは間違ってもあり得ぬ。しかし娘を天皇に入内《じゅだい》させ、その娘が男御子《みこ》を産めば、やがて東宮《とうぐう》になり天皇になるであろう。すると、自分は天皇の外戚筋になれるのである。だから良い娘を持っているということは、その家にとって非常に重要なことであった。

このことは、当時の摂関政治ののっぴきならぬ現実そのものであったのだ。ただし、その娘に然るべき後ろ楯がないということになると、なかなか入内して中宮に昇ることは難しい。たとえば源氏の母桐壺更衣は、結局父大納言を喪って後ろ楯の無い身の上であったために、更衣のままでとどまっていたことを以て推知すべきである。

だからこのたった一人の掌中の玉ともいうべき姫君を、なんとしても入内させて、家の切り札として使いたい、切り札として使うためには、明石などという辺鄙なところで、田舎入道の孫娘として育ったのでは問題にならぬ。

だからこそ、これを自分の手元に引き取って、自分の娘として披露し、しかも都の自邸で大切に生《お》おし立てるということが必要だったのである。

そこで二条院で、紫上にこれを育てさせる。ここにおいて紫上としては、なさぬ仲の女の子をみずから育てることを強要されるのだから、たまらない。もしここで、紫上に実子がいたら、とてもその継子を同列にかわいがるということはできなかっただろうけれど、そこは子を産まなかった紫上の「徳」として、明石の姫君を受け入れるということが不自然でなく物語られるのである。この姫君はたいそうかわいらしい人であったせいもあって、紫上は、ここでついにっこりする。

そうして、これが源氏の切り札の姫君として入内し、明石の中宮となって、次々と御子を産み、いわゆる国母《こくも》となる。すると、その父親である源氏は、やがて天皇の祖父として、外戚の地位を固めることになる。すなわち、育ての親の紫上は、ここにおいて、国母の母という並びない地位を得るのである。

つまり明石の姫君を引き取って育てさせられたことは、一つの不幸だけれども、そのことはやがて反転して、国母の母となるという幸運をもたらしもするのである。

ここにも、一人紫上にのみは、こういう大きな慰安と救済が用意されているのであった。

玉鬘、そして女三の宮

では、玉鬘の出現はどうであろうか。

玉鬘は夕顔が産んだ娘で、父は頭中将だから、源氏とは縁もゆかりもないのだが、九州から逃げ上《のぼ》ってきたところを、初瀬《はつせ》の観音のお引き合わせで源氏に発見される。源氏は、頭中将の娘だということは百も承知で、敢てあたかも自分の娘だというように披露して自邸に引き取ったのである。

そうやって、自分の娘だと披露すると、源氏の娘ならばさぞかしすばらしい女君であろうと公卿《くぎょう》たちはみんな思うであろう。それで、恋文をよこしたりして、みな頭に血も上ろうというもの。それを見て、源氏はウフフと思っているのである。それが「蛍」あたりの巻に書かれていることだけれど、こういうところ、源氏は実にいけずなる男である。

そんなことをしながら源氏は、琴《こと》を教えてやろうという口実で、玉鬘のところに入り浸る。自分の娘だという建前になっているから、源氏は平気で玉鬘の部屋にやってくる。玉鬘に弾かせている脇から手を取って教えたりもするのである。玉鬘は聡明な女なので、源氏のこのセクハラ的なしこなしを、柳に風と受け流して過ごしている。

そのことを紫上は当然知っているわけで、むろん愉快ではない。そこで、源氏は、面倒にならぬうちに、自分から話しておくことにしようとするのであった。ちょっと男の浅知恵的な感じに描かれるところである。

「胡蝶」に、こうある。

殿は、いとどらうたしと思ひきこえたまふ。上《うへ》にも語り申したまふ。

「あやしうなつかしき人のありさまにもあるかな。かのいにしへのは、あまりはるけどころなくぞありし。この君は、もののありさまも見知りぬべく、気近《けぢか》き心ざま添ひて、うしろめたからずこそ見ゆれ」

など、ほめたまふ。ただにしもおぼすまじき御心ざまを見知りたまへれば、おぼし寄りて、

「ものの心得つべくはものしたまふめるを、うらなくしもうちとけ、頼みきこえたまふらむ

こそ心苦しけれ」

とのたまへば、

「などたのもしげなくやはあるべき」

と聞こえたまへば、

「いでや、われにても、また忍びがたう、もの思はしきをりをりありし御心ざまの、思ひ出でらるるふしぶしなくやは」

と、ほほゑみて聞こえたまへば……


源氏は、この姫を、日ごとにますますいたいけでかわいいと思うようになっていく。

そして紫上にも、こんなふうに語りかけるのである。

「まことに、どうも不思議でならぬほどに、この姫の人柄は人を引きつけるところがあるのだよ。あの子の亡くなった母親は、いつもなんだか沈んでいて晴れ晴れとしたところがなかったが、この姫のほうは、聡明で世間の道理などもよく見知っていそうだし、だいいち、親しみ深い人柄で、なにも心配するには及ばないように見える」

など、玉鬘を讃《ほ》める。

紫上は、かねて源氏という夫が、こういう女に対して、なにもなしでは済まされまいということを心得ているゆえ、ピンと来るものがある。

「そんなにご聡明ならば、ものの道理はすべて心得ておいでのように思えますけれど、それにしては、なんの警戒もせず気を許して、あなたをお頼りなさるのですね。なんだかお気の毒なような……」

紫上は、こんなことを当てこすりのように言う。源氏は眉《まゆ》を曇らせて言い返す。

「なんで、私が頼もしくないことがあろうかね、まったく……」

しかし紫上も負けてはいない。

「いいえ、わたくしとて、まことに我慢しかねるような、憂鬱《ゆううつ》なことが今までに数々ございましたもの。そういうお心がけの厭《いと》わしさが思い出される折々が、いくらもございますから……」

そう言いながら、紫上はにっこりと微笑む。

こういうふうに当てこすりを言いながら、紫上はにっこりとほほ笑むのである。

「帚木」の「雨夜の品定め」に、

すべてよろづのことなだらかに、怨《ゑん》ずべきことをば、見知れるさまにほのめかし、恨むべからむふしをも、にくからずかすめなさば、それにつけて、あはれもまさりぬべし。

とあったところが思い出されるところである。すなわち、

だから、すべてのことは、ひたすら穏やかにね、仮に恨みに思うようなことがあっても、露骨に責めちゃいけない。ただ、分かってるのよ、といわぬばかりにちらりとほのめかす程度にしておいて、ともかく事を荒立てず、あっさりと注意をする程度にしておけば、結局、夫の愛情も深まっていくというものです。

というように、「望ましい妻像」を提起しているので、まさにここの紫上の応対こそは、その典型的な姿なのであろうと思惟《しゆい》される。

つまり、これが理想的な妻のありようであって、紫上は、当てこすりのような一言を、「ほほゑみ」て言うのである。これがもうちょっと冷淡の度合い、皮肉めいた気分が強くな

ると、「少しほほゑみて」と書かれる。女三の宮のところへ三日通おうとする源氏とのやりとりのなかで、紫上は堪え難い苦悩を押し殺しながら、突き放したような一言を放つときに、「少しほほゑむ」のであった。

この「ほほゑむ」というのは、必ずしも良い表情ではない。男でも、しばしばニヤリと薄く笑う場合に「ほほゑむ」と言ったりするのである。こういうところは、どちらかと言うと冷笑というに近い。そこで『謹訳』では、「少しほほゑみて」は、「ひんやりとほほ笑んで」と訳したところである。

ともあれ、これはどう考えても源氏の負けである。だけれども、こういうところ、やはり紫上はショックを受けて傷ついていることは自明に読み取れる。

しかしやがて、「真木柱」の冒頭を読んだ読者は、玉鬘が髭黒の大将という男のものになってしまっていることを、唐突に知らされるのである。

この髭黒の大将は、非常に男性的で有能な貴族官僚である。しかしながら、色が真っ黒で髭がむじゃむじゃと生えているとあっては、どんなに立派な男だとしても、女から見れば好ましからぬ風采である。しかもこの大将は、まったくの野暮天というべき人物であった。すなわち、もとより色好みの心がけのない、実直一本の無風流な男なのだ。その野暮天男に、源氏はまんまと出しぬかれてしまったことが、突如として知らされるのである。

源氏がなんとかしてわが物にと思いを寄せていた玉鬘が、源氏とは正反対の、色気もなんにもないような男に持って行かれてしまった。ここでもまた、この物語の作者は紫上の苦悩を、こういう形で周到に救済したのである。

しかしながら、さらにさらに、その後、紫上にとっての一番の不幸が訪れる。

紫上は、六条院においては、正室に等しい立場を保っていたが、ほんとうの正室ではない。きちんとした手順を踏んでの結婚ではなかったからである。

つまり葵上が死んでしまって以来、源氏に正妻はいないのだから、事実上の正妻のようなものである。紫上は、六条院の春の町の寝殿に源氏と二人で仲良く平和な生活を送っていた。ところが朱雀院の第三皇女、女三の宮が朱雀院の指名によって、その六条院へ降嫁してくることになった。院の御意では逆らえない。

かくてはもはや、紫上は源氏とともに寝殿には住んでいられない。紫上は、有無《うむ》を論ぜずして、対《たい》のほうに引っ越さなくてはならなくなった。「対《たい》の上《うえ》」ともなれば、すなわち側室に格下げになってしまったのである。

さあ、これこそはまた筆舌に尽くしがたいショックであったろう。

けれどもしかし、これも院の御意だから、やわか源氏に否やはなく、しかたなく受け入れたのだ、という救いが用意されている。これほどの苦難のなかにも、紫上としては、まだ自分に言い聞かせるすべがある。

ところがこの三の宮が、源氏の身に覚えのないところで子どもを産む。つまり柏木が密通して出来た子どもである。例の「若菜上」の巻で垣間見してから六年後、無理やりに関係を迫ってたちまちに懐妊してしまう。この不義の子が後の薫である。

源氏としては、看過しがたい裏切りを受けたことになる。しかし、これもかつて父帝の御《おん》妻《め》藤壺と密通して懐妊させたという、許されぬ罪が源氏にはある。その因果応報の罰《ばち》が当たったのである。以て一番苦痛を嘗《な》めるのは、すなわち源氏である。このことによって紫上は、またもや救済される仕組みになっているのである。

どのように看取られたか

やがて、「御法」の巻で、紫上は世を去る。

その四年前、三十七歳の厄年に、六条御息所の亡霊に祟られたりして重病となり、一度は死にかけたが、高僧の祈禱によって一命を取り留めたということがある。ところが、このたびはそうはいかなかった。いわゆる定命《じようみよう》が尽きたのである。

定命が尽きて死ぬる人の場合には、何をやっても効果がない。どんな偉い高僧を呼んで加持祈禱をさせても効果がなく、そしてだいたい火が消えるようにとか、露の消えるようにとか、すーっと命がなくなるという描き方をされるのが常である。

その「御法」の巻における紫上の最期の有様は、すでに第十章で詳述したところだから、ここでは再説しない。

しかしながら、その死の場面について、ここでよくよく確認しておかなくてはならないこ

紫上を看取る源氏と明石の中宮

「源氏物語絵巻」の「御法」に描かれる紫上の看取りの場面。
源氏の右隣、几帳に隠れているのが明石の中宮。
国宝「源氏物語絵巻」「御法」絵（五島美術館所蔵、撮影：名鏡勝朗）

とがある。

それは、紫上が「どのように看取られたか」ということである。

死の直前、紫上の病床を見舞ったのは、ほかならぬ明石の中宮であった。

あの明石の君が源氏の愛を受けて産んだ姫君である。それを、紫上は、いわば我が子として懇ろに愛育して、長じての後に入《じゅ》内《だい》させ、今は今上帝の中宮となっているのである。その中宮が、養母の死の床を見舞ったということ、それも、わざわざ中宮のほうから紫上のもとへ足を運んでくれたということは、いわば例外中の例外なありようである。本来ならば、身分上、紫上のほうから中宮のもとへ参上せねばならぬ。

そういう異例のこととして、中宮は養母のもとへ下がってきてくれたのである。これだけでも、大変なことだが、もっと大変なことは、その中宮が紫上の死の瞬間まで、そこで看取っていた、いや、ただ看取っていただけでなく、手をしっかりと握って見送ったということである。

由来、死は最大の穢《けが》れである。だから、上御一人《かみごいちにん》やそれに準ずるようなお方は、死人に接するようなことがあってはいけないし、また通常の貴族なども死者を出した家に弔問に行くときには、部屋に入ることはせず、外で立ったまま弔問するのが慣例であったくらい、死の穢れは遠ざけるのが当たり前であった。

そんなことは、百も承知の上で、中宮は、死の穢れさえも恐れることなく、なによりも大切な人との別れとして、この場に居てくれたのだ。内裏からは、何度も使いが至って帰参せよと言って来ていたにもかかわらず、である。

このことの重大な意味を、私どもは真率《しんそつ》に受け止めなくてはならぬ。

たしかに紫上は、子どもには恵まれなかったけれど、その不運を帳消しにするように、実子同様に育てた中宮が、懇篤に看取ってくれたのだ。このことは、往古の読者たちにとっては、衝撃的な成り行きであったに違いない。

本来そこにいてはいけないはずの明石の中宮が、死の穢れを恐れることなく、あまつさえ手を取って見守るなかで、最愛の夫源氏にも看取られて死んでいった、そういうせめて「幸福な死」が用意されていたのである。おそらく、この物語のなかで、紫上ほど幸福な死を死んだ人は他にあるまい。

すなわち、この死の場面そのものが、紫上に対して用意された、ひとつの大きな慰安の場面であったことは疑いがない。

「幻」に描かれる最上の救済

その「御法」の次に「幻《まぼろし》」という巻が用意されている。この「幻」は、従来あまり注目されない巻かもしれぬが、私は『源氏物語』の本編と言われている「桐壺」から「幻」までの巻々においては、非常に重要な巻だと考えている。

この巻では、源氏は、紫上を失ったその欠落感・喪失感に打ち拉《ひし》がれて、なにもかも興味を失い、ひたすらうつけのようになって、ぼんやりとした一年を過ごすのである。そのなかでも、とりわけ画像的に印象深い、春の雪の夜の場面を読んでみる。

　つれづれなるままに、いにしへの物語などしたまふをりをりもあり。名残《なごり》なき御聖心《おほむひじりごころ》の深くなりゆくにつけても、さしもあり果つまじかりけることにつけつつ、中ごろものうらめしうおぼしたるけしきの、時々見えたまひしなどをおぼし出づるに、などて、たはぶれにても、またまめやかに心苦しきことにつけても、さやうなる心を見えたてまつりけむ、何ごともらうらうじくおはせし御心ばへなりしかば、人の深き心もいとよう見知りたまひながら、怨《ゑん》じ果てたまふことはなかりしかど、一《ひと》わたりづつは、いかならむとすらむとおぼしたりしに、すこしにても心を乱りたまひけむことの、いとほしくくやしうおぼえたまふさま、胸よりもあまるここちしたまふ。そのをりのことの心をも知り、今も近うつかうまつる人々は、ほのぼの聞こえ出づるもあり。

　入道の宮のわたり始めたまへりしほど、そのをりはしも、色にはさらに出《い》だしたまはざりしかど、ことにふれつつ、あぢきなのわざやと、思ひたまへりしけしきのあはれなりしなかにも、雪降りたりし暁《あかつき》に立ちやすらひて、わが身も冷え入るやうにおぼえて、空のけしきはげしかりしに、いとなつかしうおいらかなるものから、袖のいたく泣き濡らしたまへりけるをひき隠《かく》して、せめてまぎらはしたまへりしほどの用意などを、夜もすがら、夢にても、またはいかならむ世にか、とおぼし続けらる。

曙《あけぼの》にしも、曹司《ざうし》におるる女房なるべし、

「いみじうも積もりにける雪かな」

と言ふを聞きつけたまへる、ただそのをりのここちするに、御かたはらのさびしきも、いふかたなく悲し。


こうして、無聊《ぶりよう》な日々を送っている源氏は、女房たちを相手に、いにしえのことをかれこれ思い出しては物語ることがある。

もはや、あの色好みの名残も失せ、道心ばかりがますます堅固になっていくにつれて、源氏の胸中には、かつてあの朝顔の斎院《さいいん》とのかかわりなど、いずれさしたることにもならなかったはずの事についてさえ、紫上も、その頃はずいぶん恨めしく思っていたらしい様子が時々見えたことなど、そこはかとなく思い出しもする。

〈ああ、あの頃、ほんの遊び半分の恋にせよ、またもっと深刻で胸の痛むような……あの三の宮の……ことにせよ、なんだって私は、あのような好き心を紫上《あれ》に見せるようなまねをしたのだろう。紫上《あれ》は、もとより苦労人で気配りの行き届く人だったから、私の胸の奥の思いもよくよく見知っていながら、それぞれの事の当座は、どうなることかと、まず一通りは心配して嫌な思いもしたに違いない……いや、だからといって、夫婦の仲がまずくなり果てるような軽挙妄動《けいきょもうどう》は決してしなかったけれど……、それにしても、少しでもその心を乱し苦しめるようなことをしたのは、ほんとうにかわいそうなことをした〉と、返らぬことながら、今さらに悔やみもする。すると、なんだかたまらない思いが蘇ってきて、とても自分一人の胸の内におさめてはおけないような心地がするのであった。

が、その頃のあれこれの事について、当時のいきさつを知り、今もなお仕えている女房たちは、ぽつりぽつりと述懐《じゅつかい》して源氏に聞かせることもある。

「あの入道された三の宮さまがお輿入《こしい》れになられました当初……さようでございます、その当座、紫上《うえ》さまは、けっして面《おもて》にはお出しになりませんでしたけれど、なにかの事につけて、やるせないことだとお思いになっておられましたご様子が、それはもう、お気の毒なことでございました。……あれは、三の宮さまのお輿入れがあって間もなくの、あの、雪の降っておりました暁のことでございましたね。……大殿《おとど》さまが、あ、あ、あちらからお戻りになられた時、しばらくお部屋の外にお待たせしたことがございました……」

こんなことを女房が語るのを聞けば、源氏も、ああそうであった、と痛切に思い出す。

〈そうであった、あの時は……三の宮のもとへ三日通って戻った暁であったな……外に待たされて、我が身も冷え切ってしまうような感じがして、空はなお今にも雪が落ちてきそうな気配であった……それでも、いざ戻って紫上《あのひと》に対面してみれば、それはもういつもの親しみ深い態度で、おっとりと迎えてくれたが、見れば袖は涙でひどく濡れているのを、一生懸命に隠していたが……そんなことも、なんとかしてあらわには見せまいとする心の嗜みの深かったこと……〉

思い出はそれからそれへと紡ぎ出されて、夜もすがら、せめて夢の中にでも現われてきてはくれないか、せめて……またいつの世に、ふたたび巡りあうことができるだろうか、などなど、果てしもなく思い続ける源氏であった。

しらじらと夜が明けてきた頃、宿直詰《とのいづ》めから自室の局《つぼね》に下がる女房の声であろうか、

「まあ、たいそう雪がつもって……」

と言うのが聞こえてくる。

それを聞くにつけても、かの雪の暁にもう一度戻ったような錯覚を源氏は覚えた。が、傍らに添い臥ししていなければならないあの人は、もはやどこにもいない……隣に誰もいない寂しさは、筆舌に尽くしがたく悲しい。


かにかくに源氏は、それまでときどき通っていた女のところへも、もう行く気がしなくなってしまっている。エロス的なエネルギーが、そこで全部消えてしまって、ひたすら、ひたすら紫上のことを思い出しては、泣きの涙の暮らしをして、無為無聊《むいぶりよう》な日々を一年間続けていくのである。

この追憶の場面、『源氏物語』の中でも、屈指の名文の一つである。

こういうふうに源氏がその心の底の底まで紫上のことを愛していたことに、死別して初めて気付き、見果てぬ夢ながら、またいつか巡り合いたいと思う心の、きわめて痛切なところが描かれている。

この一場面の源氏の姿こそは、いままでの一生を通じての紫上の苦しみや悲しみを、圧倒的に救済しているではないか。以て瞑《めい》すべし、というのは、ここで死せる紫上に対して言うべき言葉であるに違いない。

縷々《るる》読んできたように、『源氏物語』は、紫上その人を軸として読み直してみると、いかにも注意深く構想され、さまざまに伏線が張り巡らされていて、そして紫上は最終的に誰よりも深く慰められ救済される、そういう物語なのだということが自明に領得されるであろう。

死後、これほどまでに源氏によって痛切に無条件に追慕される女君はほかにはいない。『源氏物語』は、かくして、前時代的なお伽噺のような話型をかそけくも残しながら、そこから大きな飛躍を遂げて、きわめて痛切な人間の実相、すなわちあるがままのヒューマニティを、これでもか、これでもかと描き出しているのであった。

ずいぶん長い、さまざまなエピソードを綾なしながら、その中で紫上に対する位置づけは、常に苦しみがあって救済がある、苦しみがあって救済がある、苦しみがあって救済がある、というふうに無量の愛惜と同情を以て描かれ、ついには最大の苦悩の果ての死を迎えて、最終的に救われるように書かれていることがわかる。

こういうところを見るとき、私には、『源氏物語』は一つの鎮魂歌だというふうに感じられる。いわば苦しみながら死んでいった女たちへの、心からの鎮魂の思いが、凝縮して一つの物語に結実しているのである。

そうして、悲嘆のうちに死んでいく女たちの描き方は切実そのものである。おそらくは、そのあたりに、作者たちの実生活における見聞や意識が充分織り込まれているものと考えられる。

さるなかに、愛する人々に囲繞《いにょう》されて幸福に死んで行ったのは、紫上ただ一人である。苦渋に満ちた現実に対して、ただ一つの例外として、憧憬《しょうけい》すべき死として、慰安と明光に包まれた紫上の死を演出したのであったろう。

そうして源氏は、たくさんの女たちに愛を分けて華やかな一生を送ったけれど、その果て果てに、最愛の人紫上の死という、それこそのっぴきならぬ悲しみに際会せねばならなかった。そこではじめて痛切にわかったことは、数多くの女たちに分け与えた愛情のその全部を合わせても、おそらくは紫上一人に対する愛情に及ばなかったであろうということであった。

そんなふうに、長く錯綜《さくそう》した物語の縦糸横糸を、丁寧にほぐし分けていって、たとえば紫上という人を軸にずっと読み直してみると、なるほどこの物語が、いかに凡百の物語と違うところに立っているかということが、よくよくわかるのである。

あとがき

『源氏物語』は、いやはや、ほんとうに凄い。

私は、この物語の『謹訳』を書きながら、毎日毎日、苦しいなかにも愉悦を感じない日はなかった。

千年ほども昔に書かれたものであることは間違いないのだが、しかし、精読するほどに、味読するほどに、作中人物が活きて立ち上がってくる、そして、その情感やら哀歓やらを訴えかけてくるのである。

かれは平安時代の貴族、これは今の世の平民、であるにもかかわらず、その心の動きのありようが手に取るように感じられる、このことは一つの奇跡に違いないと、私は思いつづけた。

とはいいながら、この面白さ、このリアリティを、どうやって現代の日本語に移したらいいのだろう、と、それはもう貧しいながら、わが脳みそをフル運転し、ボキャブラリーを総動員し、ああでもないか、こうでもないかと、頭のなかに一つの「劇場」を空想して、そこで登場人物を生かしなおしながら、あたかも映画監督が役者たちを動かしてその役の人物の心事を表現するように……とでも言おうか、巧く言えないのだが、ともかくそんなふうにして、現代語での「語り直し」を模索した三年八か月であった。

だれしも、高校の古文の授業で『源氏物語』の一部分くらいは読んだことがあるだろう。そうして、なんという複雑で分かりにくい文章だろうと、すくなからず辟易《へきえき》した経験があるのではなかろうか。

かくいう私もそうであった。

いづれのおほむときにか、女御更衣あまたさぶらひたまひけるなかに……と、そんなところを暗記させられたりして、それで、この「いづれのおほむときにか」は、どの帝のご治世の時分であったろうか、という意味で、こういうふうにはっきりと時制を示さずに書き出すのは、かかる物語の常套《じょうとう》であって、『今昔物語』だったら「今は昔……」と書き始められるし、お伽噺のたぐいは「むかしむかし、あるところに……」と語り出される、みんなおんなじ発想なんだよ……とか、まあそういう「知識」のようなことを授けられて、で、それではどれほどその物語が面白かったかと言えば、まったく面白さなど分からなかった、というのが大半の人の正直な感想だったのではなかろうか。

じつは、私なども、ご多分に漏れず、その口であった。H先生という、もうお爺さんの先生（と、高校生のときは思ったが、たぶん現在の私より十歳も若かったのかもしれない。お爺さんに見えたけどなあ……）に古文を教わって、ひたすらそういう知識ばかりを教え込まれ、そのどこが面白くて、どうしてこの物語がそんなに傑作の誉れ高いのか、ということは、これっぽっちも了察しなかった記憶がある（このあたりのことは、拙著自伝小説『帰らぬ日遠い昔』に詳しく書いたので、ご覧いただければ幸いである）。

それから、大学に入ると、慶應の国文科では、佐藤信彦先生という、なんでも非常に偉い先生だという言い伝えの、これまたお爺さんの先生が教えておられた。

三田でもいちばん大きな階段教室で、その講義は坦々と進められたが、なにしろ佐藤先生は、教室に入ってくるや、黒い革鞄を教卓に置き、その上にマイクを斜めに横たえて、あとはなんの感興もないような口調で、それこそ粛々と、淡々と、語り進められるのであった。ちょうど「竹河《たけかわ》」のあたりを講義されたが、まだ未熟で無知蒙昧の徒であった私などは、やっぱり退屈しながら、それでも先生の口から出る解釈の言葉を、一字一句、日本古典文学大系本の余白に書き入れながら聞いた。その時は別にどうとも思わなかったが、これを後に、この『謹訳』を書きながら、何十年ぶりに繙《ひもと》いて読んでみたところ、佐藤先生のおっしゃっていたことの、洞察の深さ、鑑賞の面白さが骨身に沁みて感じられた。なるほど、こんな素晴らしい講義を三田で受けていたのであったか、と四十年あまり昔の自分の怠惰と蒙昧さに痛棒を喰らった気がした。

もちろんこの佐藤先生の教示されたところは、本書『謹訳 源氏物語』を書くのに大いに参考にさせていただいたことである。

それから幾星霜、私も人並みに家族を持ち、さまざまの挫折や回り道を経験して、せいぜいいろいろな作品に目を曝《さら》しなどしていくうちに、この『源氏物語』に及ぶ作品は、どう考えても古今一つもないという気がしてきたのであった。

齢三十を越えて、私は東横学園女子短大という学校の先生となったが、そこでの専門は近世文学ということであったから、原則としては江戸時代の散文韻文というのが講義や演習の対象となるのであった。しかしながら、江戸時代の俗小説などは、しょせん作り物の低俗なものばかり夥しく、それらを十八、九の女子学生に教えたとて、いかにも空しいという気がして、ついに私は一計を案じ、『源氏物語』を演習のテキストに取り上げることにした。その一計というのは、俳諧師であり古典学者であった北村季吟《きたむらきぎん》が、江戸前期延宝《えんぽう》元年頃に著わした源氏注釈の金字塔『湖月抄《こげつしょう》』をテキストとして取り上げる、ということで、ついに近世文学演習で源氏を読むことにしたのである。

そうして、実際に授業でやってみると、やはりとても面白くて、学生たちの反応も上々であった。

しかるに、やがて四十歳をいくらか過ぎた頃に、私は突然東京芸術大学の助教授に任官することになった。東京芸大には国語の先生は一人しかいない。だからここでは、すべての時代の古典文学を教えることが仕事となったのである。

喜び勇んで、私は芸大でせっせと『源氏物語』を講義することとなった。それはまた実に楽しい日々で、学生たちはみな芸術家の卵たちだから、べつに知識を授けることが目的ではなく、もっぱらこの古今独往の巨峰を面白く読み、味わい、以て聴聞者の芸術性を涵養《かんよう》するということを考えて講義すればよかったのである。

そこでの六年間は、ほんとうに楽しく源氏を講義しつつ過ごした。そして、講義のために、詳しく読み、かつ考えつつこの作品に接していくと、ただ一読しただけでは分からなかったさまざまの仕掛けやら、面白みやらが骨髄に徹してきて、私はいよいよ『源氏物語』の虜《とりこ》となった。しかもそうやって、自分がよく腑分けして懇ろに語って聞かせると、本来あまり古典の知識などのない芸大の学生たちでも、目を爛々と輝かせて聞くという事実を目《ま》の当たりにして、さてはこういう若い人たちに喜んでもらえるような、いきいきとした現代語訳を書くのが、自分の使命なのではないかと思うようになった。

それからまた三転して、五十歳のときに芸大を辞め、作家の専業となったのは、じつを申せば、この源氏を書くための用意であった。

源氏を書くのは、並大抵のことではない。

とても大学教師の夥しい雑務俗務のはざまに、片手間でなし得るような生易しいことではあるまいと思っていたからである。

私は、辞職の臍《ほぞ》を固め、妻にも相談して同意を得てから、青山墓地の先祖代々の墓に詣でた。

そこで私は、懐かしい祖父母の霊前に合掌しながら、

「お祖父さん、お祖母さん、私は芸大の教官を辞めて独立し、やがて源氏を書きたいと思いますが、よろしいでしょうか」

と、これは嘘でも作り事でもなく、その通り方寸の内なる祖父母に尋ねてみたのだった。

すると、祖父母が、彷彿として脳裏に思い浮かんできて、ふたりともそれはそれは嬉しそうな笑顔を浮かべて、

「おお、いいとも」

「ええ、よござんすとも」

と言った……ような気がした。

そこからさらに十年、私は還暦の年を迎えて、今その時が至ったと思って、その八月一日の日を期して、『謹訳 源氏物語』の第一文字目を置いた。

それから三年八か月、その間には、あの東日本大震災を経験して、ほとんど鬱症のようになったりもし、また父を見送り、妹を先立て、さらに妻の父までも喪って、人間の命の無常を目の当たりにしながら、なんとか無事に書き上げたいと、祈るような思いで源氏執筆専用コンピュータに向かい続けた。

この間、「ここはまことに名文だなあ」と感激したところやら、「ここをこういう切り口で読み直してみたら……」というアイディアやら、さまざまのことが胸裏に浮かび来《きた》って、それを私は逐一本の欄外などに朱筆で書き入れながら進んでいったのであった。

『謹訳 源氏物語』は、かくして二〇一三年の四月に書き終わり、六月に最終の第十巻を刊行して完結したのだが、その完結よりも前に、「いきいき」という雑誌の主催する講演会シリーズに招かれて、源氏の話をしたことがあった。その最初は、清川妙《きよかわたえ》先生との対話的なスタイルだったのだが、やがて好評だというので、定期的に私一人の講義の形での「私はこう読む」という講話をすることになった。

この連続講義において、私は『謹訳』の合間に注記しておいたさまざまの視点からの「自分なりの読み」をまとめて、全部で結局十二回の講義を続けたのである。

その講義と並行して、雑誌「いきいき」にも、簡潔にまとめたエッセイを連載することになり、この連載原稿が本書の基《もとい》となったものである。

ただ、第十三章のみは、これとは別に平塚《ひらつか》の升水《ますみず》記念市民図書館での講演の筆記原稿をもとにしたものである。

いずれも雑誌連載や講演では字数が極めて限定されるので意を尽くさぬところが多かったから、単行本にするに当たっては、ほとんど書き直したと言ってもいいくらい、大幅に増補加筆した。雑誌「いきいき」での担当であった未住《きずみ》大地君に、そして升水記念市民図書館の升水由希さんにも、この際厚くお礼を申し上げる。

その後、祥伝社文庫に再刊するに際しては、今一度徹底的な再読と修訂を加え、『改訂新

修 謹訳 源氏物語』として二〇一九年十一月に全十巻を刊行し終えた。本書所引の謹訳は、すべてこの「改訂新修」版による。

じっさい、『源氏物語』は、渺々《びょうびょう》たる大海原のごとく、蓁々《しんしん》と茂り合った大森林のごとく、その興趣はどこまでも尽きる所がない。

だから、ややもすれば「木を見て森を見ず」ということにもなりがちなのだが、大きく全体を俯瞰《ふかん》しながら、一歩退いてあなたざまにこの大文学を再考してみると、そこにさまざまの面白さが埋蔵されていることに気づくのである。ああも読んでみよう、こう切り取ってもみよう、そういう多様な視座からの読解と批判に堪えるという意味でも、この作品の汲めども尽きせぬ面白さは隔絶したものがある。

さては、こういうことを、高校時代に教えてくれたなら、私のような無知な少年にも、かかる興味津々たる大文学があったのかと、心に響いたことと思うのだが、やんぬるかな、私の受けた授業は単に退屈な受験勉強の一環でしかなかったように思い出される。

そこで、いま私なりの考え、どう読んだら面白いかという「ヒント」を纏《まと》めたものという意味で、これを「私抄」と題して公刊したのだが、此のたび、それに一部修正を加えて祥伝社新書『源氏物語の楽しみかた』と改題して再刊することとしたのである。

思えば、『謹訳 源氏物語』の起筆から擱筆《かくひつ》に至るまで、そして初巻の刊行から第十巻の完結まで、更には「改訂新修」版文庫の完成に至るまで、ややもすれば筆の遅滞しがちな私を励まし、勇気づけ、常に傍らにあって助けてくれた編集担当の栗原和子君には、どれほど感謝しても感謝し足りない思いがする。

さらに、『謹訳 源氏物語』を世に出そうという勇断を下してくださった祥伝社社長竹内和芳さん、そして、原文との対校など、訳文校読に力を尽くしてくださった渡辺陽子さん、また「改訂新修」版の刊行に際しては徹底的な校閲を以て誤脱などを正して下さった赤尾三男さんにも、末筆ながら厚くお礼を申し上げる。

林 望 謹みて識す

二〇二〇年霜月其日

引用は左記による。ただし、読者の読みやすさを考慮して適宜改行などを加えた。

『源氏物語』は『日本古典集成』（新潮社）
『枕草子』は『日本古典文学大系』（旧）（岩波書店）
『宇治拾遺物語』は『日本古典集成』（新潮社）
『伊勢物語』は『日本古典文学大系』（旧）（岩波書店）

切りとり線

★読者のみなさまにお願い

この本をお読みになって、どんな感想をお持ちでしょうか。祥伝社のホームページから書評をお送りいただけたら、ありがたく存じます。今後の企画の参考にさせていただきます。また、次ページの原稿用紙を切り取り、左記まで郵送していただいても結構です。

お寄せいただいた書評は、ご了解のうえ新聞・雑誌などを通じて紹介させていただくこともあります。採用の場合は、特製図書カードを差しあげます。

なお、ご記入いただいたお名前、ご住所、ご連絡先等は、書評紹介の事前了解、謝礼のお届け以外の目的で利用することはありません。また、それらの情報を6カ月を越えて保管することもありません。

〒101-8701（お手紙は郵便番号だけで届きます）
祥伝社　新書編集部
電話03（3265）2310
祥伝社ブックレビュー　www.shodensha.co.jp/bookreview

★本書の購買動機（媒体名、あるいは○をつけてください）

＿＿＿＿新聞の広告を見て	＿＿＿＿＿誌の広告を見て	＿＿＿＿＿＿の書評を見て	＿＿＿＿＿＿の Web を見て	書店で見かけて	知人のすすめで

★100字書評……源氏物語の楽しみかた

名前

住所

年齢

職業

林 望　はやし・のぞむ

1949年東京生まれ。作家・国文学者。慶應義塾大学文学部卒、同大学院博士課程単位取得満期退学(国文学専攻)。ケンブリッジ大学客員教授、東京藝術大学助教授等を歴任。『イギリスはおいしい』(平凡社・文春文庫)で91年に日本エッセイスト・クラブ賞、『ケンブリッジ大学所蔵和漢古書総合目録』(P.コーニツキと共著、ケンブリッジ大学出版)で92年に国際交流奨励賞、『林望のイギリス観察辞典』(平凡社)で93年に講談社エッセイ賞、『謹訳 源氏物語』全十巻(祥伝社)で2013年に毎日出版文化賞特別賞受賞。
公式ホームページ　http://www.rymbow.com/

源氏物語《げんじものがたり》の楽《たの》しみかた

林 望《はやしのぞむ》

2020年12月10日　初版第１刷発行

発行者……………辻 浩明
発行所……………祥伝社しょうでんしゃ
〒101-8701　東京都千代田区神田神保町3-3
電話　03(3265)2081(販売部)
電話　03(3265)2310(編集部)
電話　03(3265)3622(業務部)
ホームページ　www.shodensha.co.jp
装丁者……………盛川和洋
印刷所……………萩原印刷
製本所……………ナショナル製本

Printed in Japan ISBN978-4-396-11618-7 C0291

〈祥伝社新書〉
「心」と向き合う

183
般若心経入門
276文字が語る人生の知恵
永遠の名著を新装版で。いま見つめなおすべき「色即是空」のこころ
松原泰道

204
観音経入門
悩み深き人のために
安らぎの心を与える「慈悲」の経典をやさしく解説
松原泰道

188
歎《たん》異《に》抄《しょう》の謎《なぞ》
親鸞をめぐって・「私訳 歎異抄」・原文・対談・関連書一覧
親鸞は、本当は何を言いたかったのか?
作家 五木寛之

308
神(サムシング・グレート)と見えない世界
「神」とは何か? 「あの世」は存在するのか? 医学者と科学者による対談
東京大学名誉教授 矢作直樹
筑波大学名誉教授 村上和雄

606
老いも死も、初めてだから面白い
端然としなやかに、あるがままの生き方を綴った珠玉のエッセイ
作家 下重暁子

〈祥伝社新書〉
歴史に学ぶ

366
はじめて読む人のローマ史1200年
建国から西ローマ帝国の滅亡まで、この1冊でわかる！
東京大学名誉教授
本村凌二

463
ローマ帝国　人物列伝
賢帝、愚帝、医学者、宗教家など32人の生涯でたどるローマ史
本村凌二

168
ドイツ参謀本部　その栄光と終焉
組織とリーダーを考える名著。「史上最強」の組織はいかにして作られ、消滅したか
上智大学名誉教授
渡部昇一

379
国家の盛衰　3000年の歴史に学ぶ
覇権国家の興隆と衰退から、国家が生き残るための教訓を導き出す！
渡部昇一
本村凌二

541
日本の崩壊
日本政治史と古代ローマ史の泰斗が、この国の未来について語り尽くす
東京大学名誉教授
御厨　貴
本村凌二

〈祥伝社新書〉
歴史に学ぶ

565
乱と変の日本史
観応の擾乱、応仁の乱、本能寺の変……この国における「勝者の条件」を探る
東京大学史料編纂所教授
本郷和人

545
日本史のミカタ
「こんな見方があったのか。まったく違う日本史に興奮した」林修氏推薦
国際日本文化研究センター所長
井上章一
本郷和人

588
世界史のミカタ
「国家の枠を超えて世界を見る力が身につく」佐藤優氏推奨
井上章一
小説家
佐藤賢一

578
世界から戦争がなくならない本当の理由
戦後74年、なぜ「過ち」を繰り返すのか。池上流「戦争論」の決定版！
ジャーナリスト
名城大学教授
池上　彰

570
資本主義と民主主義の終焉
平成の政治と経済を読み解く
歴史的に未知の領域に入ろうとしている現在の日本。両名の主張に刮目《かつもく》せよ
法政大学教授
水野和夫
法政大学教授
山口二郎